ANGELIKA SCHWARZHUBER
Dich schaff ich auch noch

Autorin

Angelika Schwarzhuber lebt mit ihrer Familie in einer kleinen Stadt an der Donau. Sie arbeitet auch als erfolgreiche Drehbuchautorin für Kino und TV, unter anderem für das mehrfach mit renommierten Preisen, unter anderem dem Grimme-Preis, ausgezeichnete Drama »Eine unerhörte Frau«. Zum Schreiben lebt sie gern auf dem Land, träumt aber davon, irgendwann einmal die ganze Welt zu bereisen.

Von Angelika Schwarzhuber ebenfalls bei Blanvalet erschienen:

Liebesschmarrn und Erdbeerblues · Hochzeitsstrudel und Zwetschgenglück · Servus heißt vergiss mich nicht · Der Weihnachtswald · Barfuß im Sommerregen · Das Weihnachtswunder · Ziemlich hitzige Zeiten · Das Weihnachtslied · Ziemlich turbulente Zeiten · Das Weihnachtsherz · Ziemlich runde Zeiten · Die Weihnachtsfamilie · Ziemlich bunte Zeiten · Die Weihnachtsüberraschung

Angelika Schwarzhuber

Dich
schaff ich
auch noch

Fast ein Schwiegermutter-Roman

blanvalet

Penguin Random House Verlagsgruppe FSC® N001967

2. Auflage
Copyright © 2023 by Blanvalet in der
Penguin Random House Verlagsgruppe GmbH,
Neumarkter Straße 28, 81673 München
Dieses Werk wurde vermittelt durch die Literarische Agentur
Thomas Schlück GmbH, 30161 Hannover.
Redaktion: Alexandra Baisch
Umschlaggestaltung: © Johannes Wiebel | punchdesign,
unter Verwendung einer Illustration von Max Meinzold
LH · Herstellung: sam · lor
Satz, Druck und Bindung: GGP Media GmbH, Pößneck
Printed in Germany
ISBN: 978-3-7341-1318-5

www.blanvalet.de

Für alle Schwiegermütter!

Kapitel 1

Das Geschenkpaket

An manchen Tagen war ich mir absolut sicher, dass mein Mann ohne mich vermutlich keine Woche überleben könnte. Oder auch nur ein paar Tage. Dabei meinte ich nicht etwa das Überleben in der Wildnis, sondern mitten in Europa. Genauer gesagt in der wunderschönen Dreiflüssestadt Passau in Bayern, in unserer Penthousewohnung mit herrlichem Blick auf die Donau und die Veste Oberhaus. Ein Stockwerk darunter lag das Büro der Maklerfirma, in der ich, zusammen mit unserer neuen Mitarbeiterin Bärbel, die wir erst vor ein paar Wochen eingestellt hatten, als *Frau für alle Fälle* mitarbeitete. So nannten mich jedenfalls mein Mann und meine Schwieger-*Über*-Mutter Antje immer, die uns mit zuverlässiger Regelmäßigkeit alle paar Wochen aus Frankfurt besuchen kam. Dabei umspielte stets ein eigenartiges Lächeln ihre Mundwinkel, das ich bis heute nicht deuten konnte. Ein echtes Wohlbefinden hatte mir dieses Lächeln jedenfalls noch nie bereitet – genauso wenig wie ihre Anwesenheit.

Andreas stand nur neuneinhalb Wochen vor seinem vierzigsten Geburtstag und war damit fünf Jahre älter als ich. Ihm zuliebe hatte ich meine Arbeit als Kranken-schwester kurz nach unseren Flitterwochen aufgegeben, da meine Schicht- und Wochenenddienste uns zu viel gemeinsame Freizeit gekostet hätten. Außerdem war er damit beschäftigt, sein Maklerbüro aufzubauen, und so hatten wir unsere kostbare gemeinsame Zeit stattdessen in die Firma gesteckt oder Häuser, Wohnungen und Grundstücke besichtigt, die wir ins Portfolio aufnehmen wollten. Vor allem aber hatten wir uns an den Wochen-enden und Abenden auf allen möglichen Empfängen, Sommerfesten oder Kulturveranstaltungen sehen lassen, um Kontakte zu knüpfen und eine gewisse Klientel als Kunden zu gewinnen. Tatsächlich hatte sich unser Enga-gement gelohnt. Schon nach wenigen Jahren war *Immo-bilien Andreas C. Buschmann* in Passau zu einer der Top-Adressen geworden, wenn es darum ging, ein schickes Haus im Grünen, eine schnuckelige Wohnung in einem verwinkelten Gässchen in der idyllischen Altstadt oder Büro- und Produktionsräume im ganzen Umkreis zu ver-mitteln. Geschäftlich gesehen lief also alles bestens – und meistens auch in unserer Ehe. Abgesehen davon, dass Andreas völlig unfähig war, sich auch nur ein paar Würst-chen zu braten oder das Salz im Geschirrspüler nachzu-füllen. Er konnte auch keine Batterie im Feuermelder auswechseln oder gar die defekte Halterung für die Klo-papierrollen reparieren. Um all diese Dinge musste ich mich neben der Büroarbeit kümmern. Offensichtlich war mir ein Handwerker-Gen in die Wiege gelegt worden, auch wenn ich noch nicht herausgefunden hatte, bei wel-chem meiner Vorfahren ich mich dafür bedanken konnte.

Darüber hinaus tendierte Andreas leider auch zu einer gewissen Vergesslichkeit, die ich früher liebevoll als charmante Schusseligkeit bezeichnet hatte. So verknallt, wie ich anfangs in den coolen Sonnyboy war, hatte ich all die kleinen Macken gern in Kauf genommen. Nun, nach elf gemeinsamen Ehejahren, versuchte ich, mir nicht anmerken zu lassen, dass es mich inzwischen eher nervte, das Mädchen für alles – *Pardon – die Frau für alle Fälle* zu sein und ihn ständig an alles erinnern oder es ihm hinterhertragen zu müssen. So wie das Geschenkset mit edlen Rotweinen und Bio-Knabbereien, das wir all unseren Klienten nach erfolgreichem Abschluss als Dankeschön für die Zusammenarbeit überreichten und das Andreas auf dem Schreibtisch hatte stehen lassen, als er sich heute Vormittag zur Schlüsselübergabe mit der Käuferin der extravaganten Architektenvilla auf den Weg gemacht hatte, die uns eine ordentliche Maklerprovision einbrachte.

Seufzend sah ich auf die Uhr. Kurz vor eins. In einer Stunde hatte ich einen Friseurtermin, aber wenn ich gleich losfuhr, könnte ich das Geschenk vorher noch schnell vorbeibringen. Ich griff zum Handy, um Andreas Bescheid zu geben, dass ich mich darum kümmern würde, doch dann ließ ich es bleiben. Er war inzwischen bestimmt längst mit einem neuen Kunden zur Besichtigung eines Bauernhofs im Rottal im Gespräch, und dabei wollte ich ihn nicht unnötig stören. Denn das war so eine Sache, die er überhaupt nicht mochte.

Fünfundzwanzig Minuten später bog ich in die kleine Straße ab, in der am Ende der Sackgasse ein wenig abseits der anderen Häuser die frisch von Marlene Kaiser erworbene Villa lag. Ich kannte die Unternehmerin nur von unseren Telefonaten, und bei diesen Gesprächen war sie mir auf Anhieb sympathisch gewesen. Es hatte mich zwar etwas verwundert, warum die kinderlose Witwe aus dem benachbarten Österreich sich für ein Haus mit fünf Schlafzimmern und vier Bädern, riesiger Terrasse und Gartenhaus entschieden hatte, nachdem sie ursprünglich mit der Anfrage für eine Maisonette-Wohnung mit Balkon auf uns zugekommen war. Doch das war vermutlich der Superkraft meines Mannes zuzuschreiben: Er konnte den Kunden etwas schmackhaft machen, von dem sie noch gar nicht wussten, dass sie genau das brauchten oder wollten. Wenn er es darauf anlegte, könnte Andreas vermutlich sogar der Stadt Venedig Bushaltestellen verkaufen oder Rasentrimmer an Nomaden in der Wüste Gobi verhökern.

Diese Superkraft machte ihn jedenfalls zu einem Top-Immobilienmakler. Und um alles andere, was so anfiel, kümmerte ich mich eben.

Ich parkte meinen Opel Adam neben der um das weitläufige Grundstück dicht gewachsenen Hainbuchenhecke, nahm das Geschenkpaket und stieg aus. Für Mitte April war es ziemlich warm, und ich bereute, dass ich mir nicht die Zeit genommen hatte, etwas Leichteres anzuziehen, bevor ich losgefahren war.

Als ich auf die Haustür zuging, entdeckte ich zu meiner Überraschung im Carport neben der Garage ein mir nur allzu bekanntes Auto: Den Firmenwagen meines Mannes! Was machte Andreas denn noch hier? Hatte er den Termin mit dem neuen Kunden womöglich vergessen oder mal wieder etwas verwechselt?

Zusammen mit dem Duft von Holzkohle und gegrillten Rippchen wehte aus dem Garten auch ausgelassenes Gelächter zu mir herüber, das ich eindeutig meinem Mann zuordnen konnte. Wie aus heiterem Himmel spürte ich plötzlich ein seltsames Ziehen in der Magengegend. Ein Gefühl, das ich leider kannte, und das alle Alarmglocken in mir schrillen ließ. Bisher hatte ich dieses Gefühl, eine Art Vorahnung, zweimal in meinem Leben verspürt. Das erste Mal kurz vor dem Unfall meiner Mutter, und das zweite Mal vor der ersten Begegnung mit meiner Schwiegermutter.

Stell das Geschenkset einfach vor der Haustür ab, Tilda, steig in den Wagen, und fahr zum Friseur, riet mir eine innere Stimme drängend.

Doch gleichzeitig sagte mir eine andere Stimme, dass ich es – was auch immer *es* sein mochte – ohnehin nicht aufhalten konnte, auch wenn ich mich aus dem Staub machte.

Meine Füße bewegten sich wie von selbst an der Haustür vorbei zu einem Gartentor, das nicht verschlossen war. Mit klopfendem Herzen ging ich am Haus entlang und blieb an der Ecke stehen. Die Stimmen von Andreas und Frau Kaiser waren lauter, der Duft nach gegrilltem Fleisch intensiver geworden.

»Sag mal, wie kann ich mich denn dafür revanchieren, dass du mir den Lampenschirm im Wohnzimmer montiert hast?«, hörte ich Frau Kaiser mit ihrem charmanten österreichischen Akzent neugierig fragen.

Den Lampenschirm montiert? Damit konnte sicher nicht mein Mann gemeint sein.

»Da fällt dir bestimmt was ein, Marlene«, antwortete genau dieser jedoch süffisant.

»Ich glaube, ich habe da tatsächlich eine Idee, Andi.« Sie lachte kehlig.

Äh, Andi? Er konnte es absolut nicht leiden, wenn man ihn so nannte. Doch ich vernahm keinen Protest von seiner Seite. Das Schrillen der Alarmglocken wurde immer lauter.

»Sag mal, was hast du denn da für eine Marinade für das Grillgemüse gemacht?«, wechselte sie das Thema.

»Das ist weißer Balsamico – verfeinert mit einer Prise Meersalz, Waldhonig und Chili und dazu viel frisch gehackte Petersilie. Und ein Spritzer Limette. Das gibt dem Ganzen den besonderen Kick«, hörte ich meinen Mann die eigentlich harmlosen Worte sagen. Doch dieser Küchentalk hörte sich für mich intimer an als wildes Bettgeflüster.

Mein Mund war staubtrocken, und meine Beine zitterten. Der Drang zu verschwinden, war fast übermächtig. Doch ich gab ihm nicht nach. Langsam trat ich einen Schritt nach vorne und spähte vorsichtig um die Ecke auf die große Terrasse. Es dauerte ein paar Sekunden, bis mein Hirn realisierte, was meine Augen schon wahrgenommen hatten, auch wenn ich es nicht glauben konnte. Da stand Andreas, *mein* Andreas, in lässiger Freizeitkleidung, die ich noch nie zuvor an ihm gesehen hatte, in der Outdoor-Küche an einem überdimensional großen Gasgrill. Gerade schob er dampfendes Gemüse von einem Metallspieß in eine Schüssel und vermengte es dann rasch mit der Marinade. Gleich darauf wendete er das Fleisch auf dem Grill mit einer Zange, als hätte er sein Leben lang nichts anderes gemacht.

Wer ist dieser Mensch, der aussieht wie mein Mann, sich aber wie ein völlig anderer verhält?

»Soll ich uns noch einen kleinen Tomatensalat mit frischem Basilikum dazu zaubern?«, fragte er und drehte sich zum Tisch um.

Erst jetzt nahm ich die brünette Frau im roten Badeanzug wahr, die lässig in einem Gartenstuhl saß und sich ein Glas Wasser einschenkte.

Verdutzt riss ich die Augen auf. *Das ist Frau Kaiser?* Wieso war ich die ganze Zeit davon ausgegangen, dass die Witwe die fünfzig schon längst überschritten haben musste? Die attraktive Frau vor mir schien höchstens in Andreas' Alter zu sein. Falls überhaupt.

»Sehr gern. Du weißt ja, wie sehr ich deine Kochkünste liebe, Andi«, schnurrte sie und nahm einen Schluck Wasser.

Kochkünste?

Die Situation war so skurril und unwirklich, dass ich fast laut losgelacht hätte. War ich hier in einer Parallelwelt gelandet?

»Aber komm vorher her und gib mir einen Kuss!« Sie stellte das Glas ab und streckte den Arm nach ihm aus.

»Klar doch.« Mit der Grillzange in der Hand ging er zu ihr, beugte sich über sie und küsste sie ausgiebig. Sie schob ihre Finger unter sein T-Shirt, und ich hörte ihn wohlig seufzen.

Ich wollte das nicht sehen, ehrlich nicht. Doch ich konnte auch nicht wegschauen. Vielleicht musste ich es ja sehen, um tatsächlich zu begreifen, was sich da vor meinen Augen abspielte. Meine Hände und Füße waren inzwischen eiskalt, während mein Kopf glühte. Mein ganzer Körper schien zu vibrieren. Das schwere Paket rutschte mir aus den kraftlosen Händen und landete mit einem lauten Scheppern auf dem gepflasterten Boden – leider erst nach einer kurzen Zwischenlandung auf meinen Zehen. Vor Schmerz stöhnte ich auf, zog jedoch rasch den Kopf zurück. Ich musste von hier verschwinden! *Sofort!*

Mit zusammengebissenen Zähnen humpelte ich eilig zum Gartentor zurück.

»Tilda?«

Andreas hatte mich eingeholt und stand hinter mir.

»Was machst du denn hier?«, fragte er und klang mehr verärgert als ertappt.

Langsam drehte ich mich um und sah ihn an. Immer noch hielt er die Grillzange in der Hand. Er sah aus wie mein Mann, doch ich hatte das Gefühl, einen ganz anderen Menschen vor mir zu haben.

»Was *ich* hier mache?«, wiederholte ich und wunderte mich, dass meine Stimme mir einigermaßen gehorchte.

Hinter ihm war Frau Kaiser aufgetaucht, die sich eine kurze Sommertunika übergeworfen hatte. Immerhin machte sie einen betretenen Eindruck.

»Du hast das Geschenkpaket mit dem Wein vergessen!«, fühlte ich mich absurderweise bemüßigt zu erklären und versuchte, dabei so vorwurfsvoll wie möglich zu klingen.

»Das habe ich absichtlich nicht mitgenommen!«, erklärte Andreas.

»Absichtlich nicht? Aber warum das denn?«, stotterte ich, dabei war mir dieses blöde Paket tatsächlich herzlich egal. Darum ging es jetzt ja wohl wirklich nicht mehr. Aber es verschaffte mir eine kleine Schonfrist, um mich zu sammeln, ehe ich ihm die unbestreitbare Tatsache an den Kopf werfen würde, dass er mich betrog.

Andreas blieb mir eine Antwort schuldig.

»Ich trinke zurzeit keinen Wein!«, murmelte Frau Kaiser stattdessen und warf meinem Mann einen bedeutungsschwangeren Blick zu, der mein Unbehagen noch weiter verstärkte.

Der Duft von Angebranntem zog in meine Nase. Und für einen kurzen Moment bereitete es mir eine perfide Freude, dass die Rippchen auf dem Grill sich gerade in Briketts verwandelten – allerdings war diese Freude nur von kurzer Dauer.

Andreas räusperte sich und wandte sich an mich, wobei er mir kaum in die Augen sehen konnte.

»Hör mal – eigentlich solltest du es nicht so erfahren, Tilda, aber …« Er zögerte.

»Was nicht erfahren?«, fuhr ich ihn aufgelöst an. »Dass du heimlich eine Affäre mit einer Kundin hast? Oder dass du mir die ganzen Jahre vorgemacht hast, dass du in der Küche eine Null und handwerklich zu unfähig bist, um auch nur eine Glühbirne auszuwechseln?«

Ich wusste nicht, was von alldem mich gerade wütender machte. Ich fühlte mich in doppelter Hinsicht betrogen, kam mir total benutzt und völlig verarscht vor.

An seinem Blick erkannte ich, dass ihm meine Worte vor Frau Kaiser ziemlich unangenehm waren.

Gut so!

Andreas legte einen Arm um sie und zog sie an sich.

»Marlene trinkt zurzeit keinen Wein, weil sie unser Baby erwartet. Ich möchte die Scheidung, Tilda.«

Kapitel 2

Anette

Irgendwie hatte ich es geschafft, in meinen Wagen zu steigen und zu meiner besten Freundin zu fahren, die im Passauer Stadtteil Hacklberg wohnte. Allerdings konnte ich mich an die Fahrt selbst nicht mehr erinnern. Ich fühlte mich wie in einem wirren Fiebertraum, und die Worte von Andreas hallten in Dauerschleife in meinem Kopf nach. *Marlene trinkt zurzeit keinen Wein, weil sie unser Baby erwartet. Ich möchte die Scheidung, Tilda. Keinen Wein. Die Scheidung, Tilda. Unser Baby. Die Scheidung.*

»Hier, mach das auf deinen Fuß!«, bremste Anette mein Gedankenkarussell und reichte mir einen Beutel mit Eiswürfeln, den sie in ein Küchentuch eingeschlagen hatte, dazu ein Handtuch.

»Danke«, murmelte ich und legte das Eis vorsichtig auf die angeschwollenen Zehen am linken Fuß, die sich bereits bläulich verfärbt hatten. Ich konnte sie trotz der Schmerzen noch gut bewegen, also schien immerhin nichts gebrochen zu sein. Damit nichts verrutschte, wickelte ich das Handtuch darum. Ich seufzte. Die Kälte tat gut. Wenn es doch nur Eis gäbe, mit dem ich auch den Schmerz in meinem Inneren betäuben könnte. *Moment!*

»Hast du noch ein paar Eiswürfel übrig?«, fragte ich mit kratziger Stimme.

»Für den anderen Fuß? Fehlt da auch was?«, fragte sie.

Ich schüttelte den Kopf. »Für ein großes Glas Gin Tonic, bitte.«

Anette lächelte.

»Kriegst du! Aber dann will ich endlich wissen, was los ist! Ich mach mir echt Sorgen, Tilda. Du klingelst Sturm bei mir, kommst hereingehumpelt, zeigst mir deine geschwollenen Zehen und murmelst nur was von einem blöden Geschenkpaket und angebrannten Rippchen. Wie soll ich daraus schlau werden? Ich brauch endlich eine Erklärung!«, forderte Anette und verschwand dann nach nebenan in die Küche.

Mehr als ein paar Worte hatte ich tatsächlich noch nicht herausbekommen. Ich hatte bisher auch noch keine Träne vergossen. Vermutlich war ich einfach noch zu geschockt.

Ich atmete einmal tief durch, griff in meine Handtasche und fischte das Handy heraus. Sieben verpasste Anrufe. Sechs waren von Andreas, einer von meiner Friseurin. *Mist!* In dem ganzen Chaos hatte ich meinen Termin total vergessen! Dabei war Raquel immer auf Wochen hin ausgebucht und ein Haarschnitt bei mir mehr als überfällig. Ich fluchte. Wenn man einen Termin bei Raquel nicht rechtzeitig absagte, ließ die temperamentvolle Portugiesin einen absichtlich extra noch mal länger auf einen neuen warten. Die Tatsache, dass ich nun zu allem Übel womöglich monatelang mit einer schlecht sitzenden Frisur und Spliss in den Haarspitzen herumlaufen musste, falls ich nicht die Friseurin wechselte, brachte das Fass zum Überlaufen. Buchstäblich. Plötzlich sprudelten dicke Tränen aus meinen Augen und kullerten über meine Wangen, die immer noch wie im Fieber glühten.

Erstaunlich, dass sie nicht einfach verdampfen!, dachte ich, während alle Dämme brachen.

»Gut, dass ich heute keinen Nachmittagsunterricht habe«, sagte Anette, die als Sportlehrerin in einer Realschule arbeitete, als sie mit einem bis oben gefüllten Glas Gin Tonic samt dekorativem Gurkenscheibchen wieder ins Wohnzimmer kam.

Sowie sie bemerkte, dass ich heulte, stellte sie das Glas auf dem Tisch ab und setzte sich neben mich aufs Sofa.

»Tilda, was ist denn passiert?«, fragte sie besorgt und legte mir einen Arm um die Schultern.

»Ich … er …«, schluchzte ich hilflos, brachte jedoch nicht mehr heraus.

»Es geht also um Andreas!«, schloss Anette folgerichtig.

Ich nickte.

Anette nahm eine Box mit Papiertaschentüchern von der Ablage unter dem Tisch und stellte sie vor mir ab. Ich zupfte ein paar Tücher heraus, putzte mir geräuschvoll die Nase, bevor ich weiterheulte.

Die Eiswürfel im Glas waren schon fast geschmolzen, als die Tränen endlich langsam versiegten.

Doch ehe ich Anette erzählen konnte, was in der letzten Stunde passiert war, nahm ich einen großen – einen sehr großen – Schluck. Erst dann war ich in der Lage, ihr alles zu schildern.

Anette schüttelte immer wieder fassungslos den Kopf.

»Dieser Mistkerl! Ich weiß gar nicht, was ich dazu sagen soll, Tilda«, meinte sie ein paar Minuten später völlig schockiert. »Es tut mir schrecklich leid für dich!«

»Ich hatte das Gefühl, als ob da ein völlig anderer Mensch in diesem Garten stand ...«, sagte ich und strich mir fahrig eine Strähne meines schulterlangen hellbraunen Haares hinters Ohr. »... mit dieser blöden Grillzange in der Hand!«, setzte ich noch hinzu. Dieses Bild hatte sich wohl für immer in mein Gedächtnis eingebrannt. »Stell dir das mal vor: Andreas, der plötzlich kochen kann! Der einen Lampenschirm montiert hat! Und der ...«, ich schluckte, denn jetzt kam – neben der Tatsache, dass mein Ehemann nun eine andere Frau liebte und die Scheidung wollte – der wohl schwierigste Teil für mich, »... und der sich offenbar auf das Baby mit der anderen Frau freut.«

Dieser Punkt setzte mir am meisten zu. Denn Andreas hatte mir kurz nach der Hochzeit unmissverständlich klargemacht, dass er auf keinen Fall einmal Kinder haben wollte. Das war damals ein harter Schlag für mich gewesen, doch insgeheim hatte ich immer gehofft, dass er seine Meinung im Lauf der Jahre bestimmt noch ändern würde. Und ganz offensichtlich hatte er seine Meinung tatsächlich geändert. Nur würde jetzt diese Marlene Kaiser davon profitieren und die Mutter seines

Sprösslings sein – und nicht ich, dabei war ich doch seine Frau!

Wieder flossen die Tränen. Anette strich mir beruhigend über den Rücken.

»Und du hast wirklich nicht mitbekommen, dass da was mit einer anderen läuft?«, fragte sie nach einer Weile vorsichtig.

Ich zuckte schwach mit den Schultern.

»Wir haben uns in letzter Zeit außer im Büro nicht so oft gesehen, weil er viele Termine hatte und meist immer spätabends …« Ich sprach nicht weiter. Dass wir seit Wochen auch keinen Sex mehr gehabt hatten, erwähnte ich gar nicht erst. Doch Anette kannte mich ziemlich gut und schien es an meiner Miene abzulesen. Ihr Blick war voller Mitleid.

»Ich bin so unsagbar dumm!«, murmelte ich beschämt, nachdem mir klar wurde, dass ich die eigentlich deutlichen Anzeichen nicht gesehen hatte oder vielleicht einfach nicht hatte sehen wollen.

»Von wegen dumm! Du hast ihm vertraut. Er ist der Idiot, der dich betrogen hat. Du hast absolut nichts falsch gemacht, Tilda!«

»Ich weiß gar nicht, was ich jetzt machen soll. In unsere Wohnung kann ich jedenfalls nicht mehr zurück.«

Nach und nach wurde mir das ganze Ausmaß der Katastrophe bewusst. Der Betrug meines Mannes und seine unmissverständliche Forderung nach einer Scheidung würden ungefragt mein ganzes Leben völlig auf den Kopf stellen. Also hatte sich diese ungute Vorahnung bewahrheitet, die mich vorhin beim Haus von Marlene Kaiser übermannt hatte, ohne dass ich zu diesem Zeitpunkt wusste, was genau Sache war. Dabei hatte ich heute früh noch gedacht, dass ein kaputter Reißverschluss an meiner Lieblingsjeans mein größtes Problem sei.

»Ich gehe mal davon aus, dass Andreas jetzt noch bei dieser Frau ist.« Anette zwirbelte ihr gelocktes dunkelblondes Haar energisch um den Finger, wie sie es immer tat, wenn sie aufgebracht war oder nachdachte. »Also nutzen wir die Zeit und fahren sofort in eure Wohnung, und du packst deine wichtigsten Sachen.«

»Und wo soll ich damit hin?«

»Also wirklich, Tilda! Was für eine blöde Frage. Zu mir natürlich!«, rief sie. »Auf dem Sofa hast du schließlich auch früher schon geschlafen.«

Sie hatte das gemütliche Möbelstück tatsächlich noch aus der Zeit, als wir fast zwei Jahre in einer WG zusammengewohnt hatten.

»Ach, Anette ... Was würde ich nur ohne dich tun!« Ich umarmte sie und drückte sie fest, während mir schon wieder die Tränen kamen.

»Ohne mich wärst du absolut verloren!«, scherzte sie. »Und ich ohne dich«, setzte sie noch hinzu. »Und jetzt komm. Zum Heulen hast du später noch genügend Zeit. Lass uns das hinter uns bringen.«

Sie hatte recht. Wir sollten das sofort in Angriff nehmen. Ich nahm das Handtuch mit dem Eisbeutel von meinem Fuß. Der Schmerz war jetzt zwar etwas betäubt, aber die Zehen waren angeschwollen.

»Damit komme ich nie in meinen Schuh!«, murmelte ich.

Anette schlüpfte aus ihren ausgelatschten Kuschel-Hausschuhen mit dem Schweinchenmotiv.

»Dann ziehst du eben die an!«

Wir nahmen Anettes alten beigefarbenen Mercedes Benz, in dem wir mehr Platz für meine Sachen hatten.

Als wir mit dem Fahrstuhl zum Penthouse hochfuhren und ich die Tür aufsperrte, hatte ich ein flaues Gefühl im Magen und befürchtete, dass Andreas doch hier sein könnte. Einer Begegnung mit ihm fühlte ich mich im Moment nicht gewachsen. Doch Anette hatte recht gehabt. Die Wohnung war leer. Ich holte einen großen Koffer, einen Trolley und eine Reisetasche aus dem Abstellraum und packte in Windeseile einen Teil meiner Kleider und Schuhe, meine wichtigsten persönlichen Unterlagen und Habseligkeiten und mein MacBook ein.

»Vergiss deinen Schmuck nicht!«, riet Anette mir, als ich den vollgepackten Koffer nur mühevoll mit ihrer Hilfe zubrachte.

»Meinen Schmuck?«, fragte ich irritiert. Daran hatte ich selbst gerade gar nicht gedacht.

»Klar! Pack alles ein, Tilda. Man weiß ja nie!«, antwortete sie.

Ich öffnete den Tresor, der sich im Schlafzimmer wenig originell hinter einem Bild befand. Doch als ich die Schatulle darin geöffnet hatte, zögerte ich. Obwohl ich nicht sonderlich viel Wert auf Schmuck legte, hatte Andreas mir zu allen möglichen Anlässen irgendwelche teuren Stücke geschenkt, die ich ihm zuliebe bei Einladungen oder wichtigen Geschäftsterminen trug. Das einzige Schmuckstück, das mir neben meinem Ehering – zumindest bis vor etwa zwei Stunden – jedoch wirklich etwas bedeutete, war ein goldenes Kettchen mit einem kleinen Anhänger in der Form eines Elefanten. Es war sehr alt. Oma hatte es als kleines Mädchen von ihrem Vater bekommen, der es von einer seiner vielen Reisen mitgebracht hatte. Zu meinem zehnten Geburtstag hatte sie es mir mit den Worten geschenkt: »Der kleine Elefant wird dir Glück bringen, Tilda.«

Und genau dieses Kettchen trug ich auch heute um den Hals. Mehr brauchte ich nicht. Ich streifte meinen Ehering ab und warf ihn in die Schatulle zu dem restlichen Schmuck. Nichts davon wollte ich mitnehmen.

»Hast du fürs Erste alles?«, rief Anette mir zu, als ich noch mal in die Küche ging und mir ein Glas Wasser einschenkte, das ich durstig auf einmal leer trank.

Ich sah mich kurz um. Die Wohnung, die für mich all die Jahre mein Zuhause gewesen war, wirkte im Wissen um die bevorstehende Trennung schon jetzt fremd für mich. Diese Empfindung trieb mir für einen Moment wieder die Tränen in die Augen.

»Tilda?«, hakte Anette nach.

Ich schluckte und blinzelte die Tränen weg. »Ich hab alles«, antwortete ich dann und zog den schweren großen Rollkoffer und den Trolley zur Tür. Anette trug die Reisetasche. Ich nahm rasch meinen leichten Sommermantel von der Garderobe und schlüpfte hinein. Und auch die Regenjacke musste mit, die ich bei meinen Spaziergängen bei schlechtem Wetter immer trug. Ich zog sie über den Mantel an, da sie in keine Tasche mehr passte.

Anette kicherte.

»Das könnte *der* modische Trend des Sommers werden!«, witzelte sie. Da musste sogar ich lächeln.

»Aber jetzt lass uns verschwinden!«

»Moment!« Mir war noch etwas eingefallen. Ich ging zurück in die Küche und in die angrenzende Speisekammer. Kurz darauf kam ich mit einem Korb mit sechs Weinflaschen zurück. Dabei handelte es sich nicht um die Weine, die wir an Kunden verschenkten, sondern um ganz besondere Flaschen aus Andreas' kostbarer Weinsammlung.

»Er wird sich bestimmt mächtig ärgern, wenn er merkt, dass ich die mitgenommen habe. Da müssen heute noch einige Schätzchen dran glauben!«, erklärte ich entschieden, und Anette grinste.

Als wir meine Sachen vor dem Gebäude in den Kofferraum packten, kam plötzlich Bärbel, die junge Büroangestellte, auf mich zugeeilt.

»Ich hab Sie vom Fenster aus gesehen, Frau Buschmann. Wollen Sie verreisen?«, fragte sie, während sie mich von oben bis unten musterte. Vor allem die Schweinchen-Hausschuhe schienen sie zu irritieren.

»So in etwa«, meinte ich nur, da ich jetzt nicht in der Lage war, ihr eine Erklärung zu geben.

»Aber … aber ich brauche Sie doch im Büro. Der Drucker spinnt wieder. Ich krieg ihn nicht zum Laufen und muss noch dringend einen Vertrag für die Doppelhaushälfte in Salzweg ausdrucken und …«

»Keine Zeit«, unterbrach ich sie. »Darum soll sich Andreas kümmern, wenn er ins Büro kommt.« *Wann immer er sich von seiner geliebten Frau Kaiser loseisen kann.*

»Aber der Chef kennt sich damit doch überhaupt nicht aus«, warf Bärbel ein und wirkte etwas gestresst.

»Oh, keine Sorge. Der kann mehr, als Sie denken«, mischte Anette sich ein.

»Das kriegt er schon hin«, beteuerte ich. »Und wenn nicht, rufen Sie einen Techniker an.«

Ein klein wenig tat Bärbel mir schon leid, aber im Moment konnte ich ihr wirklich nicht helfen.

Und so ließ ich sie stehen und stieg in den Wagen.

Nachdem wir mit meinen Sachen in Anettes Wohnung zurückgekommen waren, hatte sie Pizza und meine Lieblingsnudeln beim Italiener bestellt. Doch ich brachte kaum einen Bissen herunter und hielt mich stattdessen an den Wein, während ich ein wenig Zuversicht in den Gesprächen mit Anette fand. Es war mir außerdem eine gewisse Genugtuung, dass jedes Glas, mit dem ich mein Unglück hinunterspülte, mindestens hundert Euro wert war.

Mein Handy vibrierte mehrmals. Andreas versuchte immer wieder, mich zu erreichen. Bis ich ihm schließlich genervt eine Textnachricht schickte, dass er mich gefälligst in Ruhe lassen solle.

»Ich fasse es einfach nicht, dass er mir die ganze Zeit etwas vorgemacht hat«, sagte ich zum wiederholten Male und meinte damit nicht nur seine Affäre.

Anette nahm einen Schluck Brunello di Montalcino Riserva und räusperte sich dann.

»Ich hab bisher nie was gesagt, weil jeder selbst wissen muss, was er tut. Und sei mir jetzt bitte nicht böse, aber manchmal konnte ich echt nicht verstehen, wieso du ihm immer so viel abgenommen hast, Tilda. Du hast ihn ja fast schon bemuttert, und das hat er, wie ich finde, schamlos ausgenutzt«, sagte sie vorsichtig.

»Aber du weißt doch selbst, dass er so vieles einfach nicht auf die Reihe bekommen hat und ich deswegen ...«, wollte ich loslegen, um mich zu rechtfertigen, doch Anette unterbrach mich.

»Tilda, mir ist klar, dass du es immer nur gut meinst, mit allen. So warst du schon im Kindergarten. Ich kann gar nicht aufzählen, wie oft du dein Pausenbrot mit mir und anderen geteilt hast. Und wie viele Käfer, Schmetterlinge und Ameisen du damals gerettet hast. Aber jetzt mal ehrlich, fast jede andere Frau heutzutage hätte einem Mann wie Andreas, der sich so bedienen lässt, den Vogel gezeigt. Manchmal kam es mir so vor, als wärst du viel mehr seine persönliche Assistentin und Haushälterin als seine Ehefrau.«

Ich wusste, dass sie es nicht böse meinte, trotzdem tat es weh, das zu hören. Weil sie irgendwie recht hatte, auch wenn ich es nicht ganz so gesehen hatte.

»Wieso hast du nicht einfach mal was gesagt, dass er gefälligst mithelfen soll oder zumindest eine Köchin und Putzfrau engagieren muss, um dir was abzunehmen, wenn er so unbeholfen ist? Was ja offenbar gar nicht wirklich der Fall ist, wie wir inzwischen wissen! Ihr hättet euch das doch locker leisten können!«

Diese Frage hatte ich mir in den letzten Jahren selbst

auch ab und zu gestellt, mich vor der Antwort jedoch immer gedrückt.

»Ich … ich glaube, ich wollte, dass er mich braucht. Ich hatte Angst, dass er mich sonst irgendwann vielleicht nicht mehr lieben könnte«, sprach ich die traurige Wahrheit zum ersten Mal laut aus.

»Aber Tilda, wie kommst du denn auf so eine Schnapsidee?«, fragte Anette und wirkte ehrlich betroffen.

Ich zuckte hilflos mit den Schultern.

»Keine Ahnung. Es … es war einfach seine Art. Irgendwie hat er mich dazu gebracht, dass ich das denke, ohne dass er es jemals ausgesprochen hat. Deswegen war es mir immer wichtig, dass er glücklich ist.«

»Aber genauso wichtig ist doch, dass du glücklich bist, Tilda!«

»Das war ich ja auch. Wirklich. Es hat mir viel Spaß gemacht, ihn zu unterstützen, als wir seine Firma aufbauten. Und das hat sich ja auch gelohnt. Andreas hat mir das Gefühl gegeben, der wichtigste Mensch in seinem Leben zu sein. Das fühlte sich so gut an. Aber jetzt …«

Wieder kullerten Tränen über meine Wangen.

Anette legte einen Arm um mich und zog mich an sich. Eine Weile lang hielt sie mich einfach nur fest.

»Tilda, du hast vorhin gesagt, dass ihr *seine* Firma aufgebaut habt«, begann sie nach einer Weile. »Wir haben bisher nie über so was geredet, und ich weiß, dass der Laden *Andreas C. Buschmann Immobilien* heißt. Aber bitte sag mir nicht, dass das Immobilienbüro nur auf ihn läuft!«

»Äh, doch«, gab ich zerknirscht zu. »Seine Großeltern haben damals ein Mehrfamilienhaus in Frankfurt verkauft und Andreas einen ziemlichen Batzen Geld gegeben, den er in den Aufbau des Geschäftes und die Penthousewohnung gesteckt hat. Ich selbst hatte damals ja kaum Ersparnisse, wie du weißt. Deswegen war das für mich auch völlig okay, dass wir einen Ehevertrag gemacht haben und alles auf ihn laufen sollte.«

»Aber hör mal! Du hast womöglich kein Geld reingesteckt, aber du hast dafür deinen Job gekündigt und auf deinen Verdienst verzichtet und dich total reingehängt, Tilda!«, rief Anette mir eindringlich in Erinnerung.

Ich nickte.

»Schon. Anfangs sollte meine Arbeit in der Firma ja auch nur vorübergehend sein, die ersten Jahre, bis alles gut lief. Aber dann wollte Andreas doch, dass ich weiterhin im Büro blieb. Und ich bin ja auch offiziell als Halbtagskraft angestellt, damit ich versichert bin und Beiträge auf mein Rentenkonto eingehen.«

»Wie bitte? Nur als Halbtagskraft? Aber du hast doch ...«

»Bitte hör auf!«, unterbrach ich sie aufgebracht, war allerdings hauptsächlich auf mich selbst sauer. »Das war blöd, ja! Saublöd sogar! Aber finanziell hat mir in meiner Ehe nichts gefehlt, und ich dachte doch nie, dass Andreas mich einfach mal so abservieren könnte ... Ich ... ich habe diesen Mann geliebt, meistens mehr, manchmal weniger, wie das nun mal so ist in einer Ehe. Dass er nicht perfekt ist, weiß ich. Aber das bin ich ja auch nicht. Niemand von uns ist das. Ich wollte mit

Andreas an meiner Seite alt werden! Vielleicht hört sich das naiv an, Anette, aber ich habe doch nicht gedacht, dass unsere Ehe scheitert! Und jetzt ist es so, und ich weiß ich nicht, wie ich mit alldem umgehen soll. Ich verliere nicht nur meinen Mann und meine Wohnung, sondern auch meinen Job! Und das alles innerhalb weniger Stunden! Ich muss wieder ganz von vorne anfangen, und die Vorstellung fühlt sich gerade so anstrengend an, dass ich schon jetzt keine Kraft mehr habe. Also mach mir bitte keine Vorwürfe. Die mach ich mir selbst gerade genug!«

Zitternd griff ich nach dem Glas und trank es leer.

»Tilda. Das tut mir leid«, entschuldigte sich Anette leise. »Ich wollte dich doch nicht kritisieren. Im Gegenteil! Ich bin einfach nur so sauer auf Andreas, dass ich ihn auf den Mond schießen könnte. Du bist so ein lieber Mensch, und er ist ein absoluter …« Sie vollendete den Satz nicht. Vermutlich, um mich nicht noch mehr aufzuregen. Sie war noch nie ein sonderlicher Fan von Andreas gewesen. »Jetzt pass mal auf. Den Verlust deines Mannes kann ich dir nicht ersetzen. Aber du kannst hier bei mir wohnen, so lange, bis du was Eigenes gefunden hast, und du musst dich deswegen nicht stressen. Und was deinen Job betrifft – als Krankenschwester bist du zwar schon lange raus, aber gerade werden überall händeringend Leute in den Pflegeberufen gesucht. Während und nach Corona hat sich das alles noch viel mehr verschärft. Ich bin mir sicher, die nehmen dich überall mit Kusshand, und du hast dich da bestimmt auch schnell wieder eingearbeitet. Wenn du das willst.«

»Denkst du das wirklich?«, fragte ich zweifelnd.

Sie nickte.

Zu meiner Überraschung verspürte ich bei dem Gedanken, wieder in meinen alten Beruf zurückzugehen, einen Anflug von Freude. Was für ein Gefühlschaos an diesem Tag! Ich war meinem erlernten Beruf immer sehr gerne nachgegangen, und es war mir damals nicht leicht gefallen, meine Stelle im Krankenhaus zu kündigen. Doch meine Ehe und der Aufbau der Firma waren mir wichtiger erschienen. In diesem Moment fragte ich mich, wie mein Leben wohl verlaufen wäre, wenn ich meinen Job als Krankenpflegerin behalten hätte oder viel früher wieder in diesen zurückgekehrt wäre. Hätte unsere Ehe trotzdem bis jetzt standgehalten?

»Und noch was, meine Liebe. Mit fünfunddreißig bist du jung genug, um noch mal ganz neu durchzustarten!«, versuchte Anette mich noch weiter zu motivieren, damit ich wieder einen etwas rosigeren Blick auf die Zukunft bekam. Und es half. Ein ganz klein wenig zumindest.

»Du hast recht! Ich bin jung genug für einen Neustart«, stimmte ich ihr zu, auch wenn ich im Moment selbst nicht wusste, wie dieser Neustart genau aussehen könnte. Gleichzeitig war mir bewusst, dass meine biologische Uhr ziemlich laut tickte, falls ich irgendwann doch noch eine eigene Familie mit Kindern haben wollte. Dass ausgerechnet Andreas in wenigen Monaten Vater sein würde, obwohl er das in unserer Ehe ausgeschlossen hatte – darüber wollte ich jetzt allerdings nicht nachdenken. Fürs Erste verdrängte ich den Schmerz, der sich nicht ganz verscheuchen ließ, und versuchte, tapfer nach vorne zu schauen. Dabei half ein weiterer großer Schluck Wein.

»Und jetzt musst du mir eines versprechen, Tilda!«

Anette sah mich ernst an.

»Was denn?«

»Du darfst dich niemals mehr, hörst du, niemals mehr, von jemandem so ausnutzen lassen wie von Andreas. Du musst in Zukunft viel mehr an dich denken und dich durchsetzen. Bitte versprich mir das – und vor allem – versprich es dir selbst!«

Ich schluckte.

»Du meinst also, ich soll keine *Frau für alle Fälle* sein, so wie Andreas und Antje mich immer tituliert haben?«

»Auf keinen Fall! Du kannst nicht für alles zuständig sein und es jedem recht machen. Kein Mensch kann das! Und wie ich diese ätzende Schreckschraube von Schwiegermutter kennengelernt habe, war das von ihr ohnehin nie als Kompliment gemeint.«

Auch wenn mir eigentlich nicht danach war, musste ich bei ihren Worten lächeln. Doch Anette ließ nicht locker.

»Also, was ist jetzt, Tilda? Wirst du endlich mal auf dich und deine eigenen Bedürfnisse hören?«

»Ich verspreche es, Anette!«, beteuerte ich schließlich mit dem festen Vorsatz, das auch einzuhalten.

»Sehr gut. Und jetzt sehen wir doch gleich mal nach, was es gerade für Jobangebote hier in der Gegend gibt, die für dich passen könnten«, überrumpelte Anette mich und klappte den Laptop auf.

»Jetzt?«, fragte ich perplex.

»Ja. Jetzt!«

»Na gut, okay … Aber vielleicht muss es ja gar nicht hier in der Gegend sein«, warf ich ein, während sie die freien Stellen in der örtlichen Klinik aufrief. »Ich könnte doch auch nach München gehen. Oder an den Bodensee. Oder nach Hamburg oder auf irgendeine spanische Insel.« Dann würde ich auch Andreas und seiner Neuen nicht mehr irgendwo zufällig über den Weg laufen.

Anette sah mich kurz etwas erschrocken an.

»Meinst du das ernst?«, fragte sie.

Ich zuckte mit den Schultern.

»Keine Ahnung.«

Anette seufzte. »Du würdest mir zwar schrecklich fehlen, Tilda, aber ja, du könntest überall hingehen, um einen Neuanfang zu machen. Das Leben liegt vor dir!«

»Mein Leben liegt vor mir!« Das auszusprechen, fühlte sich zwar etwas eigenartig, aber auch gut an. Und ich hatte plötzlich nicht mehr das Gefühl, nur ein Opfer der Umstände zu sein. »Darauf wollen wir trinken!«

Doch unsere Gläser waren leer.

»Moment.«

Ich griff nach einer weiteren Flasche, die ich vorhin schon entkorkt hatte, damit der Wein atmen konnte, und schenkte ein.

»Auf die Zukunft!«, sagte ich.

»Auf die Zukunft, Tilda!«

Wir stießen mit dem sündhaft teuren Château Lafite-Rothschild an, den Andreas hoffentlich schmerzhaft vermissen würde.

Kapitel 3

Achterbahnfahrt

Als ich am nächsten Morgen mit einem dicken Kopf auf dem Sofa erwachte, fragte ich mich einen Moment lang irritiert, was ich in der Wohnung von Anette machte. Bis mir mit einem Schlag alles wieder einfiel. *Andreas! Andreas und Marlene Kaiser!* Innerhalb von nicht einmal vierundzwanzig Stunden hatte sich mein bisheriges Leben in einen einzigen Scherbenhaufen verwandelt. Ich stöhnte, als mir schwindelig wurde und sich für ein paar Sekunden alles drehte. Langsam setzte ich mich auf, in der Hoffnung, meinen Kreislauf dadurch in Schwung zu bekommen.

Auf dem Tisch standen benutzte Gläser und drei leere Flaschen Wein, die wir bis tief in die Nacht ausgetrunken hatten. Schlagartig begann der restliche Rebensaft in meinem Magen zu rebellieren, und ich schaffte es gerade noch ins Badezimmer, bevor ich mich übergeben musste. Als ich mir mit zitternden Fingern das Gesicht abwusch, entdeckte ich neben einem zweiten Zahnputzbecher mit einer verpackten Bürste einen Zettel von Anette: *Du schaffst das, Tilda!*

Obwohl ich mich hundeelend fühlte, musste ich lächeln. Was täte ich nur ohne eine Freundin wie sie? Und ja, ich würde das schaffen! Auch wenn sich momentan alles schrecklich anfühlte, würde ich dieses Fiasko hinter mir lassen können. Irgendwann. Ich hatte auch früher schon Situationen gemeistert, die noch schlimmer waren. Irgendwie ging das Leben trotz allem immer weiter. Doch erst einmal musste ich mich ganz dringend wieder hinlegen und noch eine Runde schlafen.

Die nächsten Tage waren eine einzige emotionale Achterbahnfahrt. Doch wie beste Freundinnen nun mal sind, war Anette tapfer an meiner Seite. Sie verbrachte jede freie Minute mit mir und versuchte, mich so gut es ging abzulenken.

Für eine ernsthafte Jobsuche fühlte ich mich allerdings noch nicht bereit. Erst musste ich das abrupte Ende meiner Ehe einigermaßen vorverdauen.

Es hatte nicht lange gedauert, bis sich unsere Trennung herumgesprochen hatte. Ich bekam tröstende und bedauernde Nachrichten aus unserem Bekanntenkreis. Einige unserer gemeinsamen Freunde steckten wohl in einer Zwickmühle, wem von uns sie sich solidarisch zeigen sollten. Das war ja bekanntermaßen eines der Dramen bei Trennungen oder Scheidungen – auch der Freundeskreis wurde oft in Mitleidenschaft gezogen –, und das bekam auch ich gerade zu spüren.

Andreas hatte mit seinen Anrufen nicht lockergelassen, bis ich mich schließlich einem Gespräch gewachsen fühlte und ans Handy ging. Doch falls ich tief in mir irgendwo die verrückte Hoffnung gehabt hatte, er würde es bereuen, dass er mich mit einer anderen Frau betrogen hatte, wurde ich sehr schnell eines Besseren belehrt.

Andreas stellte freundlich, aber unmissverständlich klar, dass ihm sehr daran gelegen war, die Trennung samt Scheidung ohne großes Aufheben über die Bühne zu bringen. Einen Weg zurück gab es von seiner Seite aus definitiv nicht. Außerdem wollte er mich dazu überreden, ins Büro zu kommen, weil Bärbel mit der Arbeit völlig überfordert schien.

»Wie stellst du dir das denn vor? Ich will dich jetzt ganz sicher nicht sehen, geschweige denn mit dir arbeiten!«

»Zumindest so lange, bis Bärbel sich richtig eingearbeitet hat. Immerhin bekommst du noch dein Gehalt.«

»Wie bitte?«

Erst in diesem Moment wurde mir klar, dass er wohl schon seit geraumer Zeit angefangen hatte, die Weichen für die Trennung zu stellen. Die Idee, eine zusätzliche Mitarbeiterin einzustellen, hatte er mir vor ein paar Wochen wie nebenbei bei einem Abendessen in den Kopf gesetzt, als wir über den immer größer werdenden Verwaltungsaufwand im Büro sprachen. Das Ganze hatte er so geschickt eingefädelt, dass der Vorschlag für eine Mitarbeiterin letztlich von mir gekommen war.

»Nachdem ich darüber nachgedacht habe, finde ich, dass du recht hast, Tilda. Es wird Zeit, uns Unterstützung ins Büro zu holen«, hatte er zu meiner Überraschung am nächsten Morgen gesagt. »Und am besten gleich ganztags.«

Er hatte es mir überlassen, aus den zahlreichen Bewerbungen für die Stelle eine geeignete Kandidatin auszuwählen. Ich hatte mich für Bärbel entschieden. Eine motivierte, aber nicht überambitionierte junge Frau, bei der ich das Gefühl hatte, dass sie zwar eine Hilfe sein, aber nicht versuchen würde, mich irgendwann ersetzen zu wollen. Dass genau das jedoch ganz im Sinne von Andreas war, hätte ich mir nicht ausmalen können, nachdem ich die Firma von Anfang an mit ihm aufgebaut hatte. Doch da ich ihm viel zu früh auf die Schliche gekommen war, war sein Vorhaben, dass Bärbel reibungslos meinen Job übernahm, sobald er sich offiziell von mir getrennt hatte, am Ende nicht aufgegangen.

»Wie lange hättest du denn noch damit warten wollen, mir zu sagen, dass du mich sowohl im Büro wie auch in deinem Leben gegen eine andere austauschen willst?«, fuhr ich ihn durch das Telefon an, und als er mir nicht gleich antwortete, fügte ich noch hinzu: »Und keine Ahnung, ob das mit einer reibungslosen Scheidung möglich ist. Das muss ich erst mit meiner Anwältin klären!«

Die gab es zwar noch nicht, aber das stand in den nächsten Tagen ganz oben auf meiner Prioritätenliste.

Ich hörte, wie er sich leise räusperte. Solche deutlichen Worte war er von mir nicht gewohnt.

»Tilda, ich bitte dich, wir können das alles doch ganz vernünftig besprechen«, stimmte er plötzlich einen versöhnlichen Ton an.

»Ach ja?«

»Ich wollte dir echt nicht weh tun. Wirklich blöd, dass du es so erfahren hast. Das hätte nicht passieren dürfen und tut mir schrecklich leid.«

Sicher nur deswegen, weil ich damit dein Timing durcheinandergebracht habe, du Mistkerl!, vermutete ich, sprach es aber nicht aus.

»Bitte glaub mir, Tilda, das mit Marlene war doch nicht geplant«, fuhr er fort, als ob er mit einem kleinen Kind reden würde. »Ehrlich, ich war immer davon überzeugt, dass wir beide, du und ich, füreinander geschaffen wären. Das perfekte Paar. Du bist ja auch eine tolle Frau und hast mich bei allem immer sehr unterstützt. Das rechne ich dir ganz hoch an. Ehrlich. Aber dann, dann begegnete ich Marlene ...«, seine Stimme klang plötzlich ganz sanft und schwärmerisch, »... und sie hat mich wie aus heiterem Himmel völlig aus der Bahn geworfen.«

Als ob mich diese Erklärung besänftigen könnte! Mein Puls schnellte so in die Höhe, dass ich ihn bis in meine lädierten Zehenspitzen spüren konnte.

»So sehr, dass du sie gleich geschwängert hast!?«, rief ich und musste mich zusammenreißen, um nicht in Tränen auszubrechen oder, besser noch, eines der unschuldigen Teller aus Anettes Geschirrschrank gegen die Wand zu schmettern, um meinem Zorn Luft zu machen. Doch ich tat beides nicht.

»Bitte versuche, das zu verstehen. Marlene hat sich so sehr ein Kind gewünscht. Und in ihrem Alter, da hat sie doch auch nicht mehr so lange Zeit. Was sollte ich denn tun?«

Also war die Schwangerschaft noch nicht einmal ein »Unfall« gewesen, sondern geplant! Ich schluckte. Merkte er in seiner Verliebtheit in diese Frau gar nicht, wie taktlos und fast schon grausam er mir gegenüber war? War ich ihm inzwischen so völlig egal geworden oder hatte ich ihm sowieso nie wirklich sonderlich viel bedeutet? Hatte er mir überhaupt je zugehört? Ein gemeinsames Kind war auch mein sehnlicher Wunsch gewesen, aber das hatte ihn all die Jahre nicht die Bohne interessiert. Jedes Mal, wenn ich vorsichtig mit diesem Thema angefangen hatte, hatte er sofort abgewunken. Er hatte ja noch nicht einmal zugestimmt, uns einen Hund oder eine Katze in die Wohnung zu holen!

Ich suchte nach den richtigen Worten, nach irgendetwas, das ich ihm an den Kopf werfen konnte und das ihm auch wehtun würde. Vergeblich. *Verdammt!* Dass ich zusammen mit Anette in den letzten Tagen sechs seiner teuersten Weine getrunken und einen Teil davon ins Klo gekotzt hatte, würde ihn zwar ärgern, aber diesen Verlust konnte er verschmerzen. Da mir nichts Besseres einfiel, wollte ich es ihm trotzdem unter die Nase reiben, doch er wechselte bereits das Thema.

»Tilda, wir haben uns doch immer so toll verstanden. Und ich schätze deine Professionalität sehr«, versuchte er, mich um den Finger zu wickeln, so wie er es mit seinen Kunden tat. »Ich will dir einen Vorschlag machen. Du hast doch einen besonders guten Draht zu dem jetzigen Besitzer des Ärztehauses in der Fußgängerzone. Wenn du noch bis zur Abwicklung des Verkaufs und dem Steuerabschluss des letzten Geschäftsjahres bleiben würdest, dann könnten wir uns ...«

»Nichts könnten wir uns, aber du kannst mich mal, *Andi*!«, fuhr ich ihm ins Wort. Dabei betonte ich die Kurzform seines Namens, die er früher immer schrecklich fand, ganz besonders und setzte noch hinzu: »Ich kündige! Fristlos!«

Nach dem Telefonat zitterte ich wie Espenlaub. Ich hasste es zu streiten. Normalerweise war ich ein harmoniesüchtiger Mensch und wollte auch jetzt einfach nur, dass alles wieder gut war. Doch in Bezug auf Andreas war im Moment gar nichts gut.

Auch meine zukünftige Ex-Schwiegermutter hatte sich mit einer Sprachnachricht bei mir gemeldet, nachdem ich es nicht über mich gebracht hatte, ihre Anrufe anzunehmen.

Und es wäre besser gewesen, mir ihr Gequatsche nicht anzutun. In ihrer Nachricht beteuerte sie zwar, dass es ihr leidtue, dass unsere Ehe nicht gehalten habe, verpackte die Worte jedoch so, als wäre ich dafür verantwortlich und nicht ihr fremdgehender Sohn. Außerdem erinnerte Antje mich daran, dass ich finanziell absolut nichts in die Ehe eingebracht hätte, weswegen alles ihrem Sohn zustehe. Das hatte sie mir auch früher schon gerne unter die Nase gerieben. Für sie war ich nie die Schwiegertochter, die sie sich gewünscht hatte. Die vermögende Witwe hingegen, die meinem Mann den Kopf verdreht hatte, würde sie gewiss mit offenen Armen in der Familie aufnehmen.

Ich ersparte es mir, auf Antjes Nachricht zu reagieren. Doch ich verspürte eine gewisse Erleichterung, dass ich nie wieder eines der anstrengenden Familienfeste mit dieser Frau verbringen musste. Das zumindest war ein kleiner Trost.

Ein paar Tage später hatte ich ein Gespräch mit einer Anwältin, die ich bei der Vermittlung von Büroräumen vor zwei Jahren kennengelernt hatte. Bedauerlicherweise konnte sie mir keine allzu großen Hoffnungen machen. Erst jetzt stellte sich für mich heraus, dass unser Ehevertrag so vorteilhaft und wasserdicht für Andreas aufgesetzt war, dass ich froh sein konnte, wenn er nicht noch einen Anspruch auf einen Anteil des Geldes auf meinem persönlichen Sparkonto stellte.

»Hatten Sie denn damals keine anwaltliche Vertretung?«, fragte sie, nachdem sie die Unterlagen sorgfältig geprüft hatte.

»Nein. Das schien mir zu dem Zeitpunkt nicht nötig zu sein«, antwortete ich kleinlaut.

»Tut mir leid, Ihnen das zu sagen, Frau Buschmann, aber da waren Sie wirklich ganz schön blauäugig, als sie dem zugestimmt haben!«, meinte sie in sachlichem Ton und schüttelte den Kopf.

Blauäugig? Ja, vermutlich war ich das gewesen. Blauäugig und vor allem unendlich verliebt in Andreas und seine strahlend blauen Augen. Ich war damals gerade mal vierundzwanzig Jahre alt und vielleicht ein wenig zu unerfahren und zu naiv, um die rechtlichen Konsequenzen eines solchen Vertrages abzusehen. Leider hatte ich schon zu dieser Zeit auch keine Eltern oder nahen Verwandten mehr, die mir mit ihrem Rat hätten zur Seite stehen können. Jetzt konnte ich das leider nicht mehr rückgängig machen.

Zudem war meine fristlose Kündigung angesichts der Umstände für meine Anwältin zwar absolut verständlich, in der kniffligen Situation trotzdem womöglich nicht ganz vorteilhaft für mich.

»Ich werde versuchen, noch jenseits des Ehevertrages etwas für Sie herauszuholen, Frau Buschmann. Immerhin haben Sie das Geschäft mit Ihrem Mann über elf Jahre lang erfolgreich aufgebaut. Mal sehen, wie weit ich gehen kann. Aber ich muss Sie vorwarnen. Es könnte womöglich unschön werden und sich damit noch eine ganze Weile länger hinziehen.«

Eigentlich könnte mir das egal sein. Es würde mir sogar eine gewisse Genugtuung bereiten, wenn Andreas noch recht lange auf seine Scheidung warten müsste. Meinetwegen bis sein zukünftiger Sprössling den Schulabschluss machte! Das würde Andreas sicherlich gar nicht gefallen, denn schon bei unserem Telefonat hatte er angedeutet, dass er unmittelbar nach unserer Scheidung die neue Frau an seiner Seite heiraten wolle. Zugegeben, ihn auf diese Weise ein wenig länger zappeln zu lassen, war schon aus diesem Grund äußerst verlockend. Gleichzeitig wollte ich aber auch für mich alles so schnell wie möglich abschließen, um diesen Ballast nicht unnötig lange mit mir herumzuschleppen. Unsere Ehe war – für mich völlig unerwartet – mit Pauken und Trompeten gescheitert. Andreas hatte sich für eine andere Frau und ein Kind entschieden. Er würde eine Familie gründen. Das musste ich jetzt akzeptieren, auch wenn es wehtat. Doch gleichzeitig verschaffte es mir tatsächlich einen Vorteil. Wenn Andreas wollte, dass alles schnell über die Bühne ging, würde er trotz des Ehevertrages noch etwas springen lassen müssen. Außerdem ließ ich ihm über die Anwältin ausrichten, dass ich auf Folgendem bestand: Er musste meine fristlose mündliche Kündigung vergessen und mir ordnungsgemäß von sich aus kündigen. Wobei ich natürlich trotzdem keinen Tag mehr im Büro arbeiten würde. Und außerdem bestand ich auf einem 1-a-Arbeitszeugnis, das ich selbst aufsetzen und ihm zur Unterschrift vorlegen würde.

»Ich finde, das ist mehr als fair, Frau Buschmann. Und der Betrag für die Abfindung sollte hoch genug sein, damit Sie mindestens meine Rechnung bezahlen können, nicht wahr?«, meinte sie noch mit einem Augenzwinkern. Humor hatte sie jedenfalls.

»Kann ich eigentlich meinen alten Familiennamen wieder annehmen?«, fragte ich.

Buschmann hatte mir noch nie sonderlich gefallen, und ich hatte eigentlich bei der Hochzeit meinen Geburtsnamen *Schwan* behalten wollen. Doch meine liebe Schwiegermutter und Andreas fanden diese Idee überhaupt nicht gut und hatten mich so lange bearbeitet, seinen Familiennamen anzunehmen, bis ich am Ende doch eingeknickt war. Ich hatte – wie fast immer, wenn es um meine Wünsche in unserer Beziehung ging – nachgegeben. So war aus Tilda *Schwan* Tilda *Buschmann* geworden. Und genau diesen Umstand wollte ich so schnell wie möglich wieder rückgängig machen.

»Leider geht das erst, wenn die Scheidung vollzogen ist«, klärte die Anwältin mich bedauernd auf.

»Ach, schade.« Ich seufzte. Aber das war ein weiterer guter Grund, meinem Noch-Ehemann keine unnötigen Steine in den Weg zu legen, um ihn so schnell wie möglich loszuwerden.

Meine Anwältin meldete sich gleich nach dem Gespräch mit Andreas. Er erklärte sich mit meinen Bedingungen einverstanden.

»Es ging sogar alles viel einfacher als gedacht«, berichtete sie vergnügt. »Herr Buschmann hat kurz versucht, den Betrag noch ein wenig runterzudrücken, ist dann aber doch auf meine Forderung eingegangen. Ich glaube, so ein klein wenig plagt ihn doch das schlechte Gewissen.«

Die Abfindung reichte aus, um die Rechnung für die anwaltliche Vertretung zu begleichen und noch etwas auf mein Sparkonto zurückzulegen.

Genau vier Wochen, nachdem ich ihn und Frau Kaiser auf der Terrasse der Villa ertappt hatte, unterzeichneten Andreas und ich die Vereinbarung. Nun konnte die Scheidung ihren Lauf nehmen und zügig abgewickelt werden, sobald das erforderliche Trennungsjahr in – inzwischen nur noch elf Monaten – abgelaufen war.

Ein paar Tage später holte ich mit Anettes Wagen den Rest meiner persönlichen Sachen in der Wohnung ab, die ich in mehreren Kisten in ihrem Kellerabteil einlagern durfte, bis ich etwas Eigenes gefunden hatte.

»Okay, und hier sind noch die Schlüssel für das Penthouse und das Büro!«, sagte ich und reichte ihm den Schlüsselbund.

»Danke, Tilda.«

Er bestätigte mir den Empfang schriftlich, damit alles seine Ordnung hatte.

»Tja. Das war's dann wohl«, murmelte ich zum Abschied.

»Ja … Mach's gut, Tilda!«, sagte er und sah zum wiederholten Mal auf seine Armbanduhr. Offenbar hatte er es eilig. Er kam mir fast vor wie ein Fremder. Den Andreas, den ich gekannt und geliebt hatte, gab es nicht mehr. Das tat weh, weil ich diesen Menschen und die gemeinsame Zeit trotz seiner Fehler vermisste, machte es mir aber um einiges leichter, das Ende meiner Ehe zu akzeptieren.

Kapitel 4

Auf Jobsuche

Nachdem mit Andreas so weit alles geklärt war und ich sämtliche emotionalen Phasen der Trennung mindestens einmal mehr oder weniger heftig durchgemacht hatte, akzeptierte ich langsam, eine frisch getrennte Singlefrau zu sein. Natürlich gab es nach wie vor Tage, an denen ich damit besonders zu kämpfen hatte. Dann zog Anette mich vor den Fernseher und lenkte mich mit Folgen aus den ersten Staffeln der Krankenhausserie Grey's Anatomy ab, oder aber sie lockte mich ins Kino. Ihre Versuche, mich zu überreden, in Clubs zu gehen und mir als Trostpflaster einen One-Night-Stand zu gönnen, schlugen jedoch fehl. Für so etwas war ich noch lange nicht bereit und außerdem auch generell gar nicht der Typ dafür.

Doch allmählich war es auch Zeit, mich ernsthaft auf die Jobsuche zu konzentrieren.

Anette hatte recht gehabt. Es gab in der Gegend viele offene Stellen im Gesundheitsbereich, und es würde hoffentlich kein Problem sein, bald eine passende Arbeit zu finden. Doch je mehr ich mich damit beschäftigte und darüber nachdachte, desto verlockender erschien mir die Idee, tatsächlich zu neuen Ufern aufzubrechen und meine alte Heimat und das Leben in Passau hinter mir zu lassen. Vielleicht wäre ein kompletter Neuanfang genau das, was ich brauchte. Kurzerhand schickte ich meine erste Bewerbung als Krankenpflegerin in der Unfallchirurgie an eine Klinik in München. Das war der Arbeitsbereich gewesen, in dem ich zuletzt beschäftigt gewesen war.

Für das Bewerbungsgespräch, für das ich bereits ein paar Tage später eine Zusage bekam, brauchte ich unbedingt einen frischen Haarschnitt, damit ich mich der Herausforderung gewappnet fühlte. Wie ich schon geahnt hatte, war Raquel unerbittlich, und der nächste Termin, den sie mir anbot, wäre erst in zwei Monaten. So lange konnte ich unmöglich warten, ich sah ja jetzt schon aus wie ein Zausel. Wohl oder übel musste ich in einen anderen Friseursalon gehen, und es brauchte sieben Telefonate, bis ich einen Termin ergattern konnte, und auch nur, weil eine Kundin ausgefallen war.

»Was darf es denn sein?«, fragte Svenja, die hippe Friseurin, als ich vor ihr auf dem Stuhl saß, und fuhr mit ihren knallbunt lackierten Fingernägeln durch meinen gewaschenen, inzwischen bis über das Schlüsselbein reichenden Long-Bob.

»Bitte nur die Spitzen etwa drei Zentimeter kürzen«, bat ich vorsichtshalber. Das würde vorerst reichen, damit die Frisur in Form blieb, bis ich sie wieder in Raquels vertraute Hände legen konnte. Für modische Experimente hatte ich kurz vor den bevorstehenden Vorstellungsterminen keinen Nerv.

»Gern … Ich würde nur ein paar leichte Stufen schneiden, damit …«, begann sie, doch ich unterbrach sie sofort.

»Bitte wirklich nur die Spitzen!«

Unsere Blicke trafen sich im Spiegel. Sie lächelte.

»Klar. Was zu lesen?«

Ich nickte. Während ich in der Klatschzeitung blätterte und die Berichte nur überflog, ließ ich sie kaum aus den Augen.

»Haben Sie da jetzt nicht an der Seite etwas zu viel abgeschnitten?«, fragte ich plötzlich alarmiert.

»Nein nein. Das ist nicht zu kurz … wenn ich das angleiche, sieht das super aus.«

»Okay«, meinte ich skeptisch, während sie schon wieder losschnippelte.

»Glauben Sie mir, das wird wirklich richtig cool und ist gerade total angesagt!«, beteuerte sie.

Am Ende verließ ich den Laden fast fluchtartig mit einer stufig geschnittenen Frisur im sogenannten Cub-Cut Style, die angeblich der letzte Schrei sein sollte. Mich erinnerte sie eher an eine neuere Version eines Vokuhila-Schnitts, und ich hätte am liebsten geheult. Ich sah fast aus wie meine Mutter auf Fotos aus den Achtzigerjahren, es fehlte nur noch die obligatorische Dauerwelle.

»Verdammt!«, murmelte ich, während ich in meinen Wagen stieg.

Wie Svenja mich doch noch so weit gebracht hatte, dem zuzustimmen, konnte ich mir selbst nicht erklären. Irgendwie schaffte ich es leider nie, meine Interessen und Wünsche konsequent durchzusetzen. Da lag noch einiges an Arbeit vor mir.

»Ach, so schlimm ist das nicht, nur ungewohnt!«, versuchte Anette, mich aufzumuntern, nachdem sie mich von allen Seiten betrachtet hatte. »Ich glaube, das ist wirklich gerade modern. Für die Bewerbung in München passt das ganz sicher. Und überhaupt, die meisten Frauen lassen sich nach einer Trennung sowieso einen völlig neuen Look verpassen.«

Der Sinn dieser weitverbreiteten Praktik hatte sich mir noch nie so wirklich erschlossen.

»Wieso sollte ich einen neuen Look haben wollen, nur weil mein Exmann mich betrogen und abserviert hat? Ich mochte meinen Bob! Oder denkst du, er ist mit dieser Frau Kaiser nur in die Kiste gesprungen, weil ihm meine Frisur nicht mehr gefallen hat?«

»Ich glaube eher nicht«, gluckste Anette und nahm einen Schluck Wasser.

»Gut, sonst müsste es zukünftig bei Trauungen heißen: Bis dass eine schlechte Frisur euch scheidet!«

Anette prustete los und verspritzte dabei etwas Wasser. Und auch ich musste bei der Vorstellung, wie ein Pfarrer diese Worte an das Brautpaar richtete, grinsen.

»Ich verstehe, dass du dich erst dran gewöhnen musst, Tilda. Aber jetzt kannst du eh nichts mehr ändern. Außerdem bist du so hübsch, dass deine Frisur letztlich egal ist. Ehrlich, du siehst wirklich Bombe aus.«

Das tröstete immerhin ein wenig.

Und so fuhr ich einen Tag später mit neuem Look und schrecklich nervös zum ersten Vorstellungsgespräch in die Landeshauptstadt.

Die Personalchefin begrüßte mich freundlich und bedankte sich, dass es so schnell mit einem Termin geklappt hatte. Bei einem Gespräch mit Cappuccino und Keksen erklärte sie mir die Arbeitsbedingungen.

Weil ich ihr nichts vormachen wollte, erzählte ich ganz offen von meiner Trennung, dass ich elf Jahre aus meinem erlernten Beruf raus war und deswegen sicherlich eine kleine Einarbeitungszeit bräuchte, bis ich wieder auf dem Laufenden war. Ich hatte meine Kenntnisse in den letzten Tagen durch das Studieren von Fachliteratur zumindest theoretisch bereits aufgefrischt, trotzdem hatte sich seit meinem Ausscheiden damals einiges geändert. Dazu kam, dass jedes Krankenhaus ohnehin seine eigenen Abläufe hatte. Doch das alles schien für sie kein Problem zu sein. Offenbar suchten sie tatsächlich händeringend nach Personal.

»Ich würde Ihnen gleich noch die Abteilung der Unfallchirurgie zeigen«, meinte sie, und wir gingen durch die Krankenhausflure zunächst in die Notaufnahme. Dort herrschte das übliche hektische Treiben, wie es in solchen Abteilungen in jedem Krankenhaus der Fall war.

»Ab wann könnten Sie denn anfangen?«, fragte sie, nachdem wir kurz mit einem der Assistenzärzte gesprochen hatten, bevor er eilig den nächsten kritischen Patienten von Rettungssanitätern übernahm.

»Ab Juli.« Wir hatten jetzt Ende Mai.

»Erst im Juli?« Sie sah mich etwas enttäuscht an.

»Nun ja. Ich muss mir erst noch eine Wohnung suchen.«

»Dabei können wir Sie gern unterstützen, Frau Buschmann«, erklärte sie rasch. »Für den Anfang können wir sogar für ein paar Wochen ein kleines Apartment in einem Wohnheim zur Verfügung stellen. Wenn Sie die Stelle haben möchten, gehört sie Ihnen, samt Unterkunft für den Übergang ... Oh, kleinen Moment bitte ...«

Sie fischte ihr Handy aus der Tasche und ging ein paar Schritte den Flur entlang, um den Anruf entgegenzunehmen. Während ich auf sie wartete, sah ich mich um. Wäre das bald mein zukünftiges Arbeitsumfeld? Eine Ärztin kam aus einem der Räume gehetzt und eilte in den nächsten. Kurz waren die Töne von Überwachungsgeräten zu hören, dann fiel die Tür hinter ihr zu. Am Pflegestützpunkt trug ein Krankenpfleger Daten in den PC ein. Eine ältere Kollegin kam mit einem Stück Kuchen auf ihn zu und stellte ihm den Teller hin.

»Schokokuchen für dich, bevor ich endlich zwei Wochen weg bin«, sagte sie und wirkte fröhlich.

»Danke, Gitti ... Ich weiß, dein Urlaub beginnt morgen, aber könntest du vielleicht wenigstens noch für die Frühschicht einspringen? Bitte. Keine Ahnung, wen ich sonst noch fragen könnte.« Der Mann hörte sich erschöpft an.

»Das ist mein erster Urlaub seit zehn Monaten«, protestierte die Frau. »Von den Überstunden, die immer mehr werden, ganz zu schweigen.«

»Das weiß ich doch alles. Aber ich habe zwei Krankheitsausfälle, und wir waren auch vorher sowieso schon am Limit.«

Schwester Gitti seufzte. Ihr Lächeln war verschwunden.

»Na gut«, gab sie schließlich nach. »Aber nur die Frühschicht morgen. Mehr nicht!«

»Klar. Danke! Du bist die Beste!«, rief er ihr nach, während sie bereits in die andere Richtung davonging.

Ich fragte mich insgeheim, ob es tatsächlich nur bei der Frühschicht bleiben würde. Diese Krankenpflegerin konnte offenbar auch nur schwer *Nein* sagen, genau wie ich. Würde es mir bald ähnlich gehen?

Das Gespräch der beiden machte mir sehr deutlich, was auf mich zukommen würde. Ich scheute mich nicht vor der Arbeit, auch nicht vor Überstunden. Letztlich hatte ich auch die vergangenen elf Jahre im Immobilienbüro nur selten einen freien Tag gehabt, geschweige denn ein komplett freies Wochenende. Und wozu das alles? In diesem Moment wurde mir klar, dass ich letztlich nichts davon hatte und hauptsächlich Andreas davon profitiert hatte.

Die Personalchefin kam eilig zurück.

»Nun, wie sieht es aus? Haben Sie Interesse an der Stelle?«, fragte sie, und ihr Blick war fast flehend.

Als ich heute Morgen losgefahren war, hätte ich nicht gedacht, dass es so schnell gehen könnte. Die Frau wollte mich einstellen, und ich wollte diesen Job. Eigentlich könnte es nicht besser laufen. Trotz allem erbat ich mir einen Tag Bedenkzeit.

»Natürlich. Aber wir würden uns wirklich sehr freuen, wenn Sie zusagen ...«

Nachdem wir uns verabschiedet hatten, dauerte es eine Weile, bis ich wieder zum Ausgang zurückfand. Es war früher Nachmittag, als ich aus der Klinik kam. Ich ließ den Wagen auf dem Parkplatz stehen und fuhr in der überfüllten U-Bahn in die Fußgängerzone, um noch ein wenig zu bummeln. München war eine schöne Stadt, doch bei der Vorstellung, bald hier zu leben, vermutlich in einer ziemlich beengten Wohnung, da ich mir bei den horrenden Mietpreisen nichts anderes würde leisten können, und weder Anette noch andere Freunde und Bekannte in meiner Nähe zu haben, fühlte ich mich plötzlich ganz unbehaglich. Wie lange würde es dauern, bis ich mir einen neuen Freundeskreis aufgebaut hatte? Und würde ich mit der vielen Arbeit überhaupt Zeit haben, außerhalb des Kollegenkreises Leute kennenzulernen und Freundschaften zu pflegen?

Vielleicht war das mit einem kompletten Neuanfang in einer anderen Stadt so kurz nach meiner Trennung doch keine so gute Idee? Gerade jetzt war ich unglaublich froh, einige vertraute Leute, allen voran Anette, um mich zu haben, auf die ich zählen konnte. Natürlich könnten wir regelmäßig telefonieren und uns ab und zu besuchen, aber das war etwas anderes, als schnell mal bei der Freundin auf einen Kaffee vorbeizuschauen und dann bis Mitternacht zu versumpfen oder sich spontan ins Kino zu verabreden. Das alles würde ich sehr vermissen. Oder hatte ich jetzt, da es ernst wurde, einfach nur Angst vor der eigenen Courage?

Nachdenklich spazierte ich noch eine Weile durch die Straßen und kaufte in einem kleinen Laden für Anette einen dieser bunten leichten Schals, die sie so gerne trug. Als ich das Geschäft verließ, schob sich eine große Wolke vor die Sonne. Und auch meine Stimmung wurde immer düsterer. Plötzlich konnte ich es nicht mehr erwarten, wieder zurück in Passau zu sein.

Die halbe Nacht zerbrach ich mir den Kopf über meine Zukunft.

»Was soll ich denn machen?«, fragte ich Anette tags darauf, nachdem ich ihr am Abend zuvor bei Rigatoni mit Gorgonzolasoße – dem einzigen Gericht, das Anette wirklich gut kochen konnte – von meinem Gedankenkarussell erzählt hatte. »Soll ich die Stelle annehmen und nach München gehen?«

»Dein Bauch weiß doch schon längst, was du tun möchtest, Tilda. Vertrau darauf«, sagte sie mit einem Lächeln, bevor sie sich einen Apfel schnappte, ihn in ihre Tasche steckte und sich auf den Weg zur Schule machte.

Ich räumte die Küche auf und tigerte dann eine Weile lang im Wohnzimmer auf und ab. Ich machte mir die Entscheidung nicht einfach, doch Anette hatte mal wieder recht. Letztlich wusste ich schon ganz genau, was ich machen würde. Ich rief die Personalchefin an, bedankte mich für das Gespräch und erklärte ihr ganz offen, dass ich die Stelle eigentlich gern angenommen hätte, das aber leider nicht möglich sei, weil ich aus persönlichen Gründen doch nicht nach München ziehen wolle. Sie nahm es mit großem Bedauern zur Kenntnis, bat mich jedoch, falls ich es mir noch anders überlegen sollte, mich unbedingt wieder bei ihr zu melden. Ich hatte ein schlechtes Gewissen, weil sie wirklich dringend Personal brauchten. Aber ich war leider nicht die Richtige dafür.

Trotzdem war die Bewerbung in München für mich nicht umsonst gewesen, denn nun wusste ich es ganz sicher: Ich brauchte keinen kompletten Neuanfang mit Ortswechsel, ich wollte weiterhin in der Passauer Gegend bleiben. Ein neuer Job und eine neue Wohnung wären nach der Trennung Veränderung genug. Und wenn das bedeutete, dass ich in Passau ab und zu über Andreas und seine neue Partnerin stolpern würde, dann war das eben so.

Als Nächstes hatte ich einen Vorstellungstermin im Passauer Klinikum. Dort hatte ich nach meiner Ausbildung bis zu unserer Hochzeit gearbeitet. Ein Heimspiel quasi, und ich malte mir gute Chancen aus. Doch auf dem Weg dorthin gab es einen Unfall, und ich stand eine Weile im Stau. Ausgerechnet an diesem Tag hatte ich vor lauter Nervosität mein Handy in Anettes Wohnung liegen lassen und konnte nicht Bescheid geben, dass ich mich verspäten würde. Genervt stellte ich mein Auto bei der nächstbesten Gelegenheit ab und eilte die restliche Strecke zu Fuß zum Termin. Ziemlich abgehetzt traf ich fünfunddreißig Minuten zu spät dort ein, was nicht sonderlich gut ankam. Nach dem schlechten Start war ich noch nervöser geworden. Überhaupt fühlte sich das Gespräch mit dem Personalchef etwas schleppend an und wollte nicht so laufen, wie ich mir das ausgemalt hatte. Immerhin schien es ein Pluspunkt zu sein, dass ich früher schon hier gearbeitet hatte und weitgehend mit dem Haus vertraut war, auch wenn sich nach elf Jahren Verschiedenes geändert hatte. Als ich mich verabschiedete, hatte ich das Gefühl, dass ich das Ruder doch noch mal hatte herumreißen können. Deswegen enttäuschte es mich, als ich am nächsten Tag einen Anruf bekam und mir mitgeteilt wurde, dass die Stelle an eine andere Bewerberin gegangen sei. Immerhin wurde ich gefragt, ob sie meine Bewerbungsunterlagen behalten durften, um bei einem weiteren Bedarf, der sich sicher bald einstellen würde, auf mich zurückzukommen.

»Bitte mach dir keinen Kopf, dass das nicht geklappt hat«, meinte Anette. »Du musst ja nichts übereilen. Ich hab absolut nichts dagegen, wenn du noch eine Weile bei mir bleibst. Im Gegenteil. Ich finde es schön, mal nicht allein zu wohnen, auch wenn es zu zweit ein wenig beengt ist. Und solange du mich mit deinem leckeren Essen verwöhnst, mag ich dich sowieso am liebsten gar nicht ausziehen lassen«, scherzte sie. Angesichts von Anettes Kochkünsten schwang ich gerade den Kochlöffel und kümmerte mich auch weitgehend um den Haushalt, während sie in der Schule war. Das war das Mindeste, das ich tun konnte, wenn ich schon umsonst hier wohnen durfte. Außerdem brauchte ich eine Beschäftigung, um nicht die ganze Zeit zu grübeln.

Auch der dritte Anlauf in einer kleineren Einrichtung war nicht von Erfolg gekrönt. Diesmal scheiterte es daran, dass die Stelle nur befristet für ein Jahr besetzt werden sollte, was nicht klar kommuniziert worden war. Doch wenn ich jetzt einen Job annahm, sollte das etwas Dauerhaftes sein.

Als ich mich für die nächste offene Stelle in einem Krankenhaus im benachbarten Landkreis bewarb, kamen mir das Gesicht und der Name meines Gesprächspartners irgendwie bekannt vor. Doch ich wusste nicht, wo ich Herrn Müller einordnen sollte.

»Sie möchten also gern die Stelle als Krankenpflegerin in der Unfallchirurgie, Frau Buschmann?«, fragte er in einem seltsamen Ton, den ich nicht deuten konnte.

Natürlich möchte ich diese Stelle, sonst hätte ich mich doch nicht darum beworben, dachte ich etwas irritiert, sagte aber freundlich: »Ja. Es wäre toll, wenn es klappen würde!«

Als ich auch ihm offen erklärte, dass ich die letzten elf Jahre nicht in meinem eigentlichen Beruf gearbeitet hatte und ihm den Grund dafür erzählte, nickte er mit einem kühlen Lächeln.

»Ich weiß!«

Das irritierte mich, und ich fühlte mich plötzlich unbehaglich. Woher kannte ich diesen Mann nur?

»Sie erinnern sich nicht mehr, oder?«

Ich schüttelte den Kopf.

»Es tut mir leid, Herr Müller.«

Der bärtige Mann lachte trocken und schüttelte dann den Kopf.

»Vor sechs Jahren haben meine Frau und ich über das Immobilienbüro Ihres Mannes im Stadtteil Heining das perfekte Haus gefunden. Jedes unserer drei Kinder hätte ein schönes Zimmer gehabt, meine Frau hätte zu Fuß zu ihrer Arbeitsstelle gehen können, der Garten wäre perfekt für unseren Hund gewesen und das Haus so günstig, dass wir es uns auch hätten leisten können.«

Natürlich! Mit einem Schlag fiel mir wieder ein, wer dieser Herr Müller war, auch wenn er bei unserem letzten Treffen deutlich mehr Haare auf dem Kopf und weniger im Gesicht gehabt hatte und viel schlanker war. Und damit wusste ich auch, dass ich diese Stelle ganz sicher nicht bekommen würde.

»Na? Wieder eingefallen, Frau Buschmann?«, deutete er meinen Blick richtig.

Ich schluckte.

»Herr Müller, es tut mir schrecklich leid, wirklich, aber das damals, das war leider eine ...« Ich suchte nach den passenden Worten.

»Eine ziemliche Sauerei, wollen Sie bestimmt sagen, oder?«

Sein Blick war eisig geworden. Ich nickte, denn ich konnte ihn verstehen. Die Müllers waren sofort hin und weg gewesen, als ich ihnen das Haus gezeigt hatte. Die Finanzierung war gesichert, die Modalitäten für alle bestens, und ich hatte ihnen mündlich mehr oder weniger bereits zugesagt. Daraufhin hatte Herr Müller – wenn auch ein wenig vorschnell – die bisherige Wohnung gekündigt, um die Kündigungsfrist einhalten zu können. Ich hatte nicht gewusst, dass sich ein weiterer Interessent gemeldet hatte, der das Haus unbedingt haben wollte. Er war bereit gewesen, mehr als den ursprünglichen Preis zu bezahlen. Dieses Geld wollten sich der damalige Besitzer des Objektes und mein Mann als Makler nicht entgehen lassen. Obwohl ich das nicht okay fand und deswegen sogar heftig mit Andreas diskutierte, musste ich Familie Müller letztlich schweren Herzens absagen.

Damit wiederum brachten wir sie in eine schöne Bredouille, weil ihre Wohnung inzwischen schon einer anderen Familie zugesagt war.

Ich stand auf und nahm meine Handtasche.

»Sie wussten aus den Bewerbungsunterlagen, wer ich bin, Herr Müller. Warum haben Sie mich überhaupt zum Vorstellungsgespräch kommen lassen?«, fragte ich, obwohl die Antwort wohl auf der Hand lag.

Plötzlich lächelte er.

»Als ich Ihren Namen las und das Foto sah, konnte ich mir die Gelegenheit einfach nicht entgehen lassen. Ich wollte Ihnen ins Gesicht sehen, wenn ich Ihnen die Stelle nicht gebe. Und zwar nicht, weil ich nachtragend bin. Sondern weil ich gar nicht wüsste, ob Sie es sich trotz einer Zusage nicht doch kurz vorher wieder anders überlegen würden, weil Sie vielleicht noch ein besseres Angebot bekommen haben. Denn eines ist mir besonders wichtig: Dass ich mich auf die Menschen, mit denen ich zu tun habe, hundertprozentig verlassen kann und dass ihr Wort etwas zählt.«

Ich sagte ihm nicht, dass hauptsächlich mein Exmann für den geplatzten Deal verantwortlich war. Das hätte sich nach einer billigen Ausrede angehört.

Als ich auf dem Heimweg die Straße an der im Sonnenlicht funkelnden Donau entlangfuhr, musste ich mir eingestehen, dass es zwar viele offene Stellen gab, aber das bedeutete noch lange nicht, dass sie auch für mich in Frage kamen. Es war schwieriger als gedacht, etwas Passendes zu finden.

Kapitel 5

Eine unerwartete Begegnung

»Musst du denn unbedingt in einem Krankenhaus arbeiten?«, fragte Anette an diesem Abend. »Schau mal das hier.« Sie schob ihr Tablet näher zu mir. »Hier sucht eine chirurgische Praxis, die auch kleinere ambulante Operationen durchführt, eine engagierte freundliche Gesundheits- und Krankenpflegerin.«

Sie sah mich an. »Ich finde, das wäre doch auch was für dich!«

Ich warf einen Blick auf die Stellenausschreibung und las leise weiter: »Arbeit in einem tollen Team. Übertarifliche Bezahlung. Dreißig Tage Urlaub. Fünftagewoche, keine Schicht- oder Nachtdienste und nur einmal im Monat Wochenenddienst.«

Nachdem ich in den letzten Jahren wirklich sehr viel gearbeitet und wenig Freizeit gehabt hatte, kam mir die Aussicht auf regelmäßige Arbeitszeiten und Urlaub bei guter Bezahlung plötzlich ungemein verlockend vor. Ich war so fixiert darauf gewesen, als Krankenpflegerin wieder in einer Klinik zu arbeiten, dass ich an so eine Möglichkeit gar nicht gedacht hatte.

Ich googelte die Praxis und sah, dass sie von dem

Ärzteehepaar Dres. Franziska und Richard Lott geführt wurde. Dr. Richard Lott operierte an zwei Tagen die Woche als Belegarzt zusätzlich noch im Klinikum. Auf den Fotos schätzte ich das sympathisch wirkende Paar auf Mitte bis Ende vierzig. Plötzlich hatte ich ein ungewöhnlich starkes Prickeln im Bauch und das Gefühl, dass genau dieser Job für mich der richtige sein würde. Schon eine Stunde später ging meine Bewerbung per E-Mail raus. Drei Tage lang tat sich nichts, und ich schickte in der Zwischenzeit noch zwei weitere Bewerbungen an Krankenhäuser in den Nachbarlandkreisen. Dann kam der Anruf. In zwei Tagen fand in der Praxis außerhalb der Sprechstunde eine Vorstellungsrunde statt, zu der mehrere Kandidatinnen eingeladen waren. Darunter auch ich, wenn ich immer noch an der Stelle interessiert sei.

Und wie ich das war! Plötzlich war mein Ehrgeiz geweckt. Ohne zu wissen warum, wollte ich genau diesen Job unbedingt haben!

Um nicht wieder durch irgendeine unvorhergesehene Panne zu spät zu kommen, machte ich mich schon eine Stunde vorher auf den Weg, obwohl man für die Strecke mit dem Auto normalerweise kaum länger als zehn Minuten benötigte. Aber dieses Mal wollte ich auf Nummer sicher gehen. Heute war der 20. Juni, ein Datum, über das ich mir vor meiner Trennung noch viele Gedanken gemacht hatte. Andreas' 40. Geburtstag. Doch inzwischen hatte der Tag keinerlei Bedeutung mehr für mich. Ich hatte keine Party vorbereiten oder mir über ein passendes Geschenk den Kopf zerbrechen müssen. Ich horchte in mich. Nein, da war kein Funken des Bedauerns, dass ich diesen Geburtstag nicht mit ihm verbringen würde. Mit ihm und seiner Familie. Und mit seiner Mutter Antje! Vor allem nicht mit ihr! Der ganze Stress, diesen Tag reibungslos zu organisieren, wäre sowieso nur wieder an mir hängen geblieben. Und am Ende hätte meine Ex-Schwiegermutter sicherlich ständig etwas zu nörgeln gehabt.

Ich hatte einen schattigen Parkplatz hinter dem Gebäude gefunden, in dem es mehrere Arztpraxen gab. Noch knapp vierzig Minuten bis zum Termin um 14 Uhr. Ich überlegte, einen kleinen Spaziergang zu machen. Doch es war ziemlich schwül, und ich wollte mich nicht in verschwitzten Sachen vorstellen, die ich mir extra für diese Bewerbung gekauft hatte. Also blieb ich bei geöffneten Fenstern im Wagen und surfte auf dem Handy ein wenig im Internet. Schließlich war es an der Zeit. In zehn Minuten würde es losgehen. Mein Puls beschleunigte sich, und ich verspürte die Aufregung vor dem Gespräch. In diesem Moment bekam ich eine WhatsApp-Nachricht von Anette: *Ich drücke die Daumen! Du schaffst das, Tilda!*

Ich lächelte und tippte rasch zurück:

Danke! – Und ja, das schaffe ich! Dieser Job gehört mir!

Keine Ahnung, woher mein Optimismus kam, aber ich hatte ein richtig gutes Gefühl.

Als ich aus dem Wagen stieg, verspürte ich einen leichten Druck auf meiner Blase. Sicher die Nervosität. *Mist!* Da ich nicht wusste, wie lange sich die Angelegenheit hinziehen würde, wäre es sinnvoll, noch schnell auf die Toilette zu verschwinden. Dafür würde gerade noch ausreichend Zeit bleiben. Ich zog meine hellrote Bluse zurecht, die ich zu der beigen Sommerhose trug, und ging rasch auf den Haupteingang zu. Da öffnete sich die Tür, und drei Leute mit strahlenden Gesichtern kamen heraus. Ich blieb stehen und dachte für einen Moment, ich hätte vor lauter Aufregung eine Halluzination. Doch bei den dreien handelte es sich tatsächlich um Andreas, Frau Kaiser und meine Ex-Schwiegermutter Antje. Das konnte doch nicht wahr sein! Was machten die denn hier? Ein großes Schild neben der Tür und der Ausdruck einer Ultraschallaufnahme in Andreas' Hand lösten jedoch das Rätsel. Sie kamen sicherlich aus der privaten Frauenarztpraxis, die sich ebenfalls in diesem Gebäude befand.

Die drei sahen mich verdutzt an. Auch sie hatten wohl nicht mit mir gerechnet. Frau Kaisers Bäuchlein war unter dem anliegenden Kleid inzwischen nicht mehr zu übersehen, was mir einen schmerzhaften Stich gab und die Tatsache, dass Andreas Vater wurde, sehr real machte. Zudem entdeckte ich um ihren Hals eine Kette mit einem auffallenden Saphir-Anhänger, die mir nur allzu bekannt vorkam. Es war eines der Schmuckstücke, die ich von Andreas bekommen, aber bei der Trennung im Tresor gelassen hatte. Sicherlich würde sie ganz schön dumm aus der Wäsche gucken, wenn ich das protzige Teil jetzt von ihr zurückverlangen würde. *Soll ich?* Kurz kam ich in Versuchung. Doch eigentlich wollte ich nur so schnell wie möglich an ihnen vorbei.

»Tilda? Was machst du denn hier?«, fragte Andreas, und für mich klang es wie die Wiederholung seiner Worte vor neuneinhalb Wochen, als ich ihn in flagranti mit Frau Kaiser auf der Terrasse der Villa ertappt hatte.

»Ich … ich hab gleich einen Termin!«, antwortete ich. Meine Stimme hörte sich sogar in meinen Ohren ziemlich hoch an. Die unerwartete Begegnung warf mich etwas aus der Bahn.

»Ach. Auch beim Frauenarzt?«, fragte Antje ohne eine Begrüßung.

Das geht dich gar nichts an!, wollte ich sagen, doch stattdessen rutschte mir etwas anderes heraus:

»Ja. Ultraschall. Vierzehnte Woche!«

Keine Ahnung, warum ich das gesagt hatte. Alle warfen gleichzeitig einen erschrockenen Blick auf meinen nicht vorhandenen Bauch. Und ich bemerkte, dass Andreas kreidebleich wurde. Vermutlich rechnete er gerade fieberhaft nach, ob er für die vermeintliche Schwangerschaft verantwortlich sein konnte.

»Tschuldigung, ich muss mich beeilen, sonst komm ich noch zu spät. Schönen Tag noch!«, murmelte ich und ging eilig an ihnen vorbei ins Gebäude.

»Andi! Wie kann das sein?«, hörte ich Marlene Kaiser noch aufgebracht fragen, bevor die Tür hinter mir zufiel. Doch gleich darauf ging sie wieder auf, und ich musste mich gar nicht erst umdrehen, um zu wissen, dass Andreas mir gefolgt war.

»Tilda!«, zischte er leise und hielt mich am Arm fest. »Wie hast du das gemeint?«

Sein gerade eben noch bleiches Gesicht war puterrot geworden. Zu gerne hätte ich dieses Spiel noch weiter auf die Spitze getrieben, doch sein Kopf sah aus, als würde er gleich explodieren, und ich bekam fast ein schlechtes Gewissen. Vor allem aber war ich in Eile. Noch vier Minuten bis zum Termin, und ich musste noch nach oben in den ersten Stock.

»Im Spaß, Andreas. Ich hab es im Spaß gemeint, keine Sorge«, erklärte ich rasch. »Natürlich bin ich nicht schwanger von dir. Wie denn auch?« Ich lachte kurz auf. »Schließlich hatten wir schon Wochen vor unserer Trennung keinen Sex mehr. Also ich zumindest nicht!«, fügte ich bitter hinzu.

Auch wenn ich es gar nicht wollte, war plötzlich diese Wut wieder da, die sich irgendwie so ähnlich anfühlte wie der lästige Schmerz, wenn man einen Stein im Schuh hat, den man nur spürt, wenn man sich bewegt.

»Haha, sehr lustig, Tilda«, meinte er sarkastisch, wirkte gleichzeitig jedoch ziemlich erleichtert.

Inzwischen waren auch Frau Kaiser und meine Ex-Schwiegermutter hereingekommen.

»Mutter, Marlene, es ist alles in Ordnung«, beruhigte er die beiden rasch mit einem Lächeln. »Tilda hat nur einen Scherz gemacht.«

»Das ist ja wohl die Höhe!«, schimpfte Antje.

»Einen Scherz? Echt unmöglich!«, rief Marlene Kaiser gleichzeitig und wirkte ebenfalls ziemlich empört.

»Bitte reg dich deswegen nicht auf, Marlene. Das tut dir und den Zwillingen nicht gut!«, beschwichtigte Andreas.

Den Zwillingen?

Er warf einen kurzen Seitenblick zu mir, als ob er sehen wollte, wie ich reagierte.

Die Nachricht traf mich. *Auch noch Zwillinge!*

»Ich durfte meine beiden Enkel heute im Ultraschall sehen. Wir haben den Termin extra auf Andreas' Geburtstag gelegt. Ein besonderes Geschenk für uns alle«, setzte Antje in meine Richtung noch hinzu. Das war wohl die Retourkutsche für den Schrecken, den ich ihnen eingejagt hatte.

»So, und jetzt lasst uns gehen, meine Lieben, wir müssen nach Hause und uns für die Party am Abend umziehen!«, drängte Antje.

»Lasst euch nicht aufhalten«, murmelte ich und eilte die Treppe nach oben, erleichtert, sie endlich los zu sein.

Kapitel 6

Ein fast unmoralisches Jobangebot

Mit einer Minute Verspätung stand ich an der Rezeption der modern eingerichteten Praxis. Das kleine Schildchen am Revers des hellblauen Kasacks wies die junge Frau dahinter als Selena aus.

»Hallo. Ich bin Tilda Buschmann«, stellte ich mich vor und bemühte mich, mir nicht anmerken zu lassen, wie sehr diese kurze Begegnung samt Neuigkeiten zur Schwangerschaft mich durcheinandergebracht hatte. *Zwillinge!?!*

»Guten Tag, Frau Buschmann.«

»Ich wurde für heute zur Ultraschalluntersuchung eingeladen.«

Sie sah mich perplex an.

»Zur … Ultraschalluntersuchung?«, hakte sie nach. »Tut mir leid, aber da müssen Sie nach unten in die Frauenarztpraxis.«

»Äh! Hab ich Ultraschalluntersuchung gesagt?«, fragte ich verlegen, als ich meinen Fauxpas bemerkte.

Sie nickte, und um ihre Mundwinkel zuckte es verdächtig.

»Entschuldigung. Ich meinte natürlich, dass ich zum Bewerbungsgespräch eingeladen wurde.«

Na großartig. Kaum eine Minute da, und ich machte schon einen völlig verpeilten Eindruck!

»In diesem Fall sind Sie hier richtig, Frau Buschmann.« Sie lächelte. »Dann sind jetzt alle komplett hier. Die anderen Kandidatinnen sitzen schon im Wartezimmer. Frau Doktor Lott kommt gleich. Bitte, rechts den Flur entlang die Tür ganz hinten links.«

»Danke.«

In diesem Moment klingelte das Telefon, und sie meldete sich freundlich.

Ich nickte ihr noch mal zu und ging den Flur entlang nach hinten, als ein Mann in einem weißen Arztkittel aus einem Sprechzimmer kam, den ich von den Fotos auf der Homepage als Dr. Richard Lott identifizierte!

»Guten Tag!«, sagte ich, und er grüßte mit einem herzlichen Lächeln zurück.

»Sind Sie auch eine der Bewerberinnen?«, fragte er interessiert.

»Bin ich.«

»Sehr schön. Dann sehen wir uns ja gleich wieder beim Gespräch.«

»Chef! Telefon! Es ist dringend! Die Reha-Klinik in Bad Füssing«, rief Selena ihm zu, während ich mit einem optimistischen Gefühl die Tür zum Wartezimmer öffnete.

»Leg es mir bitte in Zimmer drei«, hörte ich ihn noch sagen, bevor ich den Raum betrat. Dort saßen vier weitere Frauen, vom Alter her schätzungsweise zwischen Mitte zwanzig und Ende fünfzig. Alle machten einen

kompetenten und freundlichen Eindruck und begrüß-
ten mich. Das waren also meine Konkurrentinnen um
den Job.

»Guten Tag zusammen«, sagte ich und nahm auf dem
freien Stuhl neben der Tür Platz. Erst jetzt spürte ich
wieder das Drücken meiner Blase. In der ganzen Aufregung vorhin hatte ich tatsächlich vergessen, noch
schnell auf die Toilette zu gehen.

Die Tür öffnete sich, und Dr. Franziska Lott – die mir
ebenfalls von den Fotos bekannt war – kam herein. Sie
begrüßte uns und stellte sich kurz vor. Etwa fünfzehn
Minuten lang sprach sie über die Abläufe und Anforde-
rungen in der Praxis allgemein und über die Aufgaben,
die auf die neue Angestellte zukommen würden.

»Wir brauchen dringend Verstärkung in der OP-Vor-
bereitung und Nachsorge der Patienten. Und nach einer
gewissen Einarbeitungszeit auch bei den chirurgischen
Eingriffen.«

Für mich hörte sich das alles ziemlich interessant an.
Das würde mir echt Spaß machen.

Zudem beantwortete Dr. Lott einige Fragen. Dann
verteilte sie Klemmmappen mit Formularen.

»Ich möchte Sie bitten, vor den Einzelgesprächen mit
mir und meinem Mann noch diese Fragebögen auszufüllen«, sagte sie. »In etwa zehn Minuten hole ich dann
die erste Bewerberin in der Reihenfolge, wie Sie gekommen sind.«

Das bedeutete für mich, dass ich als Letzte dran war.
Doch so lange würde ich es ganz sicherlich nicht mehr
mit meiner vollen Blase aushalten. Als sie gegangen war,

legte ich die Klemmmappe auf den Tisch und griff nach meiner Tasche.

»Bin gleich wieder da«, sagte ich zu den anderen und ging hinaus zur Anmeldung. Jetzt hatte ich es aber tatsächlich sehr eilig!

»Wo ist denn die Toilette, bitte?«, fragte ich.

Sie deutete in die andere Richtung des Flurs.

»Ganz hinten rechts.«

»Danke.«

»Das andere rechts!«, rief sie mir hinterher, als ich versehentlich die Tür zu einem Abstellraum öffnete. *Wie peinlich!*

Als ich ein paar Minuten später die Toilette mit einem herrlichen Gefühl der Erleichterung verließ, hörte ich durch einen offenen Türspalt die verärgerte Stimme von Richard Lott aus einem der Behandlungsräume.

»Das hat sie ernsthaft gemacht, Franzi! Stell dir das mal vor! Himmel noch mal!«, schimpfte er.

»Das kann doch wohl nicht wahr sein!«, hörte ich seine Frau ziemlich zerknirscht sagen.

»Und ob das wahr ist! Ich bin wirklich außer mir!«

»Bitte, reg dich nicht auf, Richard.«

»Und ob ich mich da aufrege!«

Es schien etwas Ernstes zu sein. Doch ich konnte nicht länger stehen bleiben, ohne womöglich entdeckt zu werden. Hoffentlich beruhigten sie sich wieder bis zu unserem Gespräch.

Ich ging zurück ins Wartezimmer und machte mich daran, den Fragebogen auszufüllen. Es ging um freiwillige Gesundheitsfragen und Datenschutzangaben. Als ich den Stift weglegte, waren die zehn Minuten schon um. Doch es vergingen noch weitere zwanzig Minuten, bis Selena von der Anmeldung die Fragebögen einsammelte und die erste Kandidatin mitnahm. Hatte die Verzögerung etwas mit dem lauten Gespräch zu tun, das ich zwischen den Ärzten mitbekommen hatte?

Die einzelnen Interviews dauerten jeweils etwa 15 Minuten. Während der Wartezeit unterhielt ich mich ganz angenehm mit Paula, einer weiteren Kandidatin, die etwa in meinem Alter und als Vorletzte eingetroffen war. Die Italienerin erzählte, dass sie der Liebe wegen vor Kurzem vom Gardasee nach Bayern gezogen war und heute ihr erstes Vorstellungsgespräch hatte. Wir waren uns so sympathisch, dass wir uns auf Social Media vernetzten, um in Kontakt zu bleiben.

»Viel Glück!«, wünschte ich ihr, als sie abgeholt wurde.

»Dir auch!«, sagte sie.

Ich nutzte die Zeit, um kurz auf meinem Handy Nachrichten und Mails zu überfliegen. Eines der Krankenhäuser, in dem ich mich noch zusätzlich beworben hatte, hatte die Stelle bereits besetzt, und ich war schon wieder nur auf der Warteliste gelandet. Also war es umso wichtiger, dass es hier endlich mal klappte!

»Frau Buschmann, kommen Sie bitte?«, riss Selena von der Anmeldung mich aus meinen Gedanken.

»Klar.« Mein Herz klopfte plötzlich wieder schneller. Wieso war ich nur immer so aufgeregt?

Als ich gleich darauf das Sprechzimmer betrat, saß das Ehepaar Lott nebeneinander hinter einem großen

Schreibtisch. Während Frau Dr. Lott mich freundlich empfing, verhielt sich ihr Mann ungeduldig und fast schon pampig mir gegenüber. Diese seltsame Stimmung verunsicherte mich. Ich war sowieso schon nervös genug und kam mir vor wie bei einer wichtigen mündlichen Prüfung, die ich nicht verpatzen durfte.

»Ihre Vita ist sehr übersichtlich!«, meinte er, und es hörte sich nicht unbedingt wie ein Kompliment an.

Tatsächlich hatte ich in meinem Leben gerade mal zwei Arbeitgeber gehabt, wenn man von einem Ferienjob im Kino absah. Die Klinik, in der ich nach dem Schulabschluss meine Ausbildung gemacht und danach bis zu meiner Hochzeit gearbeitet hatte – und das Immobilienbüro.

In diesem Moment klopfte es an der Tür, und gleich darauf steckte Selena den Kopf herein.

»Es tut mir leid, dass ich störe, aber ich habe ein dringendes Telefonat.«

»Wer ist es denn?«, fragte Richard Lott.

»Ihre Mutter!«, antwortete Selena an Frau Lott gewandt.

Ihr Mann schnaubte genervt. »Bin gespannt, was jetzt wieder los ist«, grummelte er leise.

Seine Frau warf ihm einen mahnenden Blick zu. Im Zimmer herrschte eindeutig dicke Luft. Die Ärztin stand auf.

»Entschuldigen Sie mich bitte, Frau Buschmann, aber da muss ich ganz kurz ran.«

»Kein Problem.«

Eilig verließ sie das Zimmer.

Richard Lott atmete einmal tief ein und wieder aus, dann blätterte er wieder durch meine Bewerbungsunterlagen.

»Sie haben elf Jahre mit der Arbeit pausiert?«, fragte er dann.

Ich bemühte mich, freundlich zu bleiben.

»Keineswegs pausiert. Ich habe in dieser Zeit im Immobilienbüro meines Mannes – äh meines zukünftigen Exmannes – gearbeitet«, erklärte ich, was er eigentlich auch meiner Vita entnehmen konnte.

»Sie haben also eine sehr lange Zeit nur Büroarbeit gemacht und denken, dass Sie für die verantwortungsvolle Stelle in einer chirurgischen Praxis geeignet sind?«

Sein Ton war nicht höflicher geworden. Im Gegenteil. Dabei war er bei unserer ersten Begegnung vorhin so nett gewesen.

»Ich bin examinierte Gesundheits- und Krankenpflegerin und habe nach meiner Ausbildung zwei Jahre in der Unfallchirurgie gearbeitet. Zugegeben, das ist eine Weile her, aber ich bin bestens organisiert, kann gut mit Menschen umgehen und habe mich in den letzten Wochen mit Fachliteratur und Schulungsvideos zumindest theoretisch wieder weitgehend auf den aktuellen Stand gebracht«, erklärte ich so ruhig wie möglich, auch wenn meine Stimme etwas zitterte.

»Bitte verstehen Sie mich nicht falsch, aber wir brauchen jemanden, auf den wir uns zu hundert Prozent verlassen können. Sie haben in den letzten Jahren einfach zu wenig praktische Erfahrung sammeln können.« Er sah auf die Uhr, als ob er in Eile wäre. »Das hier bei uns ist nicht die richtige Stelle, damit Sie ausprobieren können, ob Sie für Ihren alten Job geeignet sind. Wir sollten unser Gespräch deshalb besser gleich beenden. Aber trotzdem danke für Ihr Kommen, Frau Buschmann!«

Ich war völlig überrumpelt und wusste nicht so recht, wie mir geschah. *Das war's also schon?* Ich konnte es nicht fassen, wie ich hier gerade abgefertigt wurde! Nach nicht einmal fünf Minuten wurde ich mehr oder weniger rauskomplimentiert!

Verärgert und enttäuscht stand ich auf, griff nach meiner Tasche und ging zur Tür. Doch dann blieb ich noch mal stehen. Ich hatte Anette versprochen, mir nicht mehr so viel gefallen zu lassen. Und ich hatte es vor allem mir versprochen. Nun war ich stinksauer. Nicht nur auf den unhöflichen Dr. Lott, sondern vor allem auf Andreas. Und ein ganz klein bisschen auch auf mich selbst, weil ich ihm und unserer Ehe zuliebe damals meine Arbeit aufgegeben hatte! Der Gedanke an meinen Exmann und seine zukünftige neue Familie *mit Zwillingen* brachte das Fass für mich zum Überlaufen. Es konnte doch nicht sein, dass er alles bekam und ich nichts! Schließlich hatte auch ich das Recht auf einen guten Neuanfang! In mir brodelte es. Gewaltig!

Ich ging zurück zum Schreibtisch.

»Was fällt Ihnen eigentlich ein, so respektlos mit mir umzugehen?«, fuhr ich Doktor Lott scharf an, und er zuckte erschrocken zurück. Mit einer solchen Reaktion hatte er offenbar nicht gerechnet.

»Hören Sie mal, Frau Buschmann …«, begann er, doch ich ließ ihn nicht mehr zu Wort kommen. Es war einfach genug!

»O nein. Jetzt hören Sie mir mal zu! Ich weiß nicht, was für eine Laus Ihnen über die Leber gelaufen ist, dass Sie so grantig und unhöflich zu mir sind. Aber so lasse ich nicht mit mir umspringen. Ich bin hierhergekommen, um mich für eine Stelle zu bewerben. Das hätte ich nicht gemacht, wenn ich mir das fachlich nicht zutrauen würde.«

Ich redete mich immer mehr in Rage.

»Ja, ich bin vielleicht ein wenig aus der Übung, aber da bin ich nach einer kurzen Einarbeitung auch ganz schnell wieder drin. Keine Ahnung, was für eine Vorstellung Sie von mir haben. Vielleicht denken Sie ja, dass ich im Büro meines Mannes nur ein wenig mitgeholfen habe, damit mir nicht langweilig wird? Aber ich sag Ihnen mal was, Herr Doktor Lott. Ohne mich stünde die Immobilienfirma gewiss nicht da, wo sie jetzt ist – als eine der erfolgreichsten in der Passauer Gegend. Noch nie habe ich die Arbeit gescheut, und Fünfzig- und Sechzigstundenwochen waren für mich völlig normal. Ich habe all meine Liebe und Energie in das Immobilienbüro gesteckt. Und wozu das alles? Damit mein Mann mich abservieren kann und jetzt mit seiner Neuen *Zwillinge* bekommt – was er mir vorhin genüsslich unter die Nase gerieben hat!«, erklärte ich, obwohl es den Arzt absolut nichts anging. Doch ich war noch nicht fertig.

»Und als ob das nicht schon genug wäre, muss ich mich gleich darauf von Ihnen blöd anmachen lassen, weil ich *nur ein wenig in einem Büro gearbeitet habe*? Wissen Sie was? Sie können mich mal, Herr Doktor Lott! Ich will Ihre freie Stelle gar nicht mehr haben!«

Inzwischen war es mir egal, was er von mir halten mochte, den Job würde ich ohnehin nicht bekommen.

Als ich mich wieder zur Tür umdrehte, stand dort Frau Lott und sah mich mit offenem Mund sprachlos an. Das ernüchterte mich schlagartig. Was war nur in mich gefahren? Doch jetzt war es zu spät. *Raus hier, schnell, Tilda!*

»Moment!«, rief Herr Lott mir hinterher. »Bitte warten Sie, Frau Buschmann.« Er klang plötzlich so freundlich, als hätte jemand einen Schalter umgelegt.

Langsam drehte ich mich zu ihm um.

»Ich muss mich bei Ihnen entschuldigen. Wirklich. Es tut mir sehr leid, dass ich gerade so unhöflich war. So bin ich normalerweise nicht«, beteuerte er. »Es ist nur, heute ist alles ein wenig – egal …«, er sprach den Satz nicht zu Ende. »Setzen Sie sich doch bitte noch mal.«

Was sollte das denn jetzt werden? Immerhin hatte er sich bei mir entschuldigt – und jetzt wollte er noch mal mit mir reden?

»Na gut. Ich bin wohl auch ein wenig übers Ziel hinausgeschossen«, kam ich ihm entgegen.

»Was ich wohl verdient habe.«

Ich widersprach ihm nicht. Während ich Platz nahm, wandte er sich an seine Frau: »Ich glaube, ich habe eine Lösung für unser Problem gefunden, Franzi.«

»Ach ja?«, fragte sie skeptisch und trat neben den Schreibtisch. »Du meinst doch nicht etwa …?«

»Doch, genau das meine ich!«, antwortete er und wandte sich wieder an mich.

»Können Sie ein wenig kochen, Frau Buschmann?«, wollte er wissen.

»Äh, ja.«

»Reagieren Sie allergisch auf Katzen?«

»Auf Katzen? Ich hatte noch nie selbst welche, aber ich glaube nicht.«

Was sind das denn für Fragen?

Ich sah im Gesicht der Ärztin plötzlich ein Lächeln und konnte mir überhaupt keinen Reim darauf machen, was hier gerade los war.

»Bist du dir wirklich sicher, dass das klappen könnte, Richard?«

Er nickte.

»Und ob. Deine Mutter braucht eine Person, die medizinische Kenntnisse hat und sich vor allem den Schneid nicht abkaufen lässt. Frau Buschmann hat eben eindrücklich bewiesen, dass sie in der Lage ist, sich durchzusetzen und dass sie sich nichts gefallen lässt. Das halte ich für die wichtigste Voraussetzung überhaupt.«

»Entschuldigung, ich verstehe überhaupt nicht …« begann ich, doch er unterbrach mich.

»Liebe Frau Buschmann, ich schlage Ihnen einen besonderen Deal vor.«

»Einen Deal?«

Das wurde ja immer seltsamer.

»Sie passen ab kommenden Montag für drei Wochen in unserem Haus auf meine Schwiegermutter Betty und unsere beiden Katzen auf. Natürlich ganz regulär mit ordentlicher Bezahlung. Und im Gegenzug stellen wir Sie anschließend hier in der Praxis ein.«

»Wieso soll ich auf Ihre Schwiegermutter und die Katzen aufpassen?«, fragte ich völlig irritiert.

»Mein Mann und ich haben eine besondere Reise geplant«, übernahm die Ärztin die Erklärung. »Wir möchten unseren 20. Hochzeitstag auf einer Tour durch Australien feiern.«

»Dorthin haben wir damals auch unsere Hochzeitsreise gemacht«, fuhr er fort.

»Wir haben die Katzen seit letztem Sommer, und normalerweise passt meine Mutter auf sie auf, wenn wir verreisen, und sie kümmert sich dann auch um das Haus und den Garten. Aber sie hatte kürzlich einen Unfall, als sie beim Fensterputzen von der Leiter stürzte und sich dabei einige Verletzungen und Brüche zugezogen hat. Seit ein paar Tagen ist sie auf Reha, und eigentlich sollte sie dort bleiben, bis wir von unserer Reise wieder zurück sind. Für die Versorgung der Katzen haben wir eine Notlösung gefunden. Wir hätten sie, wenn auch schweren Herzens, in eine Tierpension gebracht.«

»Aber dann brauchen Sie mich ja gar nicht!«, warf ich ein.

»Doch! Sogar sehr dringend. Denn vorhin kam ein Anruf aus der Reha-Klinik, dass wir meine Schwiegermutter noch heute abholen müssen«, fuhr Richard Lott fort, und sein Blick verfinsterte sich.

»Warum das denn?«

»Sie hat offenbar mehrfach gegen die Hausordnung verstoßen und Therapien verweigert. Deswegen kam es zu einem heftigen Disput und … nun ja. Sie kann manchmal ziemlich stur sein. Der Streit geriet wohl außer Kontrolle, und deswegen … wirft man sie raus.«

Offenbar schien auch er eine Schwiegermutter zu haben, mit der es nicht so ganz einfach war. Das konnte ich verstehen, wenn ich an Antje dachte.

»Sie war früher immer eine Seele von Mensch, aber seit ein paar Monaten ist es leider nicht mehr so ganz einfach mit meiner Mutter. Ich weiß nicht, was mit ihr los ist. Und der Unfall hat ihr wohl noch den Rest gegeben«, meinte Frau Lott bedrückt. »Ich habe ihr am Telefon mitgeteilt, dass sie nun in eine Kurzzeitpflege muss, während wir verreisen, aber das will sie auf keinen Fall. Sie ist der Meinung, dass sie in ihrer Wohnung schon allein klarkommt. Ihre Nachbarin dort könne ja ab und zu nach ihr schauen, meint sie. Aber das ist unmöglich. Sie hat sich das Handgelenk, das Wadenbein und zwei Zehen am anderen Fuß gebrochen, dazu diverse Prellungen, auch an den Rippen. Außerdem hatte sie nach dem Sturz ein leichtes Schädel-Hirn-Trauma, und seither leidet sie immer noch an Schwindel und Kopfschmerzen. Insgesamt ist das alles nicht tragisch, und sie wird sich auch wieder erholen, aber das dauert eben eine Weile. Wir können sie in diesem Zustand unmöglich allein lassen! Und ihre Nachbarin ist schon fast fünfundachtzig! Der Frau kann man das nicht zumuten. Das wäre fahrlässig. Seit dem Anruf aus der Reha-Klinik stehe ich jedenfalls kurz davor, unsere Reise abzusagen, was natürlich sehr schade wäre.«

Das also war der Grund, weshalb ihr Mann so aufgebracht war. Irgendwie verständlich, auch wenn es nicht in Ordnung war, das ausgerechnet an mir auszulassen.

»Deswegen sollen Sie einspringen, Frau Buschmann. So couragiert wie ich Sie gerade erlebt habe, werden Sie sicherlich mit Betty fertig«, fuhr ihr Mann fort. »Und als Krankenpflegerin haben Sie ja auch die nötigen Kenntnisse, sie zu betreuen. Trauen Sie sich das zu?«

Ich überlegte kurz.

Drei Wochen die Pflege einer alten Frau zu übernehmen und zwei Katzen zu füttern, hörte sich nach keiner allzu schwierigen Aufgabe an. Auch wenn die Dame übellaunig sein sollte, würde ich das schon hinkriegen. Tatsächlich reizte mich diese Herausforderung sogar ein wenig. Und am Ende winkte als Belohnung eine toll bezahlte Stelle mit Fünftagewoche und ohne Schichtdienst! Damit könnte auch ich endlich neu durchstarten und mir eine hübsche kleine Wohnung leisten.

»Und nach den drei Wochen bekomme ich wirklich diesen Job hier?«, versicherte ich mich trotzdem noch mal.

»Auf jeden Fall, Frau Buschmann!«, versprach er sofort, und auch seine Frau nickte eifrig. »Das haben Sie sich dann redlich verdient.«

»Auch wenn ich die letzten Jahre nur ein wenig Büroarbeit gemacht habe?«, konnte ich mir doch nicht verkneifen, ein wenig zu sticheln.

Er lächelte.

»Sie haben mich mit Ihren Argumenten überzeugt, dass Sie das auf jeden Fall auf die Reihe kriegen. Wir können auch alles sofort schriftlich festlegen, wenn Sie möchten.«

»Was meinen Sie? Werden Sie auf meine Mutter aufpassen, Frau Buschmann?«, fragte Frau Lott hoffnungsvoll. »Können wir uns auf Sie verlassen?«

»Ja! Das können Sie. Hundertprozentig!«, beteuerte ich.

»Großartig! Dann ist das abgemacht!«

Die beiden strahlten, und auch ich fühlte mich nun richtig gut. Es hatte sich tatsächlich gelohnt, mir nicht mehr alles gefallen zu lassen. Nur deswegen bekam ich diesen Job. Eine Erfahrung, die sehr wertvoll für mich war.

Eine halbe Stunde später hatten wir die Vereinbarung aufgesetzt und unterzeichnet. Ich verpflichtete mich darin, drei Wochen lang Frau Lotts Mutter Betty Flieger sowie die zwei Katzen Jojo und Lucky zu betreuen und mich um den Garten zu kümmern. Anschließend trat automatisch der Arbeitsvertrag für die Praxis in Kraft. Und als besonderen Bonus hatte Doktor Lott mir noch zwei zusätzliche Urlaubstage draufgepackt. Ein guter Deal für alle.

»Ich danke Ihnen sehr, dass Sie das machen werden, Frau Buschmann. Sie retten damit unseren lang geplanten Urlaub«, sagte er.

»Sehr lange geplant sogar«, fügte seine Frau verschmitzt hinzu. »Wir haben uns bei unserer Hochzeitsreise damals ganz fest gegenseitig versprochen, wenn wir es zwanzig Jahre miteinander aushalten, dann wiederholen wir diese Reise.«

»Es wäre echt schade gewesen, wenn das nicht geklappt hätte. Herzlichen Glückwunsch, dass Sie es geschafft haben«, gratulierte ich. Die Chancen, dass auch ich irgendwann meinen zwanzigsten Hochzeitstag feiern würde, waren zwar immer noch vorhanden, aber fürs Erste nicht mehr ganz so realistisch wie noch vor wenigen Monaten.

»Danke. Und bitte entschuldigen Sie noch mal, dass ich vorhin so unhöflich war«, bat Dr. Lott mich.

»Ach, schon vergessen«, winkte ich ab. »Ich hatte bis vor Kurzem auch eine Schwiegermutter, die mich manchmal auf die Palme brachte.«

»Dann können Sie ja nachvollziehen, worum es geht.«
Ich nickte.

»O ja! Was muss ich sonst noch wissen?«

»Das klären wir am besten in Ruhe alles am Montag, denn wir müssen gleich los und meine Mutter von der Reha abholen, bevor man sie dort womöglich im Rollstuhl auf den Klinikparkplatz stellt«, scherzte Frau Lott, wobei der Blick ihres Mannes besagte, dass er das durchaus für im Bereich des Möglichen hielt.

War die Frau wirklich so schlimm? Ich würde es bald herausfinden. Doch solange es nicht meine eigene Schwiegermutter war, machte mir das nichts aus. Und Antje war ich ja zum Glück losgeworden.

»Unser Flug am Montag geht erst am späten Nachmittag. Wenn Sie gegen acht Uhr früh kommen, haben wir ausreichend Zeit, alles zu besprechen. Bringen Sie einfach nur Ihre Sachen mit. Ach ja – und packen Sie unbedingt auch einen Badeanzug ein.«

Sie lächelte.

»Einen Badeanzug?«, fragte ich verwundert.

»Wir haben einen Naturpool im Garten, den Sie gerne benutzen können.«

»Super!«, sagte ich. Auch wenn ich jetzt schon wusste, dass ich noch nicht einmal eine kleine Zehe ins Wasser stecken würde.

»Na gut. Dann bis Montag früh.«

Als ich kurz darauf die Praxis verließ und zu meinem Wagen ging, lächelte ich vergnügt. Ich hatte einen Job. Rasch holte ich mein Handy raus und rief Anette an.

»Und?«, fragte sie, ohne Begrüßung.

»Stell schon mal eine Flasche Sekt in den Kühlschrank!«, rief ich vergnügt. »Es gibt was zu feiern!«

Kapitel 7

Betty

Pünktlich um acht Uhr früh stand ich am Montag im Passauer Stadtteil Grubweg am Tor vor dem Grundstück des Ärztepaares Lott und drückte auf den Klingelknopf.

»Ja? Bitte?«, kam es mit einem Knistern aus der Sprechanlage.

»Hier ist Tilda Buschmann«, rief ich, und gleich darauf schwang das automatische Tor langsam auf. Ich stieg wieder in meinen Wagen und fuhr die kurze Auffahrt bis vor das große Einfamilienhaus im gehobenen Landhausstil, das von einem gepflegten, nicht einsehbaren Garten umgeben war. Dort erwartete mich bereits Franziska Lott.

»Wie schön, dass Sie da sind, Frau Buschmann«, begrüßte sie mich und wirkte erleichtert. Fast so, als hätte sie bis gerade eben noch daran gezweifelt, ob ich tatsächlich auch kommen würde.

»Ach, bitte, sagen Sie doch Tilda zu mir!«, schlug ich vor. Ich konnte mich nach der Trennung nur noch schwer mit meinem ungeliebten Nachnamen identifizieren und hätte ihn am liebsten sofort abgelegt, wenn das möglich gewesen wäre. Aber leider würde er mich noch eine Weile begleiten.

»Gern, Tilda. Und ich bin Franziska!«

»Freut mich, Franziska.«

»Mein Mann ist noch in der Klinik bei einer Operation, die nicht mehr bis nach unserem Urlaub warten konnte. Er müsste aber bald wieder zurück sein. Zumindest hoffe ich das, damit wir rechtzeitig zum Flughafen losfahren können. Sonst wird es eng mit unserer Reise nach Australien.«

Ich öffnete den Kofferraum und holte meinen Trolley und eine große Umhängetasche heraus.

»Kann ich was helfen?«, fragte sie.

»Ach, danke, das schaffe ich schon.«

Trotzdem nahm sie mir die Tasche ab, und wir gingen hinein.

»Was für ein schönes Haus!«, sagte ich und sah mich in der einladenden Diele um, in der bereits zwei Koffer und Rucksäcke für die bevorstehende Reise bereitstanden. Eine leicht geschwungene Treppe führte nach oben zur Galerie im ersten Stockwerk.

»Danke!« Sie deutete auf ein Körbchen, das auf der Kommode neben der Garderobe stand. »Darin sind der Haustürschlüssel und die Fernbedienung für das Tor, das bitte immer geschlossen sein soll.«

»Natürlich.«

»Und wundern Sie sich, äh … entschuldige, ich meinte, wundere dich bitte nicht über die Launen meiner Mutter. Heute ist sie leider mal wieder ganz besonders schlecht aufgelegt.«

Sie seufzte, und man sah ihr an, wie sehr sie das belastete.

»Also, wenn ich es nicht besser wüsste, würde ich sagen, meine Mutter steckt in der zweiten Pubertät!«, versuchte sie zu scherzen.

»Womöglich«, sagte ich und lächelte. »Aber keine Sorge, ich bin ja vorgewarnt.«

Tatsächlich hatte ich mir eine ganz einfache Strategie zurechtgelegt. Egal, wie unmöglich Betty Flieger sich mir gegenüber verhalten sollte, ich würde mich nicht aus der Ruhe bringen lassen. »Wo ist sie denn?«

»Auf der Terrasse. Aber lass uns erst noch deine Sachen aufs Zimmer bringen, bevor ich euch bekannt mache.«

Ich folgte ihr nach oben.

»Ach, übrigens, deine Frisur finde ich sehr schick!«, sagte sie völlig unerwartet. Auch ich hatte mich inzwischen mit dem Haarschnitt angefreundet. Vielleicht war es doch gut gewesen, mich – wenn auch zunächst widerwillig – auf ein neues Styling einzulassen.

»Danke.«

»Das ist normalerweise das Zimmer unserer Tochter«, erklärte sie, nachdem sie mich in den freundlichen Raum mit hellen Möbeln und einem kleinen Balkon mit Blick zum Garten geführt hatte. »Eva ist seit einem halben Jahr als Au-Pair in Washington, DC.«

»So etwas wollte ich nach meinem Schulabschluss auch machen, aber es hat leider nicht geklappt. Wie alt ist Eva denn?«, fragte ich, während ich meine Sachen neben dem Bett abstellte.

»Neunzehn.«

»Habt ihr noch mehr Kinder?«

»O Gott, nein! Es war schon schwierig genug für meinen Mann und mich, den Arztberuf und das Familienleben mit einem Kind unter einen Hut zu bringen. Gut, dass wir meine Mutter hatten, die sehr oft einsprang und uns unterstützte.«

Sie öffnete eine Seite des Schrankes.

»Hier findest du Bettwäsche und Handtücher, die andere Seite habe ich leer geräumt für deine Sachen. Fühl dich bitte ganz wie zu Hause.«

»Danke. Das Zimmer ist echt sehr gemütlich«, sagte ich. Neben Bett und Schrank gab es einen Schreibtisch vor dem Fenster, ein kleines Sofa und ein Regal, das mit Büchern und Zeitschriften vollgestopft war. Von Liebesromanen über Fantasy, Krimis, Sachbücher und Zeitschriften gab es eine erstaunlich bunte Auswahl. Vielleicht fand ich hier in den nächsten drei Wochen ja Zeit, endlich mal wieder ein paar Bücher zu lesen. Das war in den letzten Jahren leider viel zu kurz gekommen.

Plötzlich hörte ich ein leises Maunzen hinter mir.

»Da ist ja unser Lucky!«, flötete Franziska in einem hellen Singsang, und auf ihrem Gesicht erschien ein breites Lächeln. Es war nicht zu übersehen, wie vernarrt sie in ihre Katze war, die sich gegen ihr Bein drückte. Der schwarz-weiß gescheckte Kater war erstaunlich groß und hatte auch ein ordentliches Bäuchlein, das beim Laufen hin und her schwang. Jetzt warf er sich auf den Rücken und drehte sich vor uns von einer auf die andere Seite. »Lucky ist der Neugierige der beiden Brüder. Und wie man sieht, ist er auch ziemlich verfressen. Bei ihm muss man immer ein wenig aufpassen, dass er nicht zu viel Futter erwischt.«

»Hallo, Lucky«, begrüßte ich den Kater ein wenig unbeholfen. Obwohl ich immer gern ein Haustier gehabt hätte, hatte es aus verschiedenen Gründen nie geklappt. Einer dieser Gründe hieß Andreas.

Franziska kraulte kurz seinen Bauch, dann hob sie Lucky hoch und kam mit ihm zu mir. Ich streichelte vorsichtig über sein seidig weiches Fell, was ihm zu gefallen schien.

»Er schnurrt wie ein kleiner Weltmeister«, sagte Franziska froh. »Ein gutes Zeichen. Er mag dich.«

Das war immerhin schon mal ein guter Anfang.

»Und die andere Katze?«

»Jojo war vorhin im Garten. Er ist etwas schüchtern Fremden gegenüber. Aber Mutter ist ja hier, also wird das sicher alles gut klappen.«

Hoffentlich!

Lucky hob den Kopf, als würde er etwas hören, dann wand er sich in ihren Armen. Sie setzte ihn ab, und er sauste wie der Blitz aus dem Zimmer und die Treppe nach unten.

Franziska zeigte mir das restliche Haus, das geschmackvoll und vor allem gemütlich und mit wenig Schnickschnack eingerichtet war. Kühlschrank und Vorratsraum waren gut bestückt.

»Bitte nehmt, was ihr wollt. Was ihr sonst noch braucht, besorgst du bitte einfach. Hier in der Schublade ist ein Kuvert mit 500 Euro. Ich denke, das müsste reichen.«

»Wie sieht es mit den Medikamenten für deine Mutter aus?«, fragte ich.

»Die sind alle hier.«

Sie öffnete ein Fach, das als Medizinschränkchen diente und ebenfalls gut gefüllt war mit Tabletten, Tropfen, Vitaminpräparaten und Salben. Alles war übersichtlich sortiert. Eine gut ausgestattete Erste-Hilfe-Tasche war, wie ich nicht anders in einem Ärztehaushalt erwartet hatte, griffbereit im Schrank in der Diele verstaut.

»Glücklicherweise muss sie außer ihren Blutdrucktabletten nichts regelmäßig einnehmen. Und auch da nur eine geringe Dosis. Schmerzmittel nimmt sie inzwischen nur noch nach Bedarf. Und da sie noch sehr in ihrer Bewegung eingeschränkt ist, bekommt sie zur Sicherheit täglich eine Anti-Thrombose-Behandlung.«

»Also muss ich ihr Heparin spritzen«, resümierte ich.

»Genau. Ach ja, noch was. Zweimal in der Woche, am Dienstagvormittag und am Freitag kurz nach Mittag, kommt ein Physiotherapeut ins Haus. Er heißt Udo und wird dir erklären, was bei den Übungen zu beachten ist. Es ist wichtig, dass Mutter sie regelmäßig macht, nicht nur dann, wenn er da ist.«

»Dafür werde ich sorgen!«, versprach ich.

»Sehr gut. Dann gibt es noch unsere Putzfrau Marie. Sie kommt immer mittwochs um halb acht und bleibt bis zum frühen Nachmittag. Marie nimmt die Wäsche mit und bringt sie gewaschen und gebügelt die Woche darauf wieder. Ansonsten gibt es im Keller eine Waschmaschine und einen Trockner, die du benutzen kannst. Marie hat einen Schlüssel, also nicht wundern, wenn plötzlich jemand im Haus steht. Sie ist leicht zu erkennen, mit ihren feuerroten Locken. Und sie ist mindestens einen Kopf größer als mein Mann.«

Nachdem Richard Lott nicht gerade klein war, würde ich sie wohl nicht übersehen können.

»Und nun noch zu den Katzen: Hier ist das Fach mit dem Futter.«

Sie zog eine große Schublade auf. Die Dosen, Schalen, Trockenfutterpackungen, Katzenmilch und verschiedensten Leckerlis, die zum Vorschein kamen, würden vermutlich eine Woche lang für alle Katzenbewohner in einem Tierheim reichen.

Die Sache mit der Fütterung der beiden Kater schien ein wenig kompliziert zu sein. Die Fellnasen hatten ziemlich unterschiedliche und wechselhafte Fressgewohnheiten, wie Franziska mir erklärte. Zur Sicherheit hatte sie mir alles aufgeschrieben.

»Und ganz wichtig, das Wasser jeden Tag wechseln. Am liebsten trinken sie aus den großen bauchigen Tassen mit den Katzenmotiven, von denen im Haus und auf der Terrasse mehrere herumstehen.«

Zwei dieser Becher waren mir schon vorhin in der Diele und oben im Flur aufgefallen.

»Und es gibt eine Katzenklappe. Die beiden können also kommen und gehen, wann sie wollen. Wenn irgendwas unklar ist, fragst du einfach meine Mutter, die betreut die Katzen ja sonst auch immer und kennt sich aus.«

Als das geklärt war, führte sie mich in den Keller. Sie deutete zu einer Nische unter der Treppe. Dort befanden sich zwei Katzenklos gefüllt mit Klumpstreu, daneben eine Schaufel und Papiertüten zum Entfernen der Hinterlassenschaften.

»Meistens verrichten sie ihr Geschäft sowieso draußen im Garten, aber ab und zu benutzen sie die hier doch, und dann legen sie Wert drauf, dass alles schön sauber ist.«

»Verstanden.« Das würde zwar keine meiner Lieblingsbeschäftigungen sein, aber es gehörte eben auch zum vereinbarten Job.

»Und hier ist der Waschraum, daneben ein kleines Fitnessstudio, das du natürlich immer benutzen kannst, genauso wie die Sauna und die Wellnessdusche.«

Sie deutete zu einer Tür neben der Saunakabine.

»Hinter der Tür dort führt eine Treppe nach draußen in den Garten direkt zum Naturpool. Den nutzen wir im Winter auch als Tauchbecken nach der Sauna. Bitte auch hier unbedingt immer schauen, dass von innen abgesperrt ist.«

Nachdem sie mir alles gezeigt und das Wichtigste soweit erklärt hatte, war fast eine Stunde vergangen, und mir schwirrte der Kopf.

»So, und jetzt kommt der große Augenblick, ich stelle dir meine Mutter vor.«

»Ich bin schon gespannt.«

»Wie gesagt, bitte nichts persönlich nehmen.«

»Keine Sorge.«

Inzwischen war ich wirklich neugierig auf diese Frau, die mir wie ein feuerspeiender Drache angekündigt wurde. Ob sie tatsächlich so schlimm war? Ich würde es gleich erfahren.

»Normalerweise hat Mutter im ersten Stock ein eigenes Zimmer, wenn sie hier ist, um auf die Katzen und das Haus aufzupassen. Aber da sie die Treppe momentan nicht ohne Hilfe hochkommt, haben wir das Gästezimmer im Erdgeschoss für sie hergerichtet.«

Wir gingen durch das Wohnzimmer hinaus auf die angenehm schattige Terrasse. Ein leerer Elektrorollstuhl stand neben einer Gartenliege, auf der Franziskas Mutter mit hochgelagertem Gipsbein lag und offenbar vor sich hin döste. Ich sah sie nur seitlich von hinten.

»Lassen wir sie doch noch ein wenig schlafen«, schlug ich leise vor.

»Ich schlafe nicht!«, brummte Betty barsch.

Franziska warf mir einen Blick zu, dann wandte sie sich Betty zu.

»Mutter, Tilda Buschmann ist jetzt hier. Ich habe ihr schon alles im Haus gezeigt und ihr gesagt, dass sie sich immer an dich wenden kann, falls noch was unklar ist. Aber vor allem will sie dich natürlich kennenlernen.«

»Ach ja?«

Ich ging ein paar Schritte nach vorne, damit sie mich sehen konnte. Ich hatte völlig vergessen zu fragen, wie alt sie eigentlich war, und den Gesprächen nach hatte ich eine deutlich ältere Frau erwartet. Umso mehr überraschte mich, wie jung sie noch wirkte. Ich schätzte sie höchstens auf Ende sechzig. Und es war erstaunlich, wie wenig sich Mutter und Tochter ähnelten. Während Franziska groß und üppig war mit dunklen dichten Haaren und braunen Augen, war Betty von zierlicher Statur und sah mich mit einem unergründlichen Blick aus grüngrauen Augen an. Die Locken ihrer blond gefärbten Haare verbargen nur zum Teil das große Pflaster auf ihrer Stirn, und am Kinn hatte sie eine ordentliche Schramme, die schon am Abheilen war.

»Schönen guten Tag, Frau Flieger!«, begrüßte ich sie freundlich. »Ich bin Tilda.«

Sie nickte nur.

»Mutter, ich bitte dich, sei höflich und mach es Tilda in den nächsten drei Wochen nicht zu schwer. Hörst du?«

»Ich bin ja nicht taub!«, raunzte sie, dann wandte sie sich an mich. »Sie sind also meine Babysitterin?«

»Also, so würde ich das ganz bestimmt nicht nennen, Frau Flieger …«

»Dann vielleicht eher Seniorensitterin?«, ließ sie nicht locker.

Ich musste mir ein Grinsen verkneifen. Die Bezeichnung traf es eigentlich eher, auch wenn ich das nicht bestätigen wollte.

»Mutter!«, mahnte Franziska.

»Was denn? Ist doch so!«

»Ich bin hier, um Sie die nächsten drei Wochen zu unterstützen. Und wir werden das alles gut hinkriegen«, beteuerte ich. »Nicht wahr, Frau Flieger?«

Sie zuckte nur kurz mit den Schultern, und Franziska seufzte tief.

In diesem Moment sah ich im Garten eine weiße Katze mit roten Flecken – oder war es eher eine rote Katze mit weißen Flecken? – zwischen Sträuchern herumflitzen, ehe sie gleich darauf unter einer Hecke verschwand.

»Ist das Jojo?«, fragte ich.

»Das ist er. Wie schon gesagt, der scheue kleine Kerl wird ein wenig Zeit brauchen. Aber wenn er erst mal Zutrauen gefasst hat, ist er der sanfteste und schmusigste Kater der Welt«, versprach Franziska.

»Auch wenn er so seine Eigenheiten hat!«, mischte Betty sich ein.

»Welche denn?«, fragte ich.

»Das werden Sie schon noch rausfinden!« Betty lächelte plötzlich.

Bevor Franziska etwas dazu sagen konnte, klingelte es an der Haustür. Sie ging ins Haus.

Obwohl ich normalerweise nicht um Worte verlegen war, wusste ich nicht, was ich sagen sollte. Und auch Betty schwieg, bis Franziska mit einem Päckchen wieder zurückkam.

»Das ist für dich, Mutter«, sagte sie verwundert.

»Ah, das ging ja schnell.«

»Was hast du denn bestellt?«

»Ein iPhone. Das alte ist mir in der blöden Reha runtergefallen und hat einen ziemlichen Sprung.«

»Aber Mutter, warum hast du denn nichts gesagt? So viel Geld, das du da ausgegeben hast! Du hättest doch das alte Handy von Richard haben können. Das funktioniert noch gut und liegt sowieso nur in der Schublade rum.«

»Warum hat er sich dann überhaupt ein neues gekauft, wenn es doch noch so gut funktioniert?«

»Weil er es … Ach, egal. Es tut mir leid, aber ich glaube nicht, dass ich es zeitlich heute noch schaffe, es dir einzurichten.«

»Das kann ich selbst. Ich bin ja nicht von gestern! Mir muss nur jemand das Handy aus der Packung rausholen und die SIM-Karte einlegen. Das könnte mit nur einer Hand schwierig werden.« Sie warf einen Blick zu mir.

»Klar, das mache ich.«

»Danke, Tilda!«, sagte Franziska und sah dann mit einem Stirnrunzeln auf ihre Uhr am Handgelenk.

»Ich hoffe, dass Richard bald auftaucht. In spätestens einer Stunde müssen wir uns auf den Weg zum Flughafen machen.«

Betty rappelte sich mühevoll mit dem gesunden Arm auf dem Liegestuhl hoch und schob ihre Beine über den Rand.

»Kann mir vielleicht mal jemand in den Rollstuhl helfen?«, bat sie, genervt über ihre eigene Hilflosigkeit.

»Klar!«, sagte ich, was nicht so ganz einfach war, da ihr linker Arm und das rechte Bein eingegipst und die zwei gebrochenen Zehen am linken Fuß getaped waren und sie kaum auftreten konnte. Und vermutlich hatte sie auch noch Schmerzen und war in ihrer Bewegung durch die Prellungen eingeschränkt.

Franziska wollte helfen, doch ich winkte ab. »Ich krieg das schon hin!« Schließlich musste ich es in den nächsten drei Wochen auch allein schaffen. Beim zweiten Anlauf hatte ich sie im Rollstuhl. Betty bediente den Joystick und fuhr ins Haus.

»Wo willst du denn hin?«, rief ihre Tochter ihr hinterher.

»Aufs Klo!«

»Dann sag doch was.«

»Ich kümmere mich darum.« Ich folgte ihr ins Badezimmer und half ihr vom Rollstuhl auf die Toilette.

Den Rest schaffte sie allein, und ich wartete draußen, bis sie wieder nach mir rief und ich ihr zurück in den Rollstuhl half. Eine ganz normale Tätigkeit für mich als Krankenpflegerin. Sie wusch sich die Hände und fuhr zurück auf die Terrasse.

»Und jetzt hätte ich gern eine Tasse Pfefferminztee«, meinte Betty.

»Den mache ich noch schnell«, sagte Franziska. »Möchtest du auch eine Tasse, Tilda? Oder lieber Kaffee?«

»Sehr gern Tee.«

Sie nickte und verschwand in die Küche.

Betty nahm mich ins Visier.

»Es gefällt mir überhaupt nicht, dass ich die nächsten drei Wochen hier mit einer wildfremden Person verbringen muss«, erklärte sie wenig freundlich.

»Die gute Nachricht ist, dass ich jetzt schon keine ganz wildfremde Person mehr für Sie bin. Außerdem haben Sie keine andere Wahl, Frau Flieger. Bis Ihre Tochter und Ihr Schwiegersohn zurück sind, brauchen Sie jemanden, und deswegen werde ich die ganze Zeit an Ihrer Seite sein.«

»Hört sich nach einer Drohung an.«

»Aber nein. Es ist ein Versprechen.«

»Das werden wir schon noch sehen.«

Ich sah sie verwundert an. Wie meinte sie das?

»Im Moment sind Sie so beeinträchtigt, dass Sie auf Hilfe angewiesen sind. Das mag nicht schön sein, aber vorübergehend ist es leider notwendig.«

»Mit der Hilfe meiner Nachbarin hätte ich es auch allein in meiner Wohnung geschafft. Dort würde ich mich viel wohler fühlen. Aber Franziska und Richard hat das nicht interessiert. Als ob ich nicht selbst wüsste, was gut für mich ist.«

»Offenbar können Sie das in diesem Fall tatsächlich nicht richtig einschätzen«, versuchte ich, es ihr ruhig zu erklären. »Und Ihre Tochter meint es doch wirklich nur gut mit Ihnen. Sie können froh sein, dass sie sich so um Sie kümmert. Das ist nicht selbstverständlich.«

Sie schnaubte nur kurz, da kam Franziska mit zwei dampfenden Tassen Tee zurück und stellte sie auf dem Gartentisch vor uns ab. In diesem Moment meldete ihr Handy eine Nachricht, und sie lächelte erleichtert.

»Richard ist schon unterwegs nach Hause«, rief Franziska ein wenig aufgeregt. »Und er macht extra noch einen Umweg zum Café Simon und bringt dir deinen Lieblingskuchen mit, Mutter.«

»Das tut er auch nur, damit er sein schlechtes Gewissen beruhigen kann«, grummelte sie.

Das Lächeln rutschte aus Franziskas Gesicht. Sie stemmte die Hände in die Hüften und schüttelte den Kopf.

»Du meinst wohl das schlechte Gewissen, das du uns die ganze Zeit machst, Mutter?«

Betty zuckte mit den Schultern.

»Also weißt du, langsam ist es echt genug mit deinen Launen! Es tut mir leid, dass du dich so schwer verletzt hast, aber niemand kann etwas dafür, dass du von der Tretleiter gefallen bist. Und dass sie dich vorzeitig aus der Reha geworfen haben, ist auch nicht unsere Schuld. Das hast du ganz allein selbst zu verantworten – mit deinem unmöglichen Verhalten dort. Richard und ich tun alles, wirklich alles, damit du gut versorgt bist. Wir haben extra den sündhaft teuren Elektrorollstuhl besorgt, damit du im Haus mobil bist, und einen privaten Physiotherapeuten engagiert, der ausnahmsweise bei dir Hausbesuche macht. Außerdem haben wir Tilda angestellt, die sich Tag und Nacht um dich kümmern wird. Es fehlt dir hier an nichts, Mutter. Und das weißt du auch genau. Kannst du jetzt nicht einfach mal umgänglicher sein und vielleicht sogar ein wenig Dankbarkeit zeigen? Nur ein klitzekleines bisschen? Ist das wirklich zu viel verlangt? Oder gönnst du uns die lange geplante Reise nicht?«

Einige Sekunden lang herrschte eisiges Schweigen. Es war mir unangenehm, dass ich die Auseinandersetzung zwischen Mutter und Tochter mitbekam, und ich wäre am liebsten nach oben in mein Zimmer verschwunden, um meine Sachen auszuräumen, bis hier alles geklärt war.

»Ich gönne euch alles. Danke, dass ihr mich so gut versorgen lasst!«, sagte Betty schließlich ruhig und fast emotionslos. »Und ich wünsche euch eine gute Reise.« Damit nahm sie das Päckchen mit dem Handy, legte es sich auf den Schoß und steuerte den Rollstuhl ins Gästezimmer.

Franziska warf mir einen resignierten Blick zu und seufzte erneut.

»Ich verzweifle inzwischen wirklich langsam mit ihr. Vor allem verstehe ich einfach nicht, was mit meiner

Mutter los ist. Früher war sie ganz anders. Hoffentlich treibt sie es dir gegenüber nicht zu bunt, Tilda.«

»Keine Sorge, so einfach lasse ich mich nicht aus der Ruhe bringen«, beteuerte ich.

»Sehr gut! Kannst du mich bitte auf dem Laufenden halten, wie es dir mit Mutter geht? Und auch mit den Katzen?«, bat sie.

»Aber klar. Ich schicke jeden Tag eine Nachricht, wie es hier läuft«, versprach ich.

Vierzig Minuten später standen Betty und ich vor der Haustür und sahen dem Wagen von Franziska und Richard hinterher, die sich auf den Weg zum Münchner Flughafen machten. Betty war doch noch rechtzeitig aus ihrem Zimmer gekommen, allerdings war der Abschied von ihrer Seite recht einsilbig ausgefallen. Am Ende schienen Franziska und Richard erleichtert zu sein, das Haus endlich verlassen zu können.

»So, jetzt sind wir beide alleine.«

Betty zuckte mit den Schultern.

»Sie sagen mir einfach immer, wenn Sie meine Hilfe brauchen und ich was für Sie tun kann.«

Sie nickte nur. Sehr kommunikativ war sie nicht gerade.

»Soll ich schon mal ein Mittagessen für uns kochen?«, fragte ich.

»Ich hab keinen Hunger«, antwortete Betty.

Ich schon!, dachte ich. Aber vorerst würde mir auch ein wenig Obst reichen.

»Na gut, dann gibt es erst später was. Möchten Sie

sich jetzt vielleicht ein wenig hinlegen und ausruhen?«, schlug ich vor.

»Ausruhen kann ich mich noch genug, wenn ich mal gestorben bin«, raunzte sie und fuhr mit dem Rollstuhl zurück auf die Terrasse.

Ich atmete einmal tief ein und aus. Die Zeit mit Betty würde kein Spaziergang werden. Aber ich würde mich von dieser übel gelaunten Seniorin ganz gewiss nicht unterkriegen lassen. Schließlich winkte anschließend ein toller Job auf mich.

Innerhalb weniger Wochen hatte sich mein Leben komplett auf den Kopf gestellt, und ich hatte einiges einstecken müssen. Aber das hatte ich zum Glück alles einigermaßen gut überstanden.

Und dich schaff ich auch noch, Betty!, schwor ich mir und ging ins Haus.

Kapitel 8

Der erste Tag

Nachdem ich das neue Handy für sie ausgepackt und die SIM-Karte eingesetzt hatte, ging – oder besser gesagt fuhr – Betty mir die nächsten Stunden weitgehend aus dem Weg. Nur wenn sie zur Toilette musste, sprach sie mich widerstrebend an. Damit sie im Notfall oder wenn sie einfach nur Unterstützung brauchte, jederzeit jemanden rufen konnte, hatte Franziska für ihre Mutter einen internen Hausnotruf besorgt. Den Sender trug Betty tagsüber um den Hals, und in der Nacht sollte er auf ihrem Nachttisch liegen. Ich hatte mir den Empfänger in die Hosentasche gesteckt und war damit jederzeit für sie erreichbar.

Während sie sich im Wohnzimmer mit ihrem neuen Handy beschäftigte und nebenbei eine Telenovela und Gerichtssendung nach der anderen schaute, räumte ich oben meine Sachen in den Schrank und schickte Anette, der ich versprochen hatte, sie auf dem Laufenden zu halten, eine Sprachnachricht.

Dann zog ich eine bequeme leichte Hose und ein T-Shirt an und ging nach unten. In der Küche inspizierte ich den Inhalt des Kühlschranks und der Speisekammer genauer und beschloss, zuerst die frischen Sachen zu verwenden, damit nichts schlecht wurde. Obwohl Betty angeblich immer noch keinen Hunger hatte, machte ich mich daran, mit den vorhandenen Zutaten eine italienische Minestrone zu kochen. Und dazu gab es knusprig geröstetes Weißbrot.

»Das Essen ist fertig!«, rief ich gut eine Stunde später.

Inzwischen war es schon später Nachmittag, und mein Magen knurrte bereits ordentlich.

»Jetzt läuft meine Sendung!«, erklärte Betty, die gebannt die Geschehnisse auf dem Bildschirm verfolgte.

»Künftig können wir gern vereinbaren, wann Sie essen möchten. Aber die Suppe steht jetzt nun mal schon auf dem Tisch im Esszimmer und soll doch nicht kalt werden«, ließ ich nicht locker.

»Es gibt Suppe?«, fragte sie und klang wenig begeistert.

»Ja. Und als Nachtisch ist noch der Kuchen da, den Ihr Schwiegersohn mitgebracht hat.«

»Mir reicht der Kuchen.«

»Aber Sie müssen doch was Vernünftiges ...«

Sie ließ mich nicht weiter zu Wort kommen.

»Jetzt passen Sie mal auf, Schwester Tilda!«, fuhr sie mich an, und ihre grüngrauen Augen funkelten erbost. »Ich bin mit meinen neunundsechzig Jahren schon sehr lange ein großes Mädchen und weiß genau, was ich möchte und was nicht. Sie müssen mich nicht wie ein Kleinkind behandeln. Das verbitte ich mir! Ich habe gesagt, dass ich keine Suppe möchte, sondern nur den Kuchen. Also respektieren Sie meine Entscheidung. Und halten Sie endlich die Klappe, damit ich in Ruhe meine Sendung sehen kann! Ich krieg ja die Hälfte nicht mit, wenn Sie so viel quatschen!«

Sie drehte sich wieder von mir weg zum Fernseher.

Ich sah sie kurz mit offenem Mund an. Eigentlich hatte ich mir versprochen, mir nichts mehr gefallen zu lassen. Aber ich hatte meine Strategie, ihre Ausbrüche, vor denen man mich gewarnt hatte, zu ignorieren. *Also nicht darüber ärgern, Tilda!,* sagte ich mir und blieb ganz locker. Ich brachte ihr das Gebäckstück und stellte es neben ihr auf den Tisch.

»Bitte sehr, Frau Flieger«, sagte ich freundlich. »Wenn Sie sich lieber nur das ungesunde süße Zeug reinstopfen wollen, ist das Ihre Entscheidung. Aber jammern Sie mir bloß nicht vor, wenn Sie davon Verstopfung bekommen und ich Ihnen einen Einlauf verpassen muss.«

»Einen Einlauf? Eher gefriert die Hölle zu«, hörte ich sie noch sagen, als ich schon wieder auf den Weg in die Küche war. Ich schüttete ihre Portion zurück in den Topf. In meine Schale hobelte ich hauchdünne Späne Parmesan, die in der heißen Suppe rasch schmolzen. Ein herrliches Aroma! Bei diesem köstlichen Duft lief mir das Wasser im Mund zusammen. Zuerst wollte ich allein im Esszimmer essen. Doch dann überlegte ich es mir anders und ging mit einem Tablett ins Wohnzimmer. Dort saß Lucky inzwischen auf einem der Sessel und putzte in aller Seelenruhe sein Fell. Jojo hatte sich immer noch nicht im Haus blicken lassen, zumindest hatte ich es nicht mitbekommen, doch der Teller mit dem Futter war inzwischen leer gefressen. Hoffentlich nicht nur von Lucky.

Während die letzten zwanzig Minuten von Bettys Sendung liefen, löffelte ich genussvoll die Suppe.

Betty hatte ihren Kuchen bereits verputzt und warf mir immer wieder einen Blick zu, wie ich feststellte.

»Was war das denn für eine Suppe?«, fragte sie schließlich, als ich fertig war.

»Minestrone mit Parmesan. Wollen Sie vielleicht doch eine Portion?«, fragte ich freundlich.

Ein paar Sekunden lang schwieg sie, und ich dachte schon, sie würde mir nicht antworten.

»Aber nur eine kleine Portion«, sagte sie dann zu meiner Überraschung.

Ich verkniff mir ein Lächeln. Ob nun eine mögliche Verstopfung durch den Süßkram oder der verlockende Duft der Suppe ihre Meinung geändert hatte, würde ich wohl nicht erfahren.

»Hat es geschmeckt?«, erkundigte ich mich, als ich später das leere Geschirr abräumte.

»Hat schon gepasst«, murmelte sie nur.

»Haben Sie Lust auf eine Partie Kniffel oder Mühle, wenn ich die Küche aufgeräumt habe?«, schlug ich vor. »Das geht auch mit einer Hand.«

Sie schüttelte den Kopf.

»Sie müssen mich nicht unterhalten, Tilda. Mir wird schon nicht langweilig.«

»Na gut, wie Sie meinen.«

Inzwischen war es Abend geworden. Lucky war wieder in den Garten verschwunden. Ich folgte ihm und hielt

Ausschau nach Jojo. Doch von dem rot-weißen Kater war weiterhin nichts zu sehen. Aber so wie ich das verstanden hatte, war das nicht so ungewöhnlich, und ich musste mir deswegen noch keine Sorgen machen.

Ich räumte die Küche auf und hatte plötzlich Lust, ein Buch zu lesen. Nicht nur oben im Zimmer der Tochter hatte ich genug Auswahl an Romanen, sondern auch in der Regalwand im Wohnzimmer. Ich entschied mich für einen Krimi, der im London der frühen Achtzigerjahre spielte, und setzte mich damit draußen auf die Terrasse, während Betty sich eine Quizshow anschaute.

Es war ein lauer Sommerabend, und der Aufenthalt in dem schönen Haus fühlte sich ein klein wenig wie Urlaub an. Wenn man mal von Bettys übler Laune absah. Aber das konnte ich wegstecken.

Ich überflog noch rasch meine Seite auf Instagram und freute mich, als ich eine Nachricht von Paula, der anderen Bewerberin, entdeckte.

»Leider hat es bei mir nicht geklappt mit dem Job. Hast du ihn bekommen?«

»Ja, ich hab die Stelle. Tut mir leid für dich.«

»Kein Problem. Wenn ich ihn schon nicht bekommen habe, freue ich mich, dass du ihn hast. Nächste Woche habe ich ein neues Bewerbungsgespräch.«

»Alle Daumen sind gedrückt!«

Wir schrieben noch eine Weile hin und her und vereinbarten, dass wir uns demnächst mal auf einen Kaffee in der Stadt treffen wollten. Es fühlte sich gut an, nach der Trennung von Andreas neue Bekanntschaften zu knüpfen. Mich in unserem bisherigen gemeinsamen

Freundeskreis zu bewegen, war derzeit für mich nicht vorstellbar. Mir reichten schon die diversen Glückwunsch-Kommentare auf seinen Social-Media-Seiten, auf die ich ab und zu einen Blick warf, zu den Fotos von Andreas und Frau Kaiser mit Hashtags wie #NeueLiebe #NeuesGlück oder #Happynewfamily. Vielleicht sollte ich ja auch mal Fotos von mir posten mit #HappySingle #KanndieScheidungkaummehrerwarten oder #Mynewlifewithouthusband. Aber mit meinem Privatleben wollte ich doch nicht so offen für jedermann hausieren gehen.

Ich legte das Handy weg und schnappte mir den Krimi. Die Geschichte mit der charismatischen Hauptfigur eines adeligen Ermittlers versprach schon auf den ersten Seiten Spannung pur und richtig gute Unterhaltung. Ich war so versunken in den Roman, dass ich erschrak, als Betty in ihrem Rollstuhl plötzlich neben mir stand.

»Das Buch hab ich auch kürzlich gelesen. Die Geschichte ist toll geschrieben und spannend bis zum Schluss«, meinte sie und hörte sich zu meiner Überraschung zum ersten Mal fast freundlich an.

»Das finde ich auch«, bestätigte ich und freute mich, dass wir offenbar endlich ein gemeinsames Thema gefunden hatten.

»Ich hätte im Leben nicht gedacht, dass ausgerechnet die Taxifahrerin die Mörderin ist.«

Ich sah sie verdattert an.

»Äh, Entschuldigung, Frau Flieger! Sie haben mir jetzt nicht ernsthaft die Auflösung des Kriminalfalls verraten?«, fragte ich in der Hoffnung, dass Betty nur einen Scherz gemacht hatte, um mich auf eine falsche Fährte zu führen.

»Hoppla. Ich fürchte, doch«, gab sie zu, wobei ich nicht einen klitzekleinen Hauch von Bedauern in ihrem Blick sehen konnte.

Dieses Biest!

»Warum haben Sie das gemacht?«, fragte ich und klappte genervt das Buch zu.

Sie zuckte nur mit den Schultern.

»Ich würde dann gerne schlafen gehen.«

Ich stand auf und verbarg so gut es ging meinen Ärger darüber, dass sie mir die Freude an dem Krimi total verdorben hatte. Und das mit voller Absicht.

»Okay.«

Als ich ihr im Badezimmer half, das Nachthemd anzuziehen, entdeckte ich an ihrem Körper zahlreiche Hämatome, die sich zum Teil bereits grün gelblich verfärbt hatten, und Abschürfungen, die am Verheilen waren. Die Prellungen mussten wirklich äußerst schmerzhaft gewesen sein. Mein Ärger auf sie war völlig verflogen.

»Da hat es Sie aber echt ganz schön erwischt, Frau Flieger«, sagte ich mitfühlend. »Wie genau ist das denn passiert?«

»Das hat Ihnen meine Tochter doch bestimmt schon erzählt«, meinte sie trocken.

»Nein. Hat sie nicht.«

»Na gut, also, ich wollte das Fenster im Treppenhaus putzen und habe schon mal die Gardinen abgemacht, um sie zu waschen. Als ich dann wieder von der Tretleiter runtersteigen wollte, hab ich mich mit einem Schuh in den Gardinen verheddert und das Gleichgewicht verloren. Und dann bin ich zuerst von der Leiter und dann die Treppe runtergestürzt«, erklärte sie so sachlich, als würde sie mir das Fernsehprogramm vorlesen.

»O Gott! Ein Wunder, dass Ihnen da nicht mehr passiert ist.« Ich durfte mir das gar nicht vorstellen!

»Tja. Ich bin eben ein riesengroßer Glückspilz«, kam es etwas sarkastisch von Betty.

»Das sind Sie wirklich, Frau Flieger!«, beharrte ich, während mich ganz plötzlich die Erinnerungen eingeholt hatten. »Meine Mutter ist bei einem gemeinsamen Spaziergang *nur* ...«, ich setzte das letzte Wort mit Fingern in Anführungsstriche, »... auf einer gefrorenen Pfütze ausgerutscht und hat eine so schwere Schädelverletzung davongetragen, dass sie zwei Tage später an den Folgen starb.«

Schon lange hatte ich nicht mehr über diesen schrecklichen Tag kurz nach Weihnachten vor sechzehn Jahren gesprochen, den ich am liebsten aus meinem Gedächtnis löschen wollte. Vor allem, weil diesem Sturz ein blöder Streit mit meiner Mutter vorausgegangen war. Irgendeine Banalität, die wir nicht mehr auflösen konnten und die nun unwiderruflich unser letztes Gespräch war. Vermutlich vermied ich es deswegen meistens zu streiten und war auf Harmonie bedacht. Ich hoffte, die nörgelnde Betty ein wenig wachzurütteln und ihr nahezubringen, dass sie tatsächlich froh sein konnte, trotz allem mit einem blauen Auge davongekommen zu sein.

»Das … das mit Ihrer Mutter tut mir leid«, murmelte Betty und schien es wirklich so zu meinen. »Damals waren Sie ja noch sehr jung.«

Ich nickte nur und schwieg. Mehr wollte ich dazu nicht sagen.

Als wir später in ihrem Zimmer waren und ich ihr gerade aus dem Rollstuhl ins Bett helfen wollte, meldete ihr neues Handy einen Videocall.

»Das, ist Eva!« Ihre Augen strahlten glücklich, als sie das Gespräch annahm.

»Hey, Omi!«, rief ihre Enkelin und warf einen Kuss in die Kamera.

»Grüß dich, mein Spatzerl! Wie geht es dir denn?«

»Och, passt. Und dir?«

»Mir geht es bestens!«, beteuerte Betty.

»Ich weiß, es ist schon spät, aber hast du Lust, noch ein wenig zu quatschen, Omi?«, fragte Eva, die eine jüngere Ausgabe ihrer Mutter war. »Ich bräuchte mal ganz dringend deinen Rat.«

»Aber natürlich hab ich Lust!« Betty drehte sich zu mir, und ihr Blick sagte mir deutlich, dass ich jetzt verschwinden sollte.

»Ich komme später wieder«, sagte ich leise und ließ sie allein.

Zum ersten Mal hatte ich das Gefühl, für einen Moment die echte Betty kennengelernt zu haben, so wie sie laut ihrer Tochter früher war. Was hatte sie nur so verändert?

Kapitel 9

Jojo

Zweimal hatte Betty mich in der ersten Nacht aus dem Bett geklingelt, weil sie auf die Toilette musste.

Leider war sie nicht nur generell übellaunig, sondern wohl auch noch ein ausgesprochener Morgenmuffel.

»Dieses blöde Ding können Sie sich selbst in den Bauch jagen!«, fuhr sie mich an, als ich ihr nach dem Blutdruckmessen das Heparin injizieren wollte.

»Machen Sie es uns doch nicht so schwer, Frau Flieger«, bat ich geduldig. »Ich weiß genau, dass Ihnen selbst klar ist, warum Sie die Spritze brauchen. Und wenn Sie sich so aufregen, dann ist das nicht gut für Ihren Blutdruck.«

Schließlich gab sie nach und hielt still. Ich half ihr beim Waschen und Anziehen und erinnerte sie gleich noch daran, dass sie ihre Blutdrucktablette nicht vergessen sollte, was sie wieder auf die Palme brachte.

»Denken Sie, ich weiß nicht mehr, was ich einnehmen muss, nur weil ich mir was gebrochen habe?«, schnauzte sie mich an. »Ich bin doch nicht senil!«

Ihre empörten Worte brachten mich zum Nachdenken. Vielleicht war ich tatsächlich ein wenig überfürsorglich. Manche Menschen mochten das, doch für andere konnte das natürlich nervig sein. Und Betty gehörte ganz offensichtlich zu Letzteren.

»Sie haben recht, Frau Flieger«, sagte ich deswegen. »Das kriegen Sie bestimmt allein hin.« Auch wenn es mit einer Hand nicht so einfach war, die Tablette aus dem Blister zu drücken. Aber notfalls konnte sie mich ja bitten, ihr zu helfen.

Ich bereitete das Frühstück für uns zu und fütterte Lucky, der um meine Beine strich und gleich nach dem Fressen irgendwo im Haus verschwand. Langsam machte ich mir etwas Sorgen um Jojo, der mir immer noch nicht unter die Augen gekommen war. Während ich draußen die Rosenstöcke und Sträucher goss, hielt ich vergeblich Ausschau nach ihm.

»Kann es sein, dass Jojo etwas passiert ist?«, fragte ich Betty, als ich später das Frühstücksgeschirr auf der Terrasse abräumte.

»Er ist schon viel mehr unterwegs als Lucky, aber normalerweise taucht er spätestens dann wieder auf, wenn er Hunger hat«, antwortete sie. »Vermutlich fürchtet er sich vor Ihnen und traut sich deswegen nicht nach Hause.«

Konnte das sein, oder war das einfach nur wieder ein bissiger Kommentar von Betty? Ich wollte noch ein wenig abwarten, aber wenn der Kater bis zum späten Nachmittag immer noch nicht da war, würde ich mich in der Gegend auf die Suche machen und Zettel aushängen.

»Haben Sie einen besonderen Wunsch, was ich heute Mittag kochen soll?«, fragte ich.

»Ist mir egal.«

Ich seufzte. Das war ja klar!

In diesem Moment klingelte es, und Udo, der Physiotherapeut, stand an der Tür. Der schlaksige kahlköpfige Mann, den ich auf Ende vierzig schätzte, hatte eine tragbare Liege dabei, auf der Betty im Anschluss an die Krankengymnastik in den Genuss einer ausgedehnten Massage kommen würde, um die Muskeln zu lockern. Franziska ließ sich das Wohlbefinden ihrer Mutter wirklich einiges kosten. Und deswegen könnte Betty viel dankbarer sein.

Auch Udo gelang es nicht, mit seiner lockeren Art Bettys Stimmung zu heben, doch ihn schien ihr Grant nicht im Geringsten zu beeindrucken, und sie machte alles mit, wenn auch mit widerwilliger Miene. Udo erklärte uns unterdessen, worauf Betty achten musste, wenn sie die Übungen wiederholte, um die Gelenke und Muskeln schonend zu mobilisieren, solange sie noch Gipsverbände trug.

Während er anschließend Betty massierte, nutzte ich die Zeit, um rasch beim Metzger in der nahen Filiale eines Supermarktes einzukaufen, in der es auch regionale Produkte gab. Wenn es Betty egal war, was es zu essen gab, würde ich eben das kochen, worauf es mich gelüstete. Nachdem ich mich während meiner Ehe vor allem an Andreas' Wünschen orientiert hatte, kamen nun meine Lieblingsgerichte auf den Tisch.

Und heute waren das Spaghetti Bolognese und ein gemischter Salat. Diesmal musste ich Betty nicht so lange überreden, an den Esstisch zu kommen. Auch wenn sie keinen Kommentar dazu abgab, verputzte sie einen gro

ßen Teller Nudeln und hielt sich auch beim Salat nicht
zurück. Offenbar schien sie ihren Appetit wiedergefun-
den zu haben.

Lucky kam in die Küche, streckte sich einmal fest
durch und sprang dann maunzend auf Bettys Schoß. Er
drückte seinen Kopf immer wieder gegen ihren Gipsarm
und rieb sich daran.

»Na, du süßer Wuschel, wo ist denn dein Bruder?«,
fragte Betty und streichelte mit der gesunden Hand über
sein flauschig weiches Fell. An ihrem Tonfall konnte ich
erkennen, dass auch sie sich ein wenig Sorgen um den
anderen Kater machte. Beunruhigt stand ich auf.

»Ich such noch mal im Garten nach Jojo.«

Um ihn anzulocken, holte ich aus der Schublade die
Leckerlis, die er laut Franziskas Notizen besonders
mochte, und ging dann hinaus.

Betty fuhr mir, mit Lucky auf dem Schoß, im Rollstuhl über den Rasen hinterher.

»Jojo!«, rief ich und schüttelte die Plastikdose mit den
gefriergetrockneten Hühnerherzen, woraufhin Lucky
von Bettys Schoß sprang und um meine Beine strich.
Ich gab ihm ein paar Häppchen und suchte dann weiter.

»Jojo!«, rief auch Betty immer wieder, während wir
uns dem Naturpool näherten, der von Sträuchern und
Bäumen eingefasst war.

»Können Katzen eigentlich schwimmen?«, fragte ich
und warf einen besorgten Blick auf das Wasser.

»Einige tun es, wenn es sein muss, andere mögen es
sogar. Dazu gehören Jojo und Lucky allerdings nicht.
Aber aus diesem Schwimmteich käme eine gesunde

Katze leicht wieder raus. Ich kann mir nicht vorstellen, dass Jojo ertrunken ist«, erklärte Betty, und ich atmete innerlich auf.

In der gemeinsamen Sorge um die Katze verhielt Betty sich endlich ganz normal.

Ich suchte im Garten unter jedem Strauch und zwischen den Hecken, in denen er sich vielleicht mit einer Verletzung verkrochen haben könnte. Man konnte ja nie wissen. Doch der Kater war nicht aufzufinden. Auch die Leckerlis konnten ihn nicht anlocken.

Wir dehnten die Suche auf die Umgebung aus und klingelten auch bei den Nachbarn, um sie zu bitten, in ihren Garagen und Kellerräumen nachzusehen. Vergeblich. Niemand hatte den kleinen Kerl seit gestern gesehen.

Schließlich machten wir uns wieder auf den Weg zurück ins Haus.

»Ich frag im Tierheim nach, ob eine Katze gefunden wurde«, beschloss Betty. »Wobei Jojo und Lucky gechippt und registriert sind, also würde man uns Bescheid geben.«

Trotzdem telefonierte sie, schüttelte aber den Kopf, nachdem sie aufgelegt hatte.

»Nichts. Es gibt auf Facebook eine Seite, da kann man in der Gegend vermisste und zugelaufene Haustiere melden«, meinte sie dann. »Ich habe ein paar Fotos der Katzen auf dem Handy. Da könnten wir eines von Jojo einstellen.«

»Und wir verteilen am besten auch Zettel in der Gegend mit seinem Foto!«, schlug ich vor.

Doch bevor wir dazu kamen, meldete sich Franziska von einer Zwischenlandung aus Vietnam.

»Hallo Tilda, hallo Mutter. Wie geht es euch denn?«, fragte sie über den Lautsprecher.

»Es ist alles in Ordnung!«, beteuerte ich. »Wir kommen gut miteinander klar, nicht wahr, Frau Flieger?«

Das traf zumindest für die Suche während der letzten zwei Stunden zu.

Betty zuckte nur mit den Schultern.

»Sie nickt!«, erklärte ich jedoch, und Betty verdrehte die Augen.

Franziska lachte. Sie erkannte wohl meinen Trick, spielte aber mit.

»Sehr gut, wenn ihr euch versteht! Das freut mich. Und was ist mit Jojo und Lucky?«

Ich wusste, wie viel die Katzen ihr und ihrem Mann bedeuteten, und beschloss, ihr besser nicht zu sagen, dass Jojo seit gestern verschwunden war. Schließlich sollten sie und Richard die Reise ungetrübt genießen. Aus der Ferne konnten sie ohnehin nichts unternehmen. Und vermutlich tauchte die Katze bald wieder von selbst auf. Doch Betty machte mir einen Strich durch die Rechnung.

»Franziska, wir können Jojo nicht finden!«, rief sie ins Handy.

»Wie? Ihr könnt ihn nicht finden? Seit wann ist er denn weg?«, fragte Franziska besorgt.

»Etwa seit gestern Mittag!«, antwortete ich. »Zumindest haben wir ihn seitdem nicht mehr gesehen!«, fügte ich hinzu. »Es kann aber auch sein, dass er durch die Katzenklappe hereinkam, ohne dass wir es bemerkt haben.«

»Wahrscheinlich hat er einfach nur Angst vor Tilda und will deswegen nicht ins Haus! Das würde mich jedenfalls nicht wundern«, konnte es sich Betty nicht verkneifen.

»Das kann ich mir nicht vorstellen, Mutter. Außerdem müsste man ihn auch dann zumindest immer wieder mal im Garten irgendwo sehen.«.

»Wir haben draußen und in der Umgebung schon alles abgesucht«, sagte ich. »Und ich war auch in der Garage und im Keller.«

»Das letzte Mal habe ich ihn kurz vor unserer Abfahrt gesehen«, erinnerte sich Franziska. »Und das war …«, plötzlich stockte sie. »Verdammt! Das war im Schlafzimmer, weil ich noch schnell einen leichten Schal geholt habe. Habt ihr oben in den Zimmern schon nachgesehen?«, fragte sie aufgeregt.

»Nein.« Ich hatte gar nicht gedacht, dass er im Haus sein könnte. Außerdem hätte ich nicht so einfach ihr Schlafzimmer betreten.

»Oh, oh, ich hab ein ungutes Gefühl! Bitte schau schnell nach, Tilda!«, drängte Franziska besorgt.

»Klar!«

Schon war ich unterwegs nach oben.

»Ich bin jetzt im Schlafzimmer, aber da ist keine Katze!«, sprach ich ins Handy, da hörte ich ein wildes Kratzen an der Schiebetür zum angrenzenden Ankleideraum. »Moment …«

Ich schob die Tür auf. Jojo kam mit einem wilden Maunzen herausgestürmt und rannte, als wäre der Teufel hinter ihm her, durch das Schlafzimmer hinaus in den Flur und nach unten.

»War das Jojo?«, fragte Franziska hoffnungsvoll.

»Ja. Das war er!«, antwortete ich. »Er war im Ankleideraum eingesperrt.«

»O nein! Der arme kleine Kerl! Es tut mir so, so leid.
Daran bin ich schuld. Weil wir schon so in Eile waren,
habe ich nicht mehr richtig aufgepasst. Ich dachte, Jojo
wäre längst wieder draußen. Gott sei Dank, dass du ihn
befreit hast, Tilda!«

Ich konnte ihre Erleichterung von Ho-Chi-Minh-
Stadt bis nach Passau spüren. Und auch mir fiel ein Stein
vom Herzen. Ich durfte gar nicht daran denken, dass ich
ohne den Hinweis von Franziska wohl die ganzen drei
Wochen nicht in diesem Ankleideraum nachgeschaut
hätte. Ich schluckte. Was für eine schreckliche Vorstellung!

»Und glücklicherweise noch genau zum richtigen
Zeitpunkt. Sonst hätte ich mir die ganze Zeit Sorgen gemacht«, riss sie mich aus meinen Gedanken. »Wir müssen nämlich gleich ins Flugzeug! Wenn wir in Sydney
sind, melden wir uns wieder.«

»Okay. Dann guten Flug.«

Ich legte auf. Dann seufzte ich. Es war wunderbar,
dass der Kater befreit war, aber es war auch gut, dass
Franziska ihren Ankleideraum nicht gesehen hatte, darin sah es nämlich so aus, als wäre ein Wirbelsturm
durchgefegt. Auf dem Boden lag ein Berg aus Hemden,
Anzughosen, Jacken, Pullis, Kleidern, Schals, T-Shirts
und Röcken. Jojo hatte in seiner Verzweiflung, einen
Ausweg aus diesem Gefängnis zu finden, in den letzten
dreißig Stunden mehr oder weniger alle Klamotten aus
den offenen Regalen geholt und einiges von den Bügeln

gerissen. Und dem stechenden Duft nach, der in der Luft lag, hatte er diesen großen Kleiderhaufen gezwungenermaßen als Katzenklo benutzen müssen. Ich seufzte und verzog das Gesicht. Natürlich konnte ich das nicht so lassen, bis Franziska und Richard wieder zurückkamen. Darum musste ich mich jetzt wohl oder übel kümmern.

Ich ging nach unten, um Gummihandschuhe und mehrere Wäschekörbe zu holen. Aber vorher gab es Futter für Jojo, der schon vor seinem Napf saß. Der arme Kerl war halb verhungert und verschlang gierig eine ordentliche Portion. Zusätzlich bekam er noch einige besondere Leckerlis, die er zu meiner Überraschung aus meiner Hand nahm. Danach trank er minutenlang Wasser aus der Tasse. Als Lucky hereinkam und seinen Bruder entdeckte, stellte er sich ganz dicht neben ihn, stupste ihn an und machte leise, fast gurrende Geräusche, die Jojo erwiderte. Auch er war offenbar froh, dass sein Bruder wieder da war.

»Der arme kleine Schatz war tatsächlich die ganze Zeit im Schlafzimmer eingesperrt?«, fragte Betty voller Mitgefühl.

Ich schüttelte den Kopf.

»Im Ankleidezimmer.«

Ihr Gesichtsausdruck sagte mir, dass sie wusste, was das bedeutete, egal, in welchem Raum er gefangen gewesen war. »Wie schlimm ist es?«

»Sehr schlimm!«

»Tja. Tut mir leid, dass ich da nicht helfen kann.« Darüber schien sie jedoch nicht ganz so traurig zu sein.

Zum Glück hatte Jojo seine Hinterlassenschaften auf eine Ecke des Raumes beschränkt. Eine Anzughose, ein Jackett und ein dunkelgrauer Herrenpullover, die dabei in mehrfacher Hinsicht in Mitleidenschaft gezogen worden waren, stopfte ich in einen Müllsack. Ob die Sachen noch zu retten waren, wagte ich zu bezweifeln. Alle anderen Kleidungsstücke, die auf dem Boden lagen, mussten zur Sicherheit gewaschen oder in die Reinigung gebracht werden. Das würde ich morgen mit Marie, der Zugehfrau, klären. Ich wischte gründlich den Boden und desinfizierte ihn mit einem Spray. Dann stellte ich mich unter die Dusche.

Es war schon fast zehn Uhr, als ich wieder nach unten kam. Betty hatte sich inzwischen die Zeit vor dem Fernseher vertrieben. Jojo und Lucky lagen zusammengekuschelt auf dem Sofa. Lucky hatte eine Pfote auf ihn gelegt, so, als ob er seinem Bruder nach der unfreiwilligen Trennung Trost spenden und ihn besonders beschützen wollte.

»Gibt es noch was zu essen?«, fragte Betty.

Ich war schon hundemüde und hatte keine Lust mehr, was zu kochen.

»Müsliriegel und Obst – oder Chips«, antwortete ich deswegen. »Und im Kühlschrank sind auch noch Joghurts.«

Sie zog die Augenbrauen hoch, sparte sich diesmal jedoch einen dummen Kommentar.

»Dann nehme ich eben eine Banane und Chips.«

Ich brachte ihr die gewünschten Sachen und schälte die Banane für sie, hatte selbst jedoch keinen Appetit mehr.

Leider machte Betty noch keine Anstalten, schlafen zu gehen. Im Gegenteil. Sie wollte sich unbedingt noch eine Talkshow mit Markus Lanz anschauen. Also musste ich noch ausharren, bevor ich sie ins Bett bringen konnte.

Ich legte mich auf das kleinere der beiden Sofas und war innerhalb weniger Minuten eingeschlafen.

»Aufwachen!«, hörte ich eine energische Stimme, und jemand rüttelte mich an der Schulter. »Hey, Tilda! … Frau Buschmann!«

Orientierungslos rappelte ich mich hoch, bis ich Betty sah, die mit dem Rollstuhl neben das Sofa gefahren war.

»Tschuldigung. Ich war so müde vorhin.«

»Ich frag mich, wie Sie den Notrufknopf hören wollen, wenn Sie so tief schlafen?«, fragte sie grummelig.

»Das bekomme ich schon mit«, versicherte ich und gähnte. Ich half ihr, sich für die Nacht fertig zu machen, und brachte sie ins Bett. Dann ging ich ebenfalls schlafen.

Irgendwann in der Nacht dachte ich, etwas gehört zu haben. Ich griff nach dem Empfänger auf meinem Nachttisch, doch es war keine Meldung von Betty gekommen. Vielleicht hatte ich einfach nur geträumt? Ich drehte mich auf den Rücken, um weiterzuschlafen, und dämmerte schon bald wieder hinüber, da spürte ich plötzlich einen Druck auf meiner Brust und riss erschrocken die Augen auf. In der Dunkelheit konnte ich zwar nichts sehen, aber ich hörte ein leises Schnurren. Offenbar hatte ich vergessen, die Tür zu schließen, denn eine der Katzen war zu mir ins Zimmer gekommen und saß nun auf mir. Ich streichelte vorsichtig über ihr Fell. Es war nicht ganz so weich wie das von Lucky.

»Jojo … was machst du denn hier?«, murmelte ich. Der schüchterne Kater war tatsächlich zu mir gekommen! Weil ich ihn heute aus der Kleiderkammer gerettet und den halb verhungerten Kerl gefüttert hatte? Oder schlief er auch sonst öfter mal in diesem Zimmer?

Jedenfalls hatte bisher noch nie in meinem Leben ein Haustier in meinem Bett geschlafen. Wollte ich das überhaupt?

»Du wirst mich aber nicht kratzen oder beißen, wenn ich eingeschlafen bin, oder?«

Statt einer Antwort stieg er von meinem Brustkorb herunter und legte sich direkt neben mich.

Das Schnurren hatte etwas Beruhigendes, und noch während ich damit haderte, ob ich ihn nicht doch besser aus dem Zimmer scheuchen sollte, fielen mir wieder die Augen zu. Erst als es draußen schon hell wurde, wachte ich auf, weil Betty sich gemeldet hatte. Ich setzte mich im Bett hoch. Jojo lag immer noch neben mir und sah mich verschlafen an.

Kapitel 10

Wespennester

Am nächsten Morgen lernte ich Marie kennen. Die rothaarige Zugehfrau aus Österreich war eine ziemlich nervös wirkende Amazone, die das Haus jedoch in einem Tempo putzte, dass einem beim Zuschauen schon fast schwindelig wurde. Vielleicht, damit sie zwischendrin ohne schlechtes Gewissen immer wieder eine Zigarettenpause einlegen konnte? Denn von denen machte sie einige.

Einmal leistete Betty ihr dabei im Rollstuhl auf der Terrasse Gesellschaft.

»Frau Flieger! Ich wusste gar nicht, dass Sie rauchen«, rief ich überrascht.

»Und? Bekomme ich deswegen jetzt Hausarrest?«, fragte sie barsch und zog demonstrativ an dem halb abgebrannten Glimmstängel. »Ach, Moment. Den hab ich ja schon längst«, sagte sie dann.

Marie kicherte, und ich musste mir selbst ein Grinsen verkneifen. Schlagfertig war sie, und sie hatte auch einen gewissen Humor. Tatsächlich saß sie in diesem Haus wirklich mehr oder weniger fest, auch wenn niemand etwas dafürkonnte.

Die Wäsche, die ich vom Boden des Ankleidezimmers in verschiedene Körbe sortiert hatte, packte Marie in ihren Wagen. Und auch den Müllsack mit den stark beschmutzten Sachen.

»Ausgerechnet die Lieblings-Anzugjacke vom Herrn Doktor hat's erwischt.« Sie schüttelte betrübt den Kopf. »Schau mer mal, ob man das noch retten kann«, meinte sie, bevor sie sich am frühen Nachmittag wieder in ihr Dorf aufmachte, nicht weit hinter der Grenze.

Da am Mittag keine Zeit gewesen war, machte ich mich erst jetzt ans Kochen, während Betty sich ein kleines Nickerchen auf dem Sofa genehmigte. Heute war mir nach einem Rahmapfelstrudel, ein Gericht, das ich schon ewig nicht mehr zubereitet hatte, weil Mehlspeisen für Andreas wegen der vielen Kohlehydrate die schlimmste Versuchung des Teufels waren. Er lebte in der permanenten Angst, er könnte zunehmen, während ich schon immer in der komfortablen Lage war, essen zu können, was ich wollte, ohne dass das irgendwelche Auswirkungen auf mein Gewicht gehabt hätte. Das hatte ihn oftmals richtig geärgert. Aber jetzt wollte ich nicht an meinen Exmann denken, was mir jedes Mal die Stimmung versaute, denn so ganz hatte ich die Trennung natürlich immer noch nicht verdaut.

Ich hatte Glück, alle Zutaten für den Strudel waren vorrätig, also legte ich gleich los.

Als Betty und ich später am Tisch saßen und den lauwarmen – so schmeckte er mir am besten – Apfelstrudel aßen, sah sie mich mit einem Stirnrunzeln an. Ich dachte schon, sie würde gleich wieder losmeckern.

»Der schmeckt fast wie der von meiner Mutter«, sagte sie jedoch und nickte anerkennend. »Eines muss man Ihnen lassen, Tilda. Egal, wie nervig das mit Ihnen auch ist, aber kochen können Sie!«

Ich sah sie überrascht an. Ein solches Kompliment aus ihrem Mund? Da kam doch sicherlich gleich noch eine Beleidigung oder Kritik hinterher. Doch die blieb zu meiner Verwunderung aus.

»Danke!«, sagte ich deswegen erfreut. »Das Geheimnis ist die richtige Mischung aus süßer Sahne und Sauerrahm, hat meine Oma immer gesagt.«

»Genau das hat meine Mutter auch immer behauptet. Kennen Sie vielleicht auch Wespennester?«

»Falls das ein Gericht sein soll, habe ich noch nie davon gehört.«

»Die hat meine Tante oft gemacht. Vom Prinzip her macht man sie ähnlich wie einen Apfelstrudel, aber mit einem Kartoffelteig.«

»Hört sich auch sehr lecker an.«

»Das sind sie auch. Leider hab ich sie schon ewig nicht mehr gegessen.«

»Also ich probiere neue Rezepte immer gern aus. Soll ich uns in den nächsten Tagen diese Wespennester mal machen?«, fragte ich. Zeit hatte ich hier ja genügend.

»Wenn es keine zu großen Umstände macht.«

»Gar nicht. Aber da brauche ich sicher Tipps von Ihnen. Ich hab ja keine Ahnung, wie das genau funktioniert.«

»Das kriegen wir schon gemeinsam hin.«

»Super! Dann machen wir das, Frau Flieger.«

»Ach, hören Sie bitte mit diesem *Frau Flieger* auf. Sagen wir doch einfach Du«, schlug sie vor.

»Klar!«

Wir lächelten uns zu. Und ich fühlte mich, als hätte ich einen wichtigen Etappensieg erreicht. Ich konnte es selbst kaum glauben, dass Betty tatsächlich langsam aufzutauen schien.

Nachdem ich Betty an diesem Abend zu Bett gebracht hatte, war ich noch kein bisschen müde. Ich setzte mich mit meinem MacBook auf die Terrasse und schaute, was sich auf dem Wohnungsmarkt tat. Zwar würde ich noch fast drei Wochen hier wohnen, und danach konnte ich sicherlich auch noch eine Weile bei Anette bleiben, trotzdem wollte ich so bald wie möglich in meine eigenen vier Wände ziehen.

Ich ignorierte geflissentlich die Wohnungen, die von Immobilien Buschmann eingestellt worden waren, eher würde ich barfuß durch einen Scherbenhaufen gehen, als mich an Andreas zu wenden.

Leider war es in meiner derzeitigen Lage schwierig, eine Wohnung zu bekommen, da die meisten Vermieter oder Makler einen Nachweis über eine Festanstellung und das Einkommen der letzten Monate verlangten. Ich hatte zwar die Zusage für die Stelle in der chirurgischen Praxis, aber noch keinen finalen Arbeitsvertrag. Das könnte die Sache tatsächlich ein wenig kompliziert machen. Doch dann kam mir ein Gedanke. Warum sollte ich nicht die Kontakte, die ich in den letzten elf Jahren beruflich geknüpft hatte, auch für mich selbst nutzen? Ich würde in den nächsten Tagen einfach mal einige der Besitzer von Wohnanlagen und Gebäuden anrufen, ihnen meine Lage schildern und mich erkundigen, ob in der nächsten Zeit eine passende Wohnung für mich frei werden werden würde. Am liebsten mit einem Balkon oder Terrasse. Auf diese Weise könnte ich die Wohnungssuche deutlich vereinfachen. Mit einem optimistischen Gefühl klappte ich das MacBook zu.

Bevor ich nach oben ging, schaute ich ins Zimmer zu Betty, die leise vor sich hin schnarchte. Plötzlich kamen mir wieder ihre Worte in den Sinn bezüglich des Hausarrestes, die sie beim Rauchen mit Marie zwar eher als Spaß gesagt hatte, die mich aber trotzdem nachdenklich gemacht hatten. Vielleicht würde es ihr guttun, mal wieder etwas anderes zu sehen als dieses Haus hier. Ich könnte morgen mit ihr in die Innenstadt fahren, einen Spaziergang am Inn machen und anschließend in einem der kleinen Cafés einen Cappuccino trinken. Danach könnten wir noch gemeinsam Einkäufe erledigen, um auch die fehlenden Zutaten für die Wespennester parat zu haben, die ich unbedingt mit ihr ausprobieren wollte.

Leider schlug das Wetter in der Nacht um, und der Donnerstag war trüb und regnerisch. Kein Tag für einen Ausflug mit dem Rollstuhl, den ich gedanklich auf Freitag verschob, der laut Wettervorhersage wieder sonnig sein sollte.

Nachdem wir noch nicht einmal auf die Terrasse konnten, schien das Wetter sich auch auf Bettys Stimmung zu schlagen. Sie war wieder so einsilbig wie am

Anfang, und obwohl ich sie dazu überreden wollte, ein Gesellschaftsspiel zu machen oder mir beim Kochen in der Küche Gesellschaft zu leisten, saß sie lieber die meiste Zeit vor dem Fernseher oder hörte über Kopfhörer Musik oder Podcasts auf ihrem Handy. Umso wichtiger war es für sie, dass sie bald mal rauskam.

»Sag mal, was hältst du davon, wenn wir heute Vormittag auf dem Wochenmarkt Äpfel für die Wespennester einkaufen und noch ein wenig in der Stadt bummeln?«, überraschte ich Betty deswegen am nächsten Tag beim Frühstück auf der Terrasse mit meiner Idee.

Sie sah mich ungläubig an.

»Wir packen den Rollstuhl in meinen Wagen und fahren in die Stadt. Ich will schließlich nicht, dass du dich fühlst, als hättest du Hausarrest«, fügte ich noch mit einem Schmunzeln hinzu.

»Also bekomme ich Freigang in Begleitung meiner Aufseherin?«, fragte sie, jedoch in gespielt skeptischem Tonfall.

»Na ja, die Aufseherin freut sich auch, mal wieder ein wenig rauszukommen. Schließlich sitze ich ja mehr oder weniger ebenfalls hier mit dir im Haus fest ... Also, wie sieht es aus? Hast du Lust?«

Ein Lächeln erschien auf ihrem Gesicht, und sie nickte.

»O ja!«

Ich musste die Rückbank umklappen, um den zusammengelegten Rollstuhl zu verstauen, und es war auch nicht ganz einfach, Betty auf die Beifahrerseite meines kleinen Wagens zu verfrachten. Doch am Ende klappte alles, und wir fuhren von Grubweg aus in Richtung Innenstadt. Als wir am Anger neben der Donau entlangfuhren, glitzerte das Sonnenlicht im Wasser, auf dem Schiffe unterwegs waren. Auf der anderen Flussseite schaute hinter den Häusern der Altstadt der barocke Dom hervor. Passau war eine wunderschöne Stadt und bot mit den drei Flüssen, zahlreichen Brücken und verwinkelten Gässchen ein gewisses italienisches Flair. Nicht umsonst wurde Passau auch das bayerische Venedig genannt.

Im Radio begann das unverkennbare Intro des Liedes *Every breath you take* der Band The Police aus den Achtzigerjahren.

»Das hab ich schon ewig nicht mehr gehört. Kannst du das bitte ein wenig lauter drehen?«, fragte Betty.

»Klar.«

Mir blieb fast der Mund offen stehen, als Betty begann, absolut textsicher mitzusingen – und dazu auch noch mit einer schönen Stimme!

Als wir bei Rot an der Ampel vor der Schanzlbrücke warten mussten und ich einen kurzen Blick zu ihr warf, hatte sie beim Singen die Augen geschlossen und schien fast ein anderer Mensch zu sein. Ich war überrascht, diese neue Seite an ihr zu entdecken.

Da ich keine Ahnung hatte, wie sie ein Kompliment von mir auffassen würde, sagte ich besser nichts, als das Lied zu Ende war, und fuhr die spindelförmige Auffahrt im Parkhaus der Stadtgalerie ganz nach oben.

Nachdem ich sie in den Rollstuhl gehievt hatte, wir mit dem Aufzug nach unten gefahren waren und die Stadtgalerie am Ludwigsplatz verlassen hatten, spazierten wir zur Fußgängerzone und bogen rechts in die Theresienstraße ab, in Richtung Innpromenade. Wir gingen am Fluss entlang bis zur Ortsspitze. Dort mündeten Inn und Ilz von beiden Seiten in die Donau, die sich weiter durch mehrere Länder bis zum Donaudelta im rumänischen Tulcea ins Schwarze Meer schlängelte.

»Das ist echt ein toller Platz«, schwärmte ich.

Betty nickte.

»Den Spielplatz hier mochten meine Kinder immer besonders gern. Wir haben damals gleich dort drüben in der Ilzstadt gewohnt«, erzählte Betty. Sie deutete zur linken Seite der Donau auf die Häuserreihe. »Und auch mit Eva war ich sehr oft hier.«

»Du hast noch mehr Kinder?«, fragte ich neugierig und war verwundert, dass sie freiwillig so viel von sich aus erzählte.

»Ja. Noch einen Sohn. Philip. Er ist achtunddreißig und lebt in Berlin.«

»Ich habe leider keine Geschwister«, sagte ich. »Mein Vater starb, als ich noch ein Baby war. Meine Mama musste mich allein großziehen.«

»Das tut mir leid. Aber auch ich musste mich allein um die Kinder kümmern. Mein Mann hat sich nämlich mit einer anderen aus dem Staub gemacht. Franziska war gerade aufs Gymnasium und der dreijährige Philip in den Kindergarten gekommen.«

»Du bist auch geschieden?«, fragte ich.

Sie schüttelte den Kopf. »So weit kam es gar nicht. Bevor die Scheidung durch war, hatte er einen Herzinfarkt. Offiziell bin ich also Witwe.«

Dann hatte sie wohl kein sehr einfaches Leben gehabt. Alleinerziehend mit zwei Kindern.

Wir schwiegen beide und sahen aufs Wasser.

»Sollen wir langsam wieder zurückgehen?«, schlug ich nach einer Weile vor, und Betty nickte.

Eine halbe Stunde später standen wir vor einem Obst- und Gemüsestand auf dem Wochenmarkt am Klostergarten gleich hinter dem Stadtturm in der Passauer Mitte.

»Zwei Kilo von diesen Äpfeln hier!«, sagte Betty zur Verkäuferin und deutete auf eine Steige mit den knackig aussehenden Früchten. »Die sind genau richtig für die Wespennester«, fügte sie mit Blick zu mir hinzu. »Und dann brauchen wir noch zwei Kilo mehlige Kartoffeln.«

Wir kauften auch noch einiges an Gemüse für die nächsten Tage ein.

»Brauchen wir hier sonst noch was für diese Wespennester?«, fragte ich.

Sie schüttelte den Kopf.

»Den Rest müssen wir im Supermarkt besorgen! Aber ich würde noch gern Brot vom Biobäcker mitnehmen«, sagte sie und steuerte auch schon auf einen Stand in der Nähe zu. Es war nicht zu übersehen, dass Betty unser kleiner Ausflug heute guttat. Und ich folgte ihr lächelnd. Letztlich war es doch einfacher gewesen, einen Draht zu ihr zu finden, als ich gedacht hatte.

»Tilda?«, hörte ich hinter mir jemanden rufen und blieb stehen.

Ich drehte mich um und entdeckte Ella, die Ehefrau von Andreas' Tennispartner. Wir kannten uns von verschiedenen Veranstaltungen und waren öfter gemeinsam mit unseren Männern ausgegangen. Ella, die an derselben Schule wie Anette Kunst und Geschichte unterrichtete, hatte ich von Anfang immer gemocht. Hinter ihr entdeckte ich eine Gruppe von etwa fünfzehn Schülern und Schülerinnen im Teenageralter, die überraschenderweise keine Handys, sondern Blöcke und Stifte in den Händen hielten.

»Hallo, Ella!«, begrüßte ich sie. Für einen Moment wusste wohl keine so genau, was sie sagen sollte, doch dann ging sie auf mich zu und umarmte mich herzlich.

»Ach, komm, lass dich mal drücken. Das mit eurer Trennung tut mir so leid, Tilda!«, sagte sie, nachdem sie mich wieder losgelassen hatte.

»Danke. Und danke auch noch mal für die Nachricht, die du mir damals geschickt hast.«

Sie war eine der Ersten gewesen, die sich nach der Trennung bei mir gemeldet hatte.

»Das war das Mindeste ... Kleinen Moment ...«

Sie drehte sich zu den immer lauter schnatternden Schülern um.

»Hallo!? Geht das bitte etwas leiser? ... Danke schön! Ihr wisst, was wir besprochen haben. Ihr sucht euch bei den Ständen hier schon mal Motive aus, die ihr später malen wollt. Und dann macht ihr euch Skizzen und Notizen zu den Farben und was euch sonst noch wichtig erscheint. Und noch mal, ihr macht keine Fotos mit euren Handys! Und dass mir niemand verschwindet. Verstanden?«

Sie nickten. Als die Gruppe sich auf dem Platz verteilte, wandte Ella sich wieder an mich.

»Ich war echt ziemlich geschockt, als ich das von dir und Andreas hörte. Dieser Idiot! Das muss wirklich schlimm für dich sein, dass er auch noch gleich Papa wird!«, war sie ganz direkt, allerdings auf eine empathische Weise, die sich echt anfühlte.

Ich zuckte mit den Schultern.

»Tja ... so ist es leider nun mal.«

»Letzte Woche hat er uns kurzfristig noch auf seine Geburtstagsparty eingeladen. Aber ich bin nicht mitgegangen. Darauf hatte ich keinen Bock, weil ...«

Eine Schülerin stand neben uns.

»Kann ich Sie was fragen?«, fragte sie schüchtern.

»Gleich, Marietta!« Sie sah mich an. »Hör mal, Tilda, wenn du möchtest, können wir uns die Tage mal treffen und ausführlich quatschen«, bot sie an.

»Bei mir geht es ab Mitte Juli wieder, aber dann würde ich mich echt freuen.«

»Ach, stimmt. Ich habe schon von Anette gehört, dass du momentan einen Job als Seniorenbetreuerin bei einer alten Dame hast.«

Ich warf rasch einen Blick zu Betty, aber die wartete in der Schlange am Stand der Bäckerei und hatte nicht gehört, dass Ella sie als *alte Dame* bezeichnete. Das hätte ihr vermutlich nicht sonderlich gefallen.

»Ihre Familie ist auf Reisen, und eine Kurzzeitpflege hat nicht geklappt«, erklärte ich. »Deswegen wohne ich in dieser Zeit mit im Haus und kümmere mich auch um die Katzen und den Garten.«

»Ich wusste gar nicht, dass du eigentlich Krankenschwester bist. So jemanden wie dich hätten wir für meinen Vater auch gut gebrauchen können. Mein Leben lang habe ich von der Reise nach New Orleans geträumt. Und dann mussten wir stornieren, weil wir nach seinem Schlaganfall so kurzfristig keinen Pflegedienst organisieren konnten, der Tag und Nacht bei ihm im Haus blieb und auch noch auf die drei Hunde aufpasste.«

»Stimmt. Das hast du damals erzählt«, erinnerte ich mich.

»Hey! Ich habe gesagt, wir bleiben hier auf dem Platz!«, rief Ella scharf zwei jungen Mädchen zu, die in Richtung Stadtturm schlenderten. Augenblicklich kehrten sie um.

»Tut mir leid, aber ich muss mich jetzt wirklich um die Bande kümmern. Melde dich einfach bei mir, wenn es wieder geht.«

»Mache ich.«

Wir verabschiedeten uns, und ich ging zu Betty, die schon ungeduldig nach mir Ausschau gehalten hatte.

»Du musst noch bezahlen, Tilda!«

»Klar!«

»Fünf Euro achtzig bitte!«, sagte der Verkäufer und reichte mir das bereits eingepackte Brot.

»Moment …«

Während ich es in die Einkaufstasche steckte und meine Geldbörse herausfischte, bestellte eine ungedul-

dige männliche Stimme hinter mir bereits vier Vollkorn-
brötchen und zwei Dinkelbrezen.

Ich holte eilig sechs Euro heraus und drückte es dem
Verkäufer in die Hand.

»Stimmt so.«

»Danke.«

Schlagartig bemerkte ich ein Kratzen in meinem
Hals. Außerdem begannen meine Augen leicht zu brennen. Was war denn jetzt los? Als ich mich umdrehte,
stand da ein junger Mann, der einen großen Strauß
Sonnenblumen trug, die es auf dem Markt zu kaufen
gab. Erschrocken trat ich mehrere Schritte zurück und
hätte fast einen älteren Herrn angerempelt.

»Vorsicht, junge Dame!«, rief er, nachdem er gerade
noch zur Seite getreten war.

»Entschuldigung«, murmelte ich.

»Was ist denn los?«, fragte Betty.

»Sonnenblumen. Ich reagiere allergisch, wenn ich ihnen zu nahe komme«, erklärte ich.

»Allergisch auf Sonnenblumen? Das hab ich auch
noch nicht gehört.«

Zum Glück waren wir im Freien, also war der Spuk
schnell wieder vorüber, und ich machte da weiter keine
große Sache daraus.

»Komm, lass uns fahren.«

Unterwegs machten wir noch kurz halt am Supermarkt.

»Willst du mit reinkommen?«, fragte ich.

»Besser nicht. Bis wir den Rollstuhl und mich jeweils
raus- und reingepackt haben, dauert es immer eine

Weile. Und ich weiß nicht, ob meine Blase das noch so lange aushält«, meinte sie trocken.

»Verstehe. Ich beeile mich!«

Nur zehn Minuten später war ich zurück und packte die Einkäufe in den Wagen.

»Jetzt pressiert es dann aber wirklich«, murmelte Betty, als ich mich anschnallte.

»Schaffst du es bis nach Hause?«, fragte ich besorgt.

»Ich drück einfach die Schenkel zusammen, stelle mir vor, dass ich in einer Wüste bin, und hoffe, dass du es mit den Geschwindigkeitsbegrenzungen heute nicht ganz so genau nimmst.«

Ich lachte.

»Ich gebe mein Bestes, Betty! Aber rote Ampeln überfahre ich deswegen nicht. Da muss ich passen.«

»Wird schon schiefgehen!«

»Mensch, eigentlich wollten wir doch noch in ein Café und einen Cappuccino trinken!«, rief ich, als wir es schon fast geschafft hatten.

»Das machen wir bei meinem nächsten Freigang!«, schlug Betty vor, die sehr angespannt wirkte.

»Unbedingt. Und zwar so bald wie möglich.«

»Ich hab nichts dagegen.«

»Und morgen probieren wir gemeinsam diese Wespennester aus. Ich bin schon sehr gespannt, wie sie schmecken«, sagte ich fröhlich und öffnete mit der Fernbedienung das Tor.

Kapitel 11

Anruf aus Sydney

Wir hatten es gerade noch geschafft. Keine Sekunde zu früh düste Betty in Maximalgeschwindigkeit auf ihrem Rollstuhl ins Badezimmer.

Ich fütterte die Kater und wärmte uns das restliche Reisfleisch auf, das ich am Tag zuvor nach dem Rezept meiner Oma gekocht hatte, dazu gab es frischen Kopfsalat, den wir vom Wochenmarkt mitgebracht hatten.

Am frühen Nachmittag kam Udo zur Physiotherapie und Massage. Während er mit Betty beschäftigt war, führte ich ein paar Telefonate mit Wohnungseigentümern und einer Maklerin, die eine der größten Konkurrentinnen von Buschmann Immobilien war. Auch sie hatte natürlich schon von unserer Trennung gehört und meinte, dass es ihr ein besonderes Vergnügen wäre, mir zu einer passenden neuen Bleibe zu verhelfen. Jedenfalls hatte ich ein gutes Gefühl, dass ich bald etwas finden würde.

»Was ist denn heute mit Betty los?«, fragte Udo später leise an der Haustür, bevor er mit seiner Klappliege zum Wagen ging.

»Wieso?«

»Zum ersten Mal hat sie richtig mitgemacht und war überhaupt nicht so motzig wie sonst. Im Gegenteil. Für ihre Verhältnisse war sie fast schon gut gelaunt. Einmal hat sie sogar über einen meiner Scherze gelacht!«, erzählte er.

Ich grinste.

»Ich denke mal, das Eis ist gebrochen«, meinte ich und fühlte mich glatt ein wenig stolz, dass ich offenbar zu dieser Veränderung beigetragen hatte.

Er reckte den Daumen hoch und zwinkerte mir zu.

»Super! Ich hoffe, es bleibt so!«

»Das hoffe ich auch, Udo.« Doch insgeheim war ich optimistisch. Je mehr Zeit Betty und ich miteinander verbrachten, desto umgänglicher und offener wurde sie. Warum sollte sich das wieder ändern?

Als Udo weg war, ging ich in die Küche, um aufzuräumen. Jojo folgte mir, sprang auf das Fensterbrett und sah mir zu. Betty schaute im Wohnzimmer wieder eine ihrer Nachmittagssendungen im Fernsehen an.

Als mein Handy klingelte, nahm ich das Gespräch von Franziska über Lautsprecher an.

Sie und Richard waren inzwischen seit zwei Tagen in Sydney. Von dort aus würden sie am nächsten Morgen ihre Rundreise starten. Wir hatten seit dem Auffinden der Katze im Ankleideraum nur kurze Nachrichten ausgetauscht, aber nicht mehr telefoniert.

»Wie ist die Lage? Hat Jojo sich schon ganz von dem Schrecken erholt?«, fragte Franziska.

»Aber ja. Das ging sehr schnell. Wir haben uns sogar schon ein wenig angefreundet. Und Lucky ist sowieso total unkompliziert.«

»Sehr gut. Ich bin echt so froh, dass du dich daheim so zuverlässig um alles kümmerst, Tilda.«

»Das mache ich wirklich gern«, beteuerte ich.

»Und wie geht es mit meiner Mutter? Ich hoffe wirklich, sie reißt sich zumindest ein wenig zusammen und macht es dir nicht allzu schwer.«

»Ach, Betty geht es gut. Und es läuft schon sehr viel besser. Heute haben wir sogar einen kleinen Ausflug in die Stadt gemacht.«

»Hallo Tilda!«, mischte sich ihr Mann plötzlich ins Gespräch.

»Hallo Herr Doktor Lott!«

»Vermutlich sagen Sie nur, dass daheim alles so gut läuft, damit wir uns hier keine unnötigen Sorgen machen. Das ist zwar furchtbar nett von Ihnen, muss aber nicht sein. Ich weiß ja, wie Betty sich in letzter Zeit benimmt. Sie brauchen uns wirklich nichts vormachen.«

»Aber wir ...« Ich wollte ihm widersprechen, doch er ließ mich nicht zu Wort kommen.

»Trotzdem bin ich mir sicher, dass Sie auch weiterhin alles im Griff haben. Nehmen Sie die ollen Launen meiner Schwiegermutter am besten gar nicht weiter ernst. Egal, wie nervig es mit ihr sein sollte, denken Sie einfach immer daran, am Ende lockt eine besondere Belohnung für Sie.«

»Keine Sorge, die Zeit bis zu Ihrer Rückkehr halte ich mit Betty auf jeden Fall durch. Schließlich möchte ich die Stelle in der Praxis unbedingt haben«, beteuerte ich.

Er lachte.

»Ich sehe schon, wir können uns auf Sie verlassen!«

»Können Sie.«

»Großartig! Tilda, die Drachenzähmerin!«, scherzte er.

»Jetzt ist es aber mal wieder gut, Richard«, bremste Franziska ihn, musste aber auch lachen. »Und danke noch mal für alles, Tilda. Und für uns wird es jetzt dringend Zeit, schlafen zu gehen. Hier ist es schon bald Mitternacht, und wir müssen morgen ganz früh raus. Wir melden uns bald wieder.«

»Okay. Gute Nacht. Und eine gute Zeit weiterhin.«

Ich legte auf, griff nach einem feuchten Spültuch und drehte mich um, um den Tisch abzuwischen.

»Betty!«, rief ich erschrocken. Sie saß in ihrem Rollstuhl in der Tür zur Küche, ohne dass ich es bemerkt hatte. Wie lange hatte sie unser Gespräch wohl schon verfolgt? Offensichtlich zu lange, denn in ihrem Blick sah ich Wut. Und vor allem auch noch etwas anderes: Enttäuschung.

»Es winkt also ein toller Job für dich in der Praxis, wenn du die ganze Zeit auf die böse Schwiegermutter aufpasst und ihre unmöglichen Launen erträgst?«, meinte sie und lachte dann bitter.

»Aber ... aber so war das doch gar nicht gemeint«, versuchte ich ein wenig hilflos die Sache abzumildern. Auch wenn ich grundsätzlich nichts Schlimmes gesagt hatte, tat es mir leid, dass sie das für sie zugegebenermaßen wenig schmeichelhafte Gespräch mitbekommen hatte. Vor allem gerade jetzt, wo wir uns endlich ein wenig angenähert hatten.

Verdammt! Wieso nur hatte ich nicht daran gedacht, dass sie das Gespräch über Lautsprecher mitbekommen könnte?

Mit einem eisigen Blick machte sie mit dem Rollstuhl eine Kehrtwendung und fuhr aus der Küche.

»Betty! Bitte warte doch!«, rief ich ihr hinterher. Doch sie düste in ihr Zimmer und knallte die Tür hinter sich zu.

Ich seufzte. Das war wirklich blöd gelaufen und hätte nicht passieren dürfen. Wie konnte ich das nur wieder geradebiegen?

Nachdem ich die Küche fertig aufgeräumt und sie ein wenig Zeit gehabt hatte, damit der erste Ärger hoffentlich verflogen war, klopfte ich an ihrer Tür.

»Betty! Auch wenn es vorhin von meiner Seite aus nicht böse gemeint war, so möchte ich mich trotzdem bei dir entschuldigen, falls dich unser Gespräch verletzt hat. Und sicher hat das auch dein Schwiegersohn nicht so gemeint, wie es rübergekommen ist. Bitte lass uns in Ruhe reden«, bat ich.

»Der Drache will jetzt allein sein!«

»Aber ...«

»Lass mich in Ruhe!«

Bedrückt ging ich ins Wohnzimmer. Irgendwann würde sie schon wieder rauskommen. Spätestens dann, wenn sie aufs Klo musste. Oder wenn sie eine Stelle am Rücken juckte, die sie allein nicht erreichen konnte. Trotzdem tat mir die Sache echt leid.

Ich ging hinaus in den Garten, um zu gießen, was immer einige Zeit in Anspruch nahm. Bis mir einfiel, dass es am Tag zuvor ohnehin geregnet hatte. Ich drehte das Wasser wieder ab und rollte den Schlauch ein. Lucky lag unter einem Strauch und schien mich zu beobachten.

»Hey, du. Kannst du mir einen Rat geben, wie ich das wieder hinbiegen kann?«, fragte ich, doch er sah mich aus seinen currygelben Augen nur unergründlich an.

Als ich schließlich zurück ins Wohnzimmer ging, lief der Fernseher. Betty schaute sich die Nachrichten an, ohne mich auch nur zur Kenntnis zu nehmen.

Sie sprach auch dann nicht mit mir, als ich ihr später im Badezimmer half, sich bettfertig zu machen. Schließlich wollte ich das nicht mehr so hinnehmen.

»Ja, wir haben tatsächlich vereinbart, dass ich die Stelle in der Praxis bekomme, wenn ich mich in den drei Wochen um dich und die Katzen kümmere. Das ist vielleicht ein etwas ungewöhnlicher Deal, aber doch gewiss nicht verwerflich!«

Sie reagierte weiterhin nicht.

»Weißt du, mein Mann hat sich vor Kurzem von mir getrennt, weil er mit einer anderen Frau ein Kind bekommt. Oder besser gesagt, gleich zwei. Ich habe innerhalb kürzester Zeit alles verloren. Meinen Ehemann, meine Arbeit, mein Zuhause und auch einen Teil meines Freundeskreises. Ich brauche einen Neuanfang, Betty, und deswegen möchte ich diese Stelle in der Praxis von Franziska und deinem Schwiegersohn so unbedingt haben.«

Vielleicht konnte sie mich ja ein wenig besser verstehen, wenn sie mehr über mich wusste? Doch es war umsonst. Das schien sie nicht im Geringsten zu interessieren.

»Also gut. Ich entschuldige mich jetzt noch ein letztes Mal ganz aufrichtig. Mehr kann ich leider nicht mehr tun. Und wenn du deswegen weiterhin nicht mit mir reden willst, dann ist das furchtbar schade, aber dann ist das eben so.«

Sie strafte mich mit eisigem Schweigen, und ich verließ das Zimmer.

Eine Stunde später schlüpfte ich unter die Bettdecke und hoffte, dass Betty sich bis morgen wieder ein wenig beruhigt hätte. Wie dumm aber auch, dass sie unser Geplänkel in den falschen Hals bekommen hatte. Wenn ich mich in sie hineinversetzte, dann konnte ich durchaus nachvollziehen, weshalb sie sich so verletzt fühlte. Dabei waren wir heute auf so einem guten Weg gewesen. *Mist!* Aber es half nichts. Jetzt musste ich einfach abwarten und hoffen, dass sich schnell alles wieder einrenken würde. Doch auch wenn nicht, so würde ich diese Zeit herumbringen und am Ende den Job bekommen. Schließlich war ich genau deswegen hier.

Ich lag im Bett und schrieb auf dem Handy noch eine Nachricht an Anette, die ich jeden Tag auf dem Laufenden hielt.

»Ich bin echt froh, wenn diese drei Wochen vorüber sind. Die Frau ist so was von launisch.«

»So schlimm wie deine Exschwiegermutter?«, schrieb sie zurück.

»Auf eine andere Art und Weise schlimm!«

»Lass dir bloß nicht zu viel gefallen.«

»Mache ich nicht.«

Wir schrieben noch eine Weile hin und her, dann legte ich das Handy weg, als ich ein seltsames Klacken hörte, und gleich darauf schwang die Tür einen Spalt breit auf. Jojo kam herein. Jetzt war mir klar, dass er auf die Klinke gesprungen war und sich die Tür selbst geöffnet hatte. Das hatte er offenbar auch schon beim ersten Mal so gemacht.

»So ein kleiner Schlawiner!«, murmelte ich amüsiert.

Er rannte auf mich zu und sprang zu mir hoch.

»Du willst also wieder bei mir schlafen?«, fragte ich, da hatte er es sich schon auf dem breiten Bett neben mir gemütlich gemacht und fing an, sich zu putzen.

»Na gut. Gute Nacht, Kleiner«, sagte ich leise und löschte das Licht.

In dieser Nacht weckte Betty mich fünfmal. Mir war klar, dass sie das tat, um mich zu ärgern. Ich ließ mir nicht anmerken, dass ich ihr Spiel natürlich durchschaute. Letztlich wusste sie, dass ich es wusste, und sie genoss es. Schließlich hatte ich ihr mit meiner Aussage, dass ich die drei Wochen mit ihr auf jeden Fall durchhalten würde, weil ich am Ende den Job wollte, eine steile Vorlage gegeben. Die würde sie nun ordentlich ausreizen, um mich auf die Probe zu stellen.

Meine leise Hoffnung, dass sie sich am nächsten Tag wieder ein wenig beruhigt hatte, erfüllte sich nicht. Sie war einsilbig, barsch, und wenn sie mehr als drei Worte sagte, dann nur, um mich wegen irgendeiner Kleinigkeit durch die Gegend zu scheuchen. Als ihr zuerst die volle Tasse Kaffee und später auch noch eine Schale mit Obstsalat auf den Boden knallten, war das ganz bestimmt kein Versehen. Die Stimmung im Haus war eisig und viel schlimmer als am ersten Tag. Einzig die Katzen bereiteten mir Freude und lenkten mich ein wenig ab.

Inzwischen war es Sonntagabend, und es war immer noch nicht besser mit ihr geworden. Im Gegenteil. Betty benahm sich mir gegenüber unmöglich, sie versteckte mein Handy, ließ mit Absicht das Wasser im Waschbecken laufen und drehte die Musik laut auf, während ich ein Telefonat mit Anette führte.

»Soll ich kommen und dich moralisch unterstützen?«, rief Anette über den Lärm ins Handy.

»Schon gut, ich krieg das schon hin«, winkte ich ab, während ich in den Flur hinausging, um in Ruhe zu telefonieren.

»Die Frau ist ja wirklich ganz schön boshaft«, meinte meine Freundin.

»Das kannst du laut sagen. Heute Nachmittag hat sie mich sogar für eine Stunde aus dem Haus gesperrt, als ich draußen gerade die Blumen goss. Erst nachdem ich ihr gedroht hatte, die Feuerwehr anzurufen, ließ sie mich wieder hinein.«

»Du solltest eine Gefahrenzulage verlangen«, sagte Anette. »Wer weiß, was dieser Frau noch so alles einfällt.«

»Wenn du mal ein paar Tage nichts von mir hörst, schau bitte nach mir«, bat ich in gespielt ernstem Tonfall.

»Versprochen ... Und lass dir bitte nicht alles gefallen, Tilda.«

»Tu ich nicht.«

Doch langsam, aber sicher strapazierte Betty mein Nervenkostüm tatsächlich bis aufs Äußerste. Mochte mein Vorsatz, mich nicht aus der Ruhe bringen zu lassen, noch so groß sein, ich wusste nicht, wie lange es noch dauern würde, bis ich explodierte. Irgendwann musste sogar ich Dampf ablassen.

Bettys Tochter schrieb ich weiterhin, dass bei uns alles in Ordnung sei. Schließlich musste sie nicht wissen, dass ihre Mutter es mir ziemlich schwer machte. Und irgendwann würde Betty sich hoffentlich wieder einkriegen.

»Meine Haare müssen nachgefärbt werden«, erklärte sie am Montag beim Frühstück. »Die Grauen sind schon ziemlich rausgewachsen.«

»Soll ich einen Termin beim Friseur machen?«

»Beim Friseur? Das kostet ja ein Vermögen, wenn ich das alle vier Wochen machen muss! Ich färbe sie immer selbst. Nur jetzt kann ich das ja leider nicht.« Sie hob demonstrativ ihren eingegipsten Arm.

»Dann helfe ich dir«, sagte ich, froh, dass sie heute nicht mehr ganz so grantig schien.

»Natürlich wirst du das, schließlich wirst du ja von meiner Tochter und meinem Schwiegersohn bestens dafür bezahlt. Und vor allem willst du unbedingt diesen

Job in der Praxis!«, stichelte sie. Langsam riss mir der Geduldsfaden. Sie schien für keine Annäherung oder gar eine Versöhnung zugänglich. Und natürlich hatte sie auch keine Lust, mit mir Wespennester zu machen. Die hatte ich inzwischen aber auch nicht mehr.

Die Haarfarbe sollte ich in der Drogerieabteilung des Supermarktes besorgen.

Es tat gut, der schlechten Stimmung im Haus mal eine Weile zu entkommen, trotzdem wollte ich sie nicht allzu lange allein im Haus lassen. Wer weiß, auf was für Ideen sie dann noch kam? Ich hatte mir die Marke und die genaue Farbbezeichnung aufgeschrieben. Als ich vor dem Regal stand und nach der richtigen Packung Ausschau hielt, ritt mich beim Anblick der verschiedenen Farben plötzlich ein kleiner Teufel. Ich lächelte, als ich mit der Haarfarbe zur Kasse ging.

Nach dem Mittagessen – heute hatte ich nur Spiegeleier gebraten und auf Toast serviert – machten wir uns ans Haarfärben.

»Fahr schon mal auf die Terrasse, ich bereite die Farbe vor.«

»Wieso auf der Terrasse?«

»Weil ich den Geruch von Haarfärbemittel nicht so gut vertrage«, erklärte ich. *Und weil es dort keinen Spiegel gibt.*

Ich legte ihr ein großes Handtuch um die Schultern, und dann begann ich, die vorbereitete Farbmischung nach und nach aus dem Plastikfläschchen zu drücken und sie mit einem Kamm auf den einzelnen Haarsträhnen zu verstreichen. So lange, bis alles auf dem ganzen Kopf verteilt war. Dann stellte ich den Timer auf vierzig Minuten.

»Willst du in der Zwischenzeit was lesen? Ein Buch oder die Zeitung?«, fragte ich ausnehmend freundlich.

»Wenn, dann die Zeitung.«

Ich schob sie zum Terrassentisch, auf dem sie die Zeitung durchblättern konnte. Und legte ihr auch die Leselupe bereit, da sie wegen der Haarfarbe ihre Brille nicht aufsetzen konnte.

Plötzlich hob sie erschrocken den Kopf.

»O nein! Das kann ja nicht sein!«, rief sie.

»Was ist denn?«

»Gisela, eine frühere Nachbarin und Freundin, ist gestorben«, murmelte sie betroffen. »Offenbar ganz plötzlich.«

»Das tut mir leid.«

»Sie hat neun Jahre in der Wohnung in der Ilzstadt über uns gewohnt. Für mich war sie immer mehr als eine Nachbarin. Sie hat oft auf die Kinder aufgepasst, wenn ich abends beim Bedienen war«, sagte sie und schien völlig vergessen zu haben, dass sie auf mich sauer war.

»Wie alt war sie denn?«

»Einundsiebzig. Gisa war nur zwei Jahre älter als ich.« Das schien sie besonders zu treffen.

»Wie traurig. Wann habt ihr euch denn das letzte Mal gesehen?«, fragte ich einfühlsam.

»Sie hat mich ein paar Tage nach meinem Unfall im Krankenhaus besucht.«

»Das ist ja noch gar nicht lange her!«

»Nein, aber ich …«

Sie sprach nicht weiter.

»Aber was?«, hakte ich dennoch nach.

»Mir ging es nach dem Sturz nicht so gut, und ich war an diesem Tag vielleicht etwas kurz angebunden zu ihr. Das tut mir jetzt so leid.«

»Wenn ihr so lange Zeit Freundinnen wart, dann hat sie dir das sicher nicht übel genommen«, beteuerte ich, weil ich selbst nur zu gut wusste, wie sich das anfühlte. Noch heute bereute ich den Streit mit meiner Mutter zutiefst, den wir unmittelbar vor ihrem tödlichen Sturz hatten.

Eine Weile lang schwiegen wir.

Dann sah sie noch mal auf die Todesanzeige.

»Die Beerdigung ist schon morgen Nachmittag. Da muss ich auf jeden Fall hin. Kannst du mich bitte fahren, Tilda?«, bat sie, und von unserer Auseinandersetzung der letzten Tage war nichts mehr zu spüren.

»Aber sicher, Betty«, antwortete ich, und mit jeder Sekunde wuchs mein schlechtes Gewissen. Ich sah auf die Uhr. Noch zehn Minuten Einwirkzeit.

»Jetzt wär mir nach einem Schnaps auf die schlimme Nachricht!«, sagte Betty.

»Den sollst du haben.« Ich ging eilig in die Küche und schenkte in zwei Schnapsgläser Himbeergeist ein. So einen konnte auch ich jetzt gut gebrauchen, wenn ich an Bettys Reaktion dachte, wenn sie sich gleich im Spiegel sehen würde.

»Auf deine ehemalige Nachbarin!«, rief ich kurz darauf auf der Terrasse.

»Auf Gisa!«, sagte Betty mit Tränen in den Augen.

Wir prosteten uns zu und kippten den edlen Obstbrand hinunter.

Dann sah sie mich traurig an.

»Wir wollten irgendwann mal eine Reise nach Norwegen machen«, erzählte sie versonnen. »Weißt du, dass dort angeblich die glücklichsten Menschen leben?«

»Nein, das wusste ich nicht.«

»Diese besonders glücklichen Menschen wollten wir mal kennenlernen. Und die tolle Landschaft sehen. Aber leider haben wir es immer wieder verschoben. Einmal ging es bei mir nicht, dann wieder bei ihr nicht. Wegen der Kinder oder weil eine Waschmaschine oder der Kühlschrank kaputtgingen und es sich eine von uns gerade mal wieder nicht leisten konnte. Ständig kam etwas dazwischen. Und jetzt haben wir die Chance endgültig verpasst, eine Kajaktour durch die Lofoten zu machen.«

»Dieses ständige Verschieben auf irgendwann klappt doch wirklich in den seltensten Fällen und sollte verboten werden«, murmelte ich, weil mir sonst leider keine tröstenden Worte einfielen.

In diesem Moment meldete der Timer, dass die vierzig Minuten Einwirkzeit um waren. Mir wurde ganz übel.

»Komm, wir fahren ins Badezimmer, Betty.«

Die Spiegel waren so hoch befestigt, dass sie sich im Rollstuhl sitzend nicht sehen konnte. Den kleinen Handspiegel, den sie stattdessen immer benutzte, hatte ich vorsorglich weggelegt. Ich half ihr vom Rollstuhl auf einen Duschstuhl mit höhenverstellbarer Rückenlehne, den Franziska extra besorgt hatte, damit man die Haare im Sitzen wie beim Friseur waschen konnte. Sie lehnte den Kopf über dem Waschbeckenrand zurück, und ich wusch ihr die Farbe gründlich heraus. Als ich das Ergebnis sah, schluckte ich. Inzwischen bereute ich meine völlig idiotische Schnapsidee bitter.

Betty war die ganze Zeit sehr still gewesen. Und auch ich sagte nichts.

»Und? Wie ist die Farbe geworden?«, fragte sie schließlich, als ich durch die nassen Haare kämmte.

»Passt!«, antwortete ich ausweichend. »Ich föhne dich gleich mal.«

Die kurzen Haare waren schnell trocken, und ich konnte es nicht länger hinauszuziehen, dass sie sich das Ergebnis anschaute.

Ich griff nach dem Handspiegel.

»Betty, bitte jetzt nicht sauer sein«, bat ich zerknirscht. »Aber du warst die letzten Tage so unmöglich zu mir, dass ich dir ...« Ich sprach nicht weiter.

»Dass du mir was?«, fragte sie irritiert. »Was ist denn los?«

»Sieh selbst.«

Ich drückte ihr den Spiegel in die Hand, der ihr nach dem ersten Blick aus der Hand rutschte und am Boden in tausend Scherben zerbrach.

Ich zuckte zusammen.

»Bist du verrückt geworden, Tilda?!«, schrie sie mich erschrocken an. »Was hast du mit mir gemacht?«

»Es tut mir so leid, ich weiß auch nicht, was mich da geritten hat.«

»Ich sehe zum Gruseln aus! Und der zerbrochene Spiegel bringt auch noch sieben Jahre Unglück. Aber weil du dafür verantwortlich bist, gilt das nur für dich, Tilda, und nicht für mich! Hörst du?«

Völlig aufgelöst fuhr sie über die Scherben hinweg aus dem Badezimmer in die Diele. Dort gab es neben der Haustür einen bodentiefen Spiegel, in dem sie nun das ganze Ausmaß der Katastrophe in Augenschein nehmen konnte.

»Ich fasse es nicht!«, rief sie und drehte ihren Kopf hin und her.

Ich war ihr gefolgt und beteuerte erneut, wie leid es mir tue.

»Sei mir bitte nicht böse!«

»Nicht böse? Am liebsten würde ich dir den Kopf abreißen. Oder mir selbst am besten noch gleich mit! Damit kann ich doch morgen nicht auf die Beerdigung gehen! Blaue Haare! … Ich schaue aus wie ein verdammter Punker!«

Kapitel 12

Ein letzter Blumengruß

Mit dieser unüberlegten blöden Aktion war ich eindeutig zu weit gegangen, das war mir natürlich selbst klar. Betty war fuchsteufelswild, und es war wohl am klügsten, sie eine Weile in Ruhe zu lassen. Immerhin lenkte der Ärger auf mich sie ein wenig von der Trauer um ihre Freundin ab. Zumindest hoffte ich das. Ich seufzte. Zwei gemeinsame Wochen lagen nun noch vor uns, und ich konnte mir gerade nicht vorstellen, wie sich das wieder einrenken sollte.

Ich suchte händeringend nach einer Lösung, und plötzlich fiel mir etwas ein. Als ich das Ankleidezimmer aufgeräumt und geputzt hatte, waren mir in einem Fach einige Hutschachteln aufgefallen. Ich ging nach oben und öffnete sie. Und tatsächlich entdeckte ich zwei schwarze Hüte, die passen könnten und die ich mit nach unten nahm.

Betty saß auf der Terrasse und tippte mit grimmiger Miene etwas in ihr Handy.

»Schau mal. Vielleicht passt einer von denen für die Beerdigung«, sagte ich zu ihr. »Darunter kann man die Haare gut verstecken.«

Sie sah mich wütend an, probierte die Hüte aber auf. Der erste war ihr etwas zu groß. Und auch der zweite saß ein wenig locker, stand ihr aber erstaunlich gut.

»Schau, der passt doch«, sagte ich erleichtert. »Und man sieht absolut nichts Blaues.«

»Es bleibt mir ja wohl leider nichts anderes übrig, wenn ich mich morgen nicht vollends lächerlich machen will«, knurrte sie.

»Das wirst du ganz sicher nicht!«

»Du musst den Termin für morgen mit Udo verschieben«, wies sie mich barsch an. »Das wird mir sonst alles zu stressig. Und ich muss unbedingt vorher noch in meine Wohnung, weil ich ein schwarzes Kleid brauche.«

»Oder du nimmst das hier!«

Ich hatte eines meiner Kleider mit nach unten gebracht, das ich aus unerfindlichen Gründen für die Zeit hier eingepackt hatte, obwohl ich nicht davon ausging, dass es eine Gelegenheit geben würde, es anzuziehen. »Wir haben fast die gleiche Größe, es müsste dir also auch passen. Praktisch ist, dass es seitlich einen Reißverschluss hat, und die kurzen Ärmel sind weit genug, damit du mit dem Gipsarm durchkommst. Du kannst es gleich anprobieren, wenn du möchtest.«

Sie sah mich mit einem unergründlichen Blick an, nickte dann jedoch. Wenige Minuten später schloss ich den Reißverschluss. Das Kleid war ihr doch ein wenig zu weit, aber da sie die ganze Zeit im Rollstuhl saß, würde das nicht auffallen.

»Na gut. Dann zieh ich eben das an.«

Mehr sagte sie dazu nicht, aber ich hatte ohnehin nicht erwartet, dass sie sich dafür bedankte.

»Können wir nicht einfach wieder Frieden schließen?«, schlug ich vor, wenn auch ohne große Hoffnung.

»Ein Waffenstillstand muss erst mal reichen!«, sagte sie dennoch zu meiner Überraschung. Und das war immerhin schon ein kleiner Fortschritt.

»Du siehst richtig gut aus, Betty«, beteuerte ich am nächsten Tag. Und tatsächlich standen ihr Kleid und Hut. Sie sah richtig elegant aus, wenn man von den Gipsverbänden absah. Die Schwellungen an den beiden gebrochenen Zehen waren inzwischen zurückgegangen, und sie konnte zumindest mit diesem Fuß in einen bequemen Stoffballerina schlüpfen. Außerdem hatte ich ihr geholfen, sich ein wenig zu schminken, und dabei die letzten Schrammen mit Make-up und Puder überdeckt. Das Pflaster auf ihrer Stirn war, genau wie die blauen Haare, unter dem Hut versteckt.

Als ihre Begleiterin trug ich eine leichte schwarze Sommerhose und eine dunkelgraue Bluse. Auch wenn ich nicht zu den Trauergästen zählte, wollte ich nicht auffallen.

»Wir müssen noch einen kleinen Umweg zur Gärtnerei machen und ein Blumengesteck abholen, das ich gestern noch bestellt habe«, informierte mich Betty und klang tatsächlich schon ein kleines bisschen weniger ärgerlich als gestern. Was mich sehr erleichterte. Deswegen ersparte ich mir auch einen Kommentar, warum sie mir das mit den Blumen nicht schon ein wenig eher gesagt hatte. Jetzt könnte die Zeit etwas knapp werden.

Ich half Betty in den Wagen und packte den Rollstuhl hinten ein.

»Ich hoffe, das Gesteck ist nicht zu groß, sonst passt es nicht mehr ins Auto«, sagte ich.

»Ist es nicht. Ich kann es auf den Schoß nehmen«, meinte sie.

Als dann auch noch der Verkehr etwas zäh floss, waren wir schon ziemlich spät dran. Ich hielt bei der Gärtnerei an und sauste hinein. Der letzte Blumengruß für Bettys Freundin war tatsächlich nicht allzu groß und gut in Papier eingewickelt. Ich stellte das Gesteck auf Bettys Schoß ab.

Wir waren bereits ein paar Minuten gefahren, da begann sie, mit ihrer gesunden Hand das Papier herunterzureißen.

»Mal schauen, wie es aussieht«, sagte sie und wirkte dabei fast fröhlich. »Weißt du, Tilda, gelb war Gisas absolute Lieblingsfarbe.«

Ich drehte den Kopf kurz zu ihr und sah tatsächlich gelb. Ein hübsches Arrangement aus gelben Rosen, gelben Lilien und – *Sonnenblumen!*

Verdammt! Das konnte doch nicht wahr sein!

Schon begann meine Nase zu kitzeln und die Augen zu brennen. Und meine Allergietabletten hatte ich natürlich nicht eingepackt! Wer rechnete denn auch schon damit, dass man sie bei einer Beerdigung brauchen würde!

»Hast du das mit Absicht gemacht?«, fragte ich und öffnete das Fenster.

»Aber nein! Wer kann denn ahnen, dass bei einem gelben Blumengebinde Sonnenblumen dabei sind«, antwortete sie sarkastisch und ohne Bedauern.

»Betty, das ist kein Spaß!«, erklärte ich, und meine Augen tränten bereits.

»Das sind blaue Haare auch nicht!«, fuhr Betty mich an.

Ich hielt den Kopf so weit wie möglich aus dem Fenster. Glücklicherweise hatten wir nicht mehr weit zum Friedhof und der Kirche in der Ilzstadt. Ich bog in die Löwenmühlstraße ein, und dann ging es gleich nach links die schmale Mittelstraße nach oben zum Goldenen Steig, vorbei am Kindergarten und einem kleinen Spielplatz. Ich erwischte noch einen der letzten freien Parkplätze, riss sofort die Autotür auf und sprang aus dem Wagen.

Einige dunkle Wolken hatten sich vor die Sonne geschoben, und es ging ein leichter Wind, der mir guttat. Ich atmete ein paarmal tief durch.

»Soll ich vielleicht hier sitzen bleiben?«, rief Betty aus der offenen Fahrertür.

Meinetwegen bis zum Sankt-Nimmerleins-Tag!

Ich ging auf die andere Seite und überlegte, wie ich es anstellen sollte, Betty aus dem Wagen zu bekommen, ohne dass die verdammten Blumen mich völlig aus dem Verkehr ziehen würden. Zuerst holte ich den Rollstuhl aus dem Kofferraum und klappte ihn auseinander. Dann öffnete ich die Tür auf der Beifahrerseite. Doch um Betty herauszuhelfen, musste ich erst die Blumen von ihrem Schoß nehmen. Und das war unmöglich! Ich sah mich nach Hilfe um. Da der Trauergottesdienst bald beginnen würde, waren die meisten schon sichtlich in Eile.

»Entschuldigung, haben Sie vielleicht kurz Zeit!«, rief ich einer Frau hinterher, doch sie schien mich entweder nicht zu hören oder nicht hören zu wollen.

»Mist! Mist! Mist!«

»Kann ich vielleicht helfen?«, sprach mich plötzlich ein Herr mit grauem Vollbart und sonorer Stimme an, der mich sofort an eine ältere Version von Keanu Reeves erinnerte.

»Das … das wäre supernett«, antwortete ich erfreut. »Wenn Sie bitte einfach nur die Blumen aus dem Wagen holen würden?«

»Sonst nichts?«

»Nein, sonst nichts.«

Er wirkte etwas verwundert über die leichte Aufgabe, nickte aber freundlich.

»Vielen Dank!«

»Betty!«, rief er, als er sie hinter dem Gesteck entdeckte hatte.

Ich war nicht allzu verwundert, dass er ihren Namen wusste, schließlich waren sie auf der Beerdigung einer Frau, die beide gekannt hatten.

»Alexander!« Bettys Stimme klang ungefähr so kratzig, wie mein Hals sich inzwischen anfühlte.

»Ja sag mal, was ist dir denn passiert?«, fragte er angesichts ihrer Gipsverbände.

»Ach, nur ein blöder kleiner Unfall! Nichts Schlimmes«, beteuerte sie.

»Moment, ich helfe dir gleich raus, Betty.« Er drehte sich zu mir, und bevor ich ahnte, was er vorhatte, drückte er mir auch schon die Blumen in die Hand. »Halten Sie mal kurz!«

Ich erstarrte. Gleich darauf hätte ich das Gesteck am liebsten über die Friedhofsmauer geworfen, aber ich stellte es nur rasch auf dem Boden ab und entfernte mich eilig ein paar Schritte. Dieser kurze, aber intensive Kontakt hatte alles nur noch schlimmer gemacht. Meine Augenlider schwollen an und juckten heftig.

Der Mann hatte Betty inzwischen herausgeholt und ihr in den Rollstuhl geholfen. Soweit ich es durch meine tränenunterlaufenen Augen erkennen konnte, war Betty knallrot geworden. Etwas sagte mir, dass die beiden mehr als nur Bekannte von früher waren.

»Ich glaube, der Gottesdienst hat schon angefangen«, sagte Alexander. »Wir sollten uns beeilen ... Soll ich dich schieben, Betty?«

»Danke, aber ich fahr elektrisch!«

»Okay. Was ist mit den Blumen?«

Er sah in meine Richtung. Aber ich würde einen Teufel tun und mich ihnen noch mal nähern.

»Kannst du sie bitte mitnehmen und dann gleich am Grab abstellen, Alexander?«, bat Betty. »Leider ist Tilda allergisch gegen Sonnenblumen.«

»Ach, deswegen ... O je.« Er hob die Blumen auf. »Ich hielt Sie für eine nahe Angehörige von Gisa und dachte, Sie haben deswegen so geweint.«

»Eigentlich bin ich nur Bettys Begleitung und kenne

die Verstorbene gar nicht«, nölte ich mit inzwischen zugeschwollener Nase.

Ich hielt einen ordentlichen Abstand zu ihm, als wir den kurzen Weg zur Kirche gingen, die direkt neben dem kleinen Friedhof lag.

Betty deutete auf ein Grab, um das schon einige Kränze und Schalen abgestellt worden waren.

»Stell es einfach irgendwo daneben hin.«

Bevor ich kurz darauf für sie die Tür zur Kirche öffnete, hörte ich ihn zu Betty sagen: »Leider muss ich gleich nach der Beerdigung weg, weil ich einen Termin habe. Aber es ist schön, dich heute zu sehen, Betty.«

»Ja. Das ist es, Alexander«, murmelte sie.

»Ich warte inzwischen hier draußen«, sagte ich leise zu Betty, bevor sie und Alexander die Kirche betraten.

Ich setzte mich oberhalb des kleinen Friedhofs auf eine Bank vor der Aussegnungshalle und hoffte, dass sich mein Zustand bis zum Ende der Beerdigung zumindest ein wenig verbessern würde. Der Blick auf Mariahilf auf der anderen Seite der Donau wäre von dieser Stelle aus sicher richtig spektakulär, wenn meine Augen nicht so getränt hätten. Es würde Stunden dauern, bis sich das wieder völlig beruhigt hatte.

Danke, Betty!

Als die ersten Leute wieder aus der Kirche kamen, ging ich nach unten zum Eingang, um Betty zu helfen. Doch ihr Bekannter hatte sich bereits um sie gekümmert und den Rollstuhl über den Kiesweg in die Nähe des Grabes geschoben. Ich hielt etwas Abstand zur Trauergemeinde und tupfte mit einem Taschentuch immer wieder Tränen von meinem Gesicht. Es hörte einfach nicht auf. Plötzlich nahm mich eine Frau am Arm und zog mich entschlossen mit sich.

»Kommen Sie mit, Sie armes Ding. Die nahen Angehörigen sollen doch weiter vorne stehen!«

Gleich darauf stand ich zwischen mir wildfremden trauernden Menschen vor der Urne der armen Gisela am Grab. Und direkt neben mir das gelbe Blumengesteck mit den Sonnenblumen!

Ich dreh gleich durch!

»Tut mir leid!«, murmelte ich, während ich mich wieder davonmachte. Einige Leute schauten mich bereits verwundert an und fragten sich wohl, wer ich war. Betty schüttelte vorwurfsvoll den Kopf, und ich wäre am liebsten im Erdboden versunken.

Schließlich begann die Zeremonie. Ich stand nun wieder ganz hinten und schaute zu Betty, die den Kopf immer mal wieder kurz zu Alexander drehte. Ob sie mir später verraten würde, wer dieser attraktive Mann war? Allerdings hatte ich erst noch ein Hühnchen mit ihr zu rupfen wegen der Geschichte mit den Sonnenblumen.

Während der Pfarrer in warmen tröstenden Worten über die Verstorbene sprach, zogen sich die Wolken am Himmel weiter zu, und der Wind wehte immer stärker. Einige Frauen hielten ihre flatternden Röcke fest, vereinzelt wirbelten vertrocknete Blätter herum. Ein schwarzer Seidenschal flog wie ein Rabenvogel fast gespenstisch über die Gräber und landete auf einem Buchsbäumchen. Und auch die Stola des Pfarrers flatterte immer wieder bedenklich hoch. Und schließlich – irgendwie hatte ich es schon geahnt – riss eine Bö Bettys locker sitzenden Hut vom Kopf. Erschrocken hob sie die gesunde Hand zu ihrem nun unbedeckten Haupt. Die Leute sahen sie erstaunt an, einige tuschelten leise, und sogar der Pfarrer stutzte einen Moment in seiner Rede. So eine knallblau gefärbte Frisur bei einer älteren Dame sah man hier wohl nicht alle Tage.

Alexander starrte Betty ebenfalls verdutzt an, drehte sich dann ein wenig zur Seite und hüstelte. Und auch wenn ich es nicht beschwören konnte, so war ich mir doch sicher, dass er ein Lachen zu überspielen versuchte.

Ich seufzte leise. Das würde Betty mir nicht so schnell verzeihen.

Kapitel 13

Philip

Während die letzten Gäste der Trauergemeinde sich auf den Heimweg machten, suchte ich zwischen den Grabsteinen nach dem Hut. Endlich hatte ich ihn hinter einer schwarzen Marmorplatte entdeckt. Ich klopfte den Staub vorsichtig ab und ging damit zum Parkplatz, wo Betty schon neben meinem Wagen ungeduldig auf mich wartete.

»Na endlich!«

»Ich hab ihn!«, sagte ich unnötigerweise.

»Jetzt brauch ich den blöden Hut auch nicht mehr!«, murrte Betty aufgebracht. »Schließlich habe ich mich schon vor allen Leuten zum Horst gemacht.«

»Aber wenigstens sind deine Augen nicht zu kleinen Schlitzen zugeschwollen«, fuhr ich sie an.

»Dass du so schlimm reagierst, habe ich nicht gewusst und sicher auch nicht gewollt«, sagte sie, nun doch ein wenig kleinlaut. »Du siehst wirklich schrecklich aus.«

Ich fühlte mich auch so.

»Das Problem ist, meine Augen tränen ständig, und da sehe ich alles verschwommen. Ich fürchte, dass ich gerade nicht in der Lage bin, Auto zu fahren.«

»Ja klar, und jetzt soll ich fahren, oder wie?«, fragte sie sarkastisch.

Ich sah nach oben zum Himmel. Es war noch ein wenig windig, aber die dunklen Wolken hatten sich immerhin verzogen.

»Wir werden zwar eine Weile unterwegs sein, aber ich denke, wir gehen am besten zu Fuß. Also ich. Und du fährst mit dem Rollstuhl. Den Wagen hole ich dann morgen ab, wenn es mir wieder besser geht.«

Ihr war wohl selbst klar, dass dieser Vorschlag vernünftig war, und sie stimmte zu.

Zunächst ging es bergab und dann ein Stück an der Freyunger Straße der Ilz entlang.

»Dieser Alexander ist echt ein attraktiver Mann«, wagte ich mich wie nebenbei vor.

»Geht so!«, hörte ich sie murmeln.

»Kennt ihr euch schon länger?«

»Warum fragst du? Willst du etwa seine Telefonnummer?«

»Hast du sie denn?«, scherzte ich, doch sie ging nicht darauf ein, und ich hakte nicht weiter nach. Trotzdem würde ich alles darauf verwetten, dass dieser Mann irgendeine besondere Rolle in ihrem Leben spielte oder zumindest gespielt hatte.

Als wir nach rechts in die Alte Straße einbogen, ging es wieder bergauf. Ich tat mir schwer, durch die zugeschwollene Nase genügend Luft zu bekommen.

»Nicht so schnell, Betty«, rief ich keuchend, doch sie hatte es wohl selbst schon bemerkt und war stehen geblieben.

»Ich fürchte, ich muss mich sowieso gleich ganz deiner Geschwindigkeit anpassen«, sagte sie in einem seltsamen Ton, als ich zu ihr aufgeholt hatte.

»Wie meinst du das?«

»Du musst den Rollstuhl schieben.«

»Ganz sicher nicht!«

»O doch. Der Akku ist nämlich leer!«

»Das ist jetzt nicht dein Ernst?«

»Du hast vergessen, den Rollstuhl ans Netz zu hängen«, warf sie mir vor.

»Na toll! Jetzt soll ich daran schuld sein?«

»Wer denn sonst?«

»So grantig, wie du die letzten Tage warst, durfte ich ja kaum in deine Nähe kommen!«, schimpfte ich.

»Also bitte! Das hatte ja auch seinen Grund, wenn ich an das Telefonat zwischen dir und Richard denke!«, protestierte sie.

»Meine Güte, ich habe mich doch jetzt wirklich oft genug dafür entschuldigt. Wie kann man nur so nachtragend sein? Außerdem hättest du mich auch ans Aufladen erinnern können. Sonst scheuchst du mich ja auch den ganzen Tag durch die Gegend, wenn du etwas möchtest!« Vielleicht war das ein wenig ungerecht von mir, aber ich war gerade stinksauer!

»Ich habe nie um deine Gesellschaft gebeten! Und du machst das auch nicht aus gütiger Nächstenliebe, sondern nur deswegen, damit du den anderen Job kriegst. Außerdem hat ja auch kein Mensch damit rechnen können, dass wir von der Beerdigung nicht mehr mit dem Wagen zurück nach Hause fahren werden!«

»Vielleicht hättest du mich einfach nicht mit den Blumen sabotieren sollen!«

»Und du mich nicht mit der blauen Haarfarbe so blamieren!«, giftete sie zurück. »Vor allem nicht vor Alexander!«, fügte sie noch hinzu, und es war nicht zu überhören, dass ihr das besonders peinlich gewesen war.

»Wer bitte schön ist denn nun dieser Alexander überhaupt?«

»Das geht dich gar nichts an.«

»Weißt du was, Betty? Du gehst mir echt so auf die Nerven. Du bist ja schlimmer als eine Pubertierende.«

»Das sagt gerade die Richtige! … Ich kann jedenfalls nichts dafür, dass der Rollstuhl nicht aufgeladen ist.«

Doch egal, wer die Verantwortung dafür trug. Jetzt musste ich sie den verdammten Berg hochschieben.

Fünfunddreißig Minuten später kam ich fix und fertig am Haus an. Ich keuchte, als ob ich einen Marathon gelaufen wäre, und mein untrainiertes Herz raste von der ungewohnten Anstrengung. Ein Wunder, dass ich nicht umgekippt war auf der Strecke. Ich schwor mir hoch und heilig, baldmöglichst regelmäßig Sport zu machen. So konnte das wirklich nicht weitergehen.

Als wir vor dem Tor standen und ich in meine Handtasche griff, fiel mir plötzlich etwas ein.

»O nein! Verdammt noch mal! Das darf nicht wahr sein!«, schimpfte ich und hätte fast losgeheult.

»Was ist denn jetzt schon wieder?«, fragte Betty genervt.

»Der Öffner für das Tor und der Haustürschlüssel –
sie liegen in der Konsole in meinem Wagen!«

»Du machst jetzt einen Witz, oder?«

»Seh ich vielleicht so aus?«, fauchte ich sie an und bemerkte in diesem Moment einen Mann etwa in meinem
Alter, der gerade aus einem Auto gestiegen war und auf
uns zukam. Sein Gesichtsausdruck war finster.

»Hey! Schreien Sie meine Mutter gefälligst nicht so
an!«, fuhr er mich an.

»Ihre Mutter?«

»Ganz genau!«

Das ist Bettys Sohn? Tatsächlich konnte ich zwar keine
Ähnlichkeit mit Betty, dafür aber mit seiner Schwester
Franziska erkennen. Der dunkelhaarige Mann wirkte
auf eine attraktive Art etwas wuchtig, fast wie ein ku-
scheliger Bär, aber ohne dick zu sein. Man konnte jedoch ahnen, dass er gewissen kulinarischen Genüssen
wohl nicht ganz abgeneigt war.

»Philip! Ich dachte, du kommst erst morgen nach Passau«, rief Betty überrascht.

»Leider habe ich es nicht mehr rechtzeitig zu Gisas
Beerdigung geschafft. Aber so dringend, wie du es gestern am Telefon gemacht hast, wollte ich so schnell wie
möglich kommen.«

Er wandte sich an mich.

»Und offenbar keine Sekunde zu früh! Sie sind also
Tilda, diese verrückte Krankenschwester, die meiner
Mutter das Leben so schwer macht?«

»Wie bitte? Ich mache was?«

»Sie haben mich schon richtig verstanden!«

Ich war völlig überrumpelt von seinem angriffslustigen Ton. *Verrückte Krankenschwester? Ihr das Leben schwer machen?* Das war ja wohl eher umgekehrt! Fast hätte ich laut aufgelacht. Aber dazu fehlte mir die Energie.

»Wie sehen Sie überhaupt aus? Haben Sie geheult?«, fragte er irritiert, als er mich genauer ansah. »Was ist denn hier nur los bei euch?«

»Besser, wir gehen alle ins Haus. Wir müssen ja nicht unbedingt die ganze Nachbarschaft unterhalten!«, mahnte Betty.

»Ja wie denn, ohne Schlüssel?« Nun lachte ich doch auf, und es klang selbst in meinen Ohren ein wenig hysterisch.

»Wieso habt ihr keinen Schlüssel?«

»Den hab ich leider im Auto liegen lassen, das jetzt am Parkplatz beim Friedhof in der Ilzstadt steht«, sagte ich ohne weitere Erklärung.

»Aha … Aber warum habt ihr das Auto dort stehen lassen und seid die weite Strecke zu Fuß gegangen?«, fragte er verwundert.

»Philip!«, mischte Betty sich ein. »Das ist doch jetzt völlig egal. Kannst du bitte einfach den Schlüssel für uns holen?«

»Ja sicher!«

»Es ist ein schwarzer Opel Adam!«

Ich gab ihm meinen Autoschlüssel, und er fuhr los, während ich bei Betty wartete.

»Sag mal, was hast du deinem Sohn über mich erzählt?«, fragte ich, als er weg war.

Sie zuckte mit den Schultern.

»Nichts als die Wahrheit«, erklärte sie.

Keine Viertelstunde später war Philip wieder zurück, und wir gingen ins Haus. Dort ließ ich die beiden einfach stehen und eilte sofort ins obere Badezimmer. Ich holte aus meinem Waschbeutel das Mittel gegen die Allergie und spülte es mit einem Schluck Wasser hinunter. *Zukünftig werde ich die Tabletten ständig bei mir tragen!*

Danach zog ich meine Sachen aus, warf sie in den Wäschekorb und stellte mich unter die Dusche. Nicht nur, weil ich von dem anstrengenden Marsch so verschwitzt war, sondern vor allem, weil ich das Gefühl hatte, dass noch immer irgendwelche Partikel der verdammten Sonnenblumen an mir haften könnten.

Als ich eine halbe Stunde später wieder nach unten kam, saßen Betty und Philip draußen auf der Terrasse und tranken Kaffee. Dazu knabberten sie Butterkekse. Der Rollstuhl hing bereits am Aufladekabel.

»Entschuldigung, dass ich Sie vorhin gleich so angefahren habe«, sagte Bettys Sohn. »Mutter hat mir gerade erklärt, dass Sie ziemlich allergisch auf die Sonnenblumen reagiert haben und deswegen nicht mit dem Auto zurückfahren konnten.«

»Und hat Sie Ihnen auch gesagt, dass sie die Blumen absichtlich bestellt hat, obwohl sie weiß, dass ich die Allergie habe?«, fragte ich.

»Warum sollte meine Mutter so etwas tun?«, stellte er die Gegenfrage. Offenbar traute er ihr das absolut nicht zu. »Sie würde keiner Fliege etwas zuleide tun. Im

Gegensatz zu Ihnen. Wie können Sie nur den Zustand meiner Mutter so ausnutzen und ihr die Haare ungefragt blau färben? So was geht ja gar nicht! Außerdem sperren Sie sie hier im Haus meiner Schwester regelrecht ein!«

»Das hast du ihm erzählt?«, fragte ich Betty, die stoisch in ihrer Kaffeetasse rührte und erst einmal nichts dazu sagte. Das würde ich jetzt aber gleich mal richtigstellen!

»Hören Sie mal, Herr Flieger«, begann ich, doch da unterbrach er mich schon.

»Philip ist mir lieber. Sagen wir doch einfach *Du*.«

»Na gut, Philip. Ich weiß nicht, was Betty dir tatsächlich alles erzählt oder auch nicht erzählt hat, aber ich sperre sie ganz bestimmt nicht ein. Im Gegenteil. Vor ein paar Tagen hatten wir ein paar sehr schöne Stunden in der Stadt. Und heute waren wir auf der Beerdigung. Das ist ja wohl alles andere als jemanden einzusperren. Ich versuche, mit ihr zu machen, was mit ihren körperlichen Beeinträchtigungen möglich ist. Die 321 Stufen zur Wallfahrtskirche Maria Hilf können wir natürlich derzeit nicht in Angriff nehmen. Und wenn sie sich nicht ständig so launisch verhalten würde, wären wir sicher noch öfter unterwegs.«

Philip sah kurz zwischen uns hin und her und fragte sich wohl, wem er glauben sollte. Doch das Pendel schlug eindeutig zugunsten seiner Mutter aus.

»Launisch? Meine Mutter? Das ist ja lachhaft. Sie klingen ja schon wie meine Schwester.«

»Franziska hat gesagt, dass ich launisch bin?«, fragte Betty empört.

»So in etwa. Keine Ahnung, wie sie darauf kommt. Dabei gibt es keine ausgeglichenere Person als dich, Mama.«

»Eben.« Betty lächelte ihm zu.

»Wann habt ihr euch denn zum letzten Mal gesehen?«, fragte ich ein wenig frech. Irgendwas passte hier nicht zusammen.

»Das ist doch egal!«, winkte Betty ab.

»Im Oktober«, gab Philip jedoch Auskunft. »Ich war auf die Hochzeit eines alten Kumpels eingeladen, das habe ich für einen Besuch bei meiner Familie genutzt.«

Das war schon ein Dreivierteljahr her. Laut Franziska und Richard hatte die Veränderung von Betty etwa vor einem halben Jahr begonnen. Vielleicht hatte er wirklich nichts mitbekommen, wenn sie seither nur per Telefon oder Videocalls Kontakt gehabt hatten?

»Also hast du deine Mutter an Weihnachten gar nicht besucht?«, konnte ich mir nicht verkneifen.

»Das ging leider nicht. Da war ich bei den Eltern meiner Freundin, äh, Exfreundin eingeladen. Ein schwerer Fehler übrigens.«

»Dann bist du also auch Single?«, rutschte mir heraus.

»Ja, seit Heiligabend.«

Familienstreit an Weihnachten – der Klassiker.

»Philip will die nächsten zwei Wochen in Passau bleiben und kann ab jetzt in meiner Wohnung auf mich aufpassen«, mischte Betty sich ein. »Deswegen brauchen wir dich nicht mehr, Tilda.«

Ich sah sie völlig überrumpelt an. *Wie bitte?*

»In deiner Wohnung? Ich dachte, wir bleiben hier im Haus von Franzi, da haben wir doch viel mehr Platz!«, warf Philip überrascht ein.

»Aber ich würde doch lieber …«

»Moment!«, rief ich dazwischen. »Von wegen, du brauchst mich nicht mehr, Betty. Du weißt ganz genau, dass ich von Franziska und Richard engagiert wurde, drei Wochen lang hier zu sein, um dich und die Katzen zu versorgen.«

»Dann bleib halt hier und füttere die Katzen. Aber meine Tochter und mein Schwiegersohn bestimmen gewiss nicht ständig über mein Leben. Philip ist jetzt hier, und er wird für mich sorgen, solange ich noch so eingeschränkt bin. Und überhaupt – ich kann wohl immer noch selbst entscheiden, was ich möchte und was nicht.«

Natürlich konnte sie das. Vor allem, wenn eine Betreuung durch ihren Sohn sichergestellt war. Ich konnte sie ja schließlich nicht hier festhalten, egal, was ich mit ihrer Tochter und deren Mann vereinbart hatte. *Mist!* Mein Job stand auf der Kippe. Das durfte ich auf keinen Fall zulassen. Nicht, nachdem ich bereits eine so anstrengende Woche mit Betty hinter mich gebracht hatte, die sich jetzt schon wie eine Ewigkeit anfühlte. Nur wie sollte ich am besten vorgehen?

»Wir können gleich meine Sachen packen und zu mir fahren!«, sagte Betty zu ihrem Sohn.

Ich sah Philip an, dass er von dieser Idee nicht so begeistert war wie sie, ihr aber offenbar nicht widersprechen wollte. Das musste ich ausnutzen.

»Philip, du weißt schon, dass Betty im Moment noch so eingeschränkt ist, dass sie nicht allein aufs Klo gehen kann? Allein in der letzten Nacht hat sie mich deswegen fünfmal geweckt.«

»Fünfmal?«, fragte er ungläubig.

»Mindestens!«

»Moooooment! Die letzten Tage waren eine Ausnahme! Normalerweise ist das nur ein oder höchstens zweimal in der Nacht der Fall!«, korrigierte Betty rasch und bereute in diesem Moment wohl, dass sie mich so oft gerufen hatte, nur um mich zu ärgern. »Und wenn ich am Abend nichts mehr trinke, schaffe ich es vielleicht auch, ohne dass ich rausmuss«, fügte sie noch hinzu.

»Ich weiß nicht, wie du dich mit der Verabreichung von Medikamenten auskennst«, fuhr ich rasch fort. »Betty braucht jeden Tag eine Spritze in den Bauch, damit sie keine Thrombose bekommt.«

»Eine Spritze?«, er wurde etwas blass um die Nase. Im medizinischen Bereich schien er also schon mal nicht zu arbeiten.

»Die kann ich mir auch selbst geben!«, warf Betty ein. »Außerdem geht es mir von Tag zu Tag besser, und ich kann sogar schon leicht auf den Fuß mit den gebrochenen Zehen auftreten. Das bedeutet, dass ich mit Hilfe einer Krücke bald auch alleine aus dem Rollstuhl komme, wenn ich ins Bett oder aufs Klo möchte. Dann brauche ich in der Nacht überhaupt niemanden mehr zu wecken.«

»So schnell wird das sicher nicht klappen«, erklärte ich bestimmt. »Die Gefahr, das Gleichgewicht zu verlieren und zu stürzen, ist dabei viel zu groß. Dabei könn-

test du dir die Hüfte brechen oder eine schlimme Kopf-
verletzung davontragen. Was bedeuten würde, dass du
noch viel länger auf Hilfe angewiesen wärst oder vielleicht sogar gänzlich zu einem Pflegefall wirst«, malte ich
ein Szenario, das ihr sicher nicht gefallen würde. Und
auch Philip schien sich Sorgen zu machen.

»Mutter, ich glaube, Tilda hat nicht so ganz unrecht.
So schnell geht das alles nicht. Das wäre viel zu riskant.
Du musst noch ein wenig Geduld haben, bis du wieder
fit genug bist, um das alles allein zu schaffen.«

»Jetzt fällst du mir auch noch in den Rücken, Philip!«,
warf sie ihm vor.

»Das tu ich doch gar nicht. Ich will einfach nur das
Beste für dich.«

»Genau wie ich«, erklärte ich.

»Aber nur, weil du dann den Job in der Praxis von
Franziska und Richard bekommst!«, rief Betty verärgert.

Jetzt reicht es aber!

»Na und? Was genau stört dich denn so daran, dass du
es mir ständig vorwirfst?«, fuhr ich sie an. »Es ist doch
für dich gar nicht relevant, ob ich anschließend die Stelle
bekomme oder nicht. Aber für mich ist es wichtig! Sehr
sogar. Mein Ex hat mich von heute auf morgen sitzen
lassen. Jetzt muss ich mir ein neues Leben aufbauen.
Und dafür brauche ich einen guten Job! Ja, deine Tochter und dein Schwiegersohn haben es zur Bedingung gemacht, mich während ihres Urlaubs um dich zu kümmern, weil sie wollen, dass es dir gut geht«, erklärte ich,
was Betty ohnehin schon wusste. Doch ich wollte, dass
auch Philip den Grund erfuhr und was für mich auf

dem Spiel stand. »Und was wäre denn die Alternative gewesen, nachdem du aus der Reha geflogen bist? Hätten die beiden etwa ihren Urlaub absagen und hierbleiben sollen, um sich um dich zu kümmern?«

Darauf sagte sie nichts, und langsam kam mir der Verdacht, dass sie genau das tatsächlich beabsichtigt hatte. Aber das konnte doch nicht sein, oder? Wieso hätte sie diese besondere Reise sabotieren wollen?

»Sag mal, Mutter, wieso hat das mit der Reha denn eigentlich nicht geklappt?«, wollte Philip wissen.

Betty atmete tief ein und aus.

»Na ja, ich kam vielleicht ein paarmal zu spät zu den Anwendungen«, gab sie zu. »Und das Essen – das hat schrecklich fad geschmeckt. So etwas muss man denen doch sagen! Das war echt eine Zumutung … Und dann hat es ihnen wohl nicht gepasst, dass ich mir abends im Zimmer zu einem Gläschen Beaujolais mal eine Zigarette angezündet habe.«

»Du hast im Zimmer geraucht?«, fragten Philip und ich gleichzeitig.

»Ab und zu.«

»Aber Mama, du weißt doch, dass man das nicht darf. Und überhaupt, seit wann rauchst du denn?«, fragte er verwundert.

Mir kam der Verdacht, dass sie es tatsächlich darauf angelegt hatte, aus der Reha geworfen zu werden, indem sie gegen die Vorschriften verstieß.

Bevor Betty auf die Frage ihres Sohnes antworten konnte, kam Lucky auf die Terrasse gelaufen und sprang mit einem Satz auf Bettys Schoß.

»Meine Güte, der ist aber gewachsen, seit ich ihn zum letzten Mal gesehen habe!«, meinte Philip abgelenkt. »Aber ein superhübsches Tier … Na, du kleiner Riesenkater …«, säuselte er. Er kraulte ihn am Hals, was Lucky sichtlich genoss. Offenbar war die ganze Familie Flieger/ Lott in Katzen vernarrt.

»Jojo und Lucky hängen auch total an Betty«, holte ich ein weiteres Argument hervor, damit sie hier im Haus blieb. »Ich kenne mich ja leider mit Katzen nicht so gut aus. Auch deswegen wäre ich froh, wenn du deine Verletzungen weiterhin hier auskurieren und mich in Bezug auf die beiden unterstützen würdest, Betty.«

Meine Worte schienen Betty jedoch zu verärgern.

»Solche moralische Erpressungen mag ich überhaupt nicht«, schimpfte sie.

»Also bitte, Mama. Vielleicht übertreibst du jetzt doch ein wenig. Ich finde, dass Tilda gute Argumente hat. Außerdem haben wir es doch hier im Haus alle viel bequemer als in deiner kleinen Wohnung. Die Katzen werden gut versorgt, wir beide können endlich mal in Ruhe Zeit miteinander verbringen, und Tilda kümmert sich weiterhin um deine medizinischen Belange. Und dafür bekommt sie anschließend ihre gewünschte Stelle in der Praxis. Damit wäre doch allen geholfen! Ich verstehe überhaupt nicht, was du dagegen hast.«

Ich hätte ihn umarmen können! Dabei hätte ich mir noch vorhin nicht vorstellen können, dass er mir so zur Seite stehen würde. Sicherlich war das auch ein wenig Eigennutz von seiner Seite, aber das konnte mir egal sein.

Betty seufzte.

»Na gut. Dann bleibe ich eben.«

Mir fiel ein riesiger Stein vom Herzen.

»Vorerst« fügte sie hinzu. »Und auch nur unter einer Bedingung?«

»Welcher?«, fragte ich.

»Falls ich aus irgendeinem Grund doch noch vor der Rückkehr der beiden wieder in meine Wohnung möchte, dann habt ihr das ohne Wenn und Aber zu akzeptieren.«

»Na gut! So machen wir das«, sagte Philip erleichtert, und ich nickte.

Erst einmal war alles wieder gut, und ich hoffte, dass wir drei es bis zum Schluss hier durchhalten würden.

Kapitel 14

Abends am Schwimmteich

Philip holte seine Sachen aus dem Auto und bezog das Zimmer im ersten Stock, das normalerweise seine Mutter bewohnte. Ich war heilfroh, dass Betty sich nicht durchgesetzt hatte und mit ihrem Sohn in die eigene Wohnung gegangen war, und fragte mich, ob Franziska und Richard mir in diesem Fall die Stelle überhaupt gegeben hätten. Allerdings traute ich dem Braten noch nicht so ganz, denn Bettys Laune konnte jederzeit wieder umschlagen, wie es im Laufe der letzten Woche mehrmals passiert war. Ich befürchtete, dass auch die nächsten vierzehn Tage kein Zuckerschlecken werden würden.

Während er oben seine Sachen ausräumte und Betty sich nach der ganzen Aufregung ein wenig hingelegt hatte, ging ich in die Küche. Glücklicherweise hatten die Tabletten schnell geholfen, und meine Augen waren nur noch leicht gerötet. Auch die Nase war nicht mehr so zugeschwollen. Allerdings machten die Medikamente mich auch immer etwas müde. Nachdem Philip nun hier war und seiner Mutter Gesellschaft leisten konnte, könnte ich mich vielleicht nach dem Abendessen ein Stündchen ausruhen.

Ich öffnete die Kühlschranktür und überlegte, was ich kochen sollte.

»Was gibt der Kühlschrank denn so her?«, hörte ich plötzlich Philips Stimme hinter mir.

Ich drehte mich zu ihm um. Er hatte sich umgezogen und trug eine abgeschnittene Jeans und ein rotes T-Shirt. Und dazu grüne Flipflops.

»Er ist ziemlich gut bestückt. Trotzdem habe ich noch keine Ahnung, was ich kochen soll.«

Ich ging einen Schritt zur Seite, als er neben mich trat und einen prüfenden Blick in den Kühlschrank warf. Er holte ein Stück Parmesan heraus und legte es auf den Tisch.

»Hm. Mal schauen, was sonst noch so alles da ist.«

Er ging in die Speisekammer und kurz darauf kam er mit zwei Avocados, Knoblauch, frischen Tomaten, einer Zitrone, einer Packung grüner Pinienkerne und Vollkornnudeln wieder zurück.

»Was hältst du von Spaghetti mit Avocadocreme und Tomatensalat?«, fragte er.

»Hört sich gut an.«

Und schon machte er sich ans Kochen.

»Schade, dass wir kein frisches Basilikum und keine Petersilie haben«, sagte er.

»Haben wir! Moment.« Ich ging in den Garten. Dort wuchsen in einem schneckenförmigen Steingarten verschiedene Kräuter wie Rosmarin, Thymian, Dill, Schnittlauch, lila Basilikum und Petersilie. Ich zupfte einige Stängel ab und ging wieder ins Haus.

»Bitte sehr«, sagte ich und reichte ihm die gewünschten Kräuter. Inzwischen kochte bereits das Wasser für die Nudeln.

»Oh, super, danke!«

Es machte Spaß, ihm zuzusehen, wie er die frischen Zutaten, Olivenöl, Parmesan und Gewürze in den Mixer gab und eine Creme zubereitete. Erst etwas später gab er die Pinienkerne dazu.

»Ich mag es, wenn die Soße nicht zu fein ist und man noch ein wenig den Crunch im Mund hat«, sagte er.

»Ich bin schon gespannt.«

Er gab die Nudeln ins sprudelnde Wasser.

»Danke, dass du Betty überredet hast, hierzubleiben«, sagte ich schließlich.

»Nun ja, ich denke inzwischen nicht mehr, dass du eine verantwortungslose Verrückte bist, die meiner Mutter etwas Böses will«, meinte er mit einem Lächeln und probierte die Creme. »Es fehlt noch ein wenig Pfeffer.« Er würzte nach. Dann holte er einen frischen Löffel.

»Probiere mal, ob es so für dich auch okay ist.«

Er tauchte den Löffel in die Creme und hielt ihn mir hin. Die Kombination der verschiedenen Aromen sorgten in dieser Creme für eine Geschmacksexplosion im Mund.

»Mhmm … Das schmeckt ja echt toll!«

»Freut mich.«

Ich leckte den Löffel noch mal ganz ab und räumte ihn dann in den Geschirrspüler.

»Und danke, Philip.«

»Wofür?«

»Na, dass du mich eben nicht mehr für eine verantwortungslose Verrückte hältst.«

Sein Blick wurde nachdenklich.

»Gestern habe ich mir zum ersten Mal ehrlich Sorgen um meine Mutter gemacht, als sie mich anrief. Sie war völlig durch den Wind. So kenne ich sie wirklich überhaupt nicht. Und als sie mir dann noch von den blauen Haaren erzählt hatte ...« Er sprach nicht weiter.

»Tut mir echt so leid, dass ich das gemacht und damit für die Aufregung gesorgt habe«, beteuerte ich. »Keine Ahnung, welcher Teufel mich da geritten hat, wobei sie mich wirklich vorher ein paar Tage lang total gepiesackt hat. Das soll aber keine Entschuldigung sein. Ich hätte das einfach nicht tun dürfen.«

»Das ist schon wirklich ein heftiges Blau!«, meinte er, und um seine Mundwinkel zuckte es verdächtig.

»Ziemlich heftig«, gab ich zu und musste grinsen. »Aber was genau hat dich eigentlich so schnell umgestimmt?«, wollte ich wissen.

»Nach der ersten zugegebenermaßen etwas schrägen Begegnung vor dem Haus klangst du dann doch sehr vernünftig im Gespräch. Und Franzi und mein Schwager haben sich natürlich bestimmt auch was dabei gedacht, dich für Mutters Betreuung einzustellen. Außerdem kann jemand nicht böswillig sein, wenn er so einen lustigen kleinen Elefanten um den Hals trägt.«

Ich fasste an die Kette.

»Also hat der Elefant meinen Ruf als vernünftige Person und damit meinen Job gerettet?«

»Allerdings ... Und überhaupt haben wir im Haus hier auch viel mehr Platz als in Mutters kleiner Wohnung. Und es gibt einen Schwimmteich und einen Fitnessraum«, gestand er mit einem Grinsen.

»Das sind natürlich sehr überzeugende Argumente«, meinte ich.

Er nickte.

»Aber egal, wie oder wo, es ist gut, wenn ich ein wenig mehr Zeit mit Mutter verbringe. In den letzten Jahren habe ich sie wirklich nur selten gesehen. Trotzdem bin ich froh, wenn du weiterhin diese ganzen Pflegesachen und das mit der Spritze übernimmst. Für so was bin ich wirklich nicht geeignet.«

»Aber sicher. Dafür bin ja hier.«

»Super. Dafür kann ich mich ums Kochen für uns kümmern.«

»Ein guter Deal.«

»Außerdem ist es schön, mal wieder in Passau zu sein. Ich habe dringend einen Tapetenwechsel gebraucht.«

»Was machst du denn beruflich?«, fragte ich interessiert, während ich ihm zusah, wie er Tomaten für den Salat in Würfel schnitt.

Bevor er antworten konnte, meldete sich der Signalton von Bettys Sender.

»Deine Mutter braucht mich.«

»Okay … Ich mache inzwischen das Essen fertig und decke den Tisch.«

Ich half Betty nach ihrem Nickerchen zurück in den Rollstuhl und fuhr sie kurz ins Badezimmer. Bald darauf saßen wir alle draußen auf der schattigen Terrasse und ließen uns die Spaghetti und den Tomatensalat schmecken. Philip hatte eine Flasche Pinot Grigio geöffnet, doch ich wollte wegen der Tabletten keinen Alkohol, und auch Betty winkte ab.

»Mhmm … das Essen schmeckt wirklich super«, sagte ich und schaufelte mir noch eine weitere Portion auf den Teller.

Betty nickte.

»Das kannst du eindeutig besser als deine Schwester.«

»Danke! Wenigstens etwas, das ich besser kann.«

»Das ist sicher nicht das Einzige«, meinte seine Mutter bestimmt.

»So. Du hast gekocht, dann kümmere ich mich dafür um das Geschirr«, sagte ich, als wir mit dem Essen fertig waren. Außerdem wollte ich die beiden ein wenig allein lassen. Sicherlich gab es Dinge, über die sie reden wollten, ohne dass ich bei ihnen saß.

Ich brachte das Geschirr in die Küche und räumte auf. Dann telefonierte ich noch mit Anette, die mir aufgeregt von einem Mann erzählte, den sie in der Autowerkstatt kennengelernt hatte. Plötzlich hörte ich aus dem Wohnzimmer Klavierspiel und fröhlichen Gesang.

»Dann bin ich gespannt, wie das weitergeht mit dir und diesem Typ. Wir telefonieren die Tage wieder«, sagte ich und verabschiedete mich von meiner Freundin.

Neugierig ging ich ins Wohnzimmer und staunte nicht schlecht, als ich Mutter und Sohn nebeneinander am Klavier sitzen sah. Philip spielte *Don't go breaking my heart*, und dazu sangen die beiden im Duett. Ich hatte schon bei unserer Fahrt im Auto festgestellt, dass Betty eine schöne Stimme hatte, und nun zeigte sich, dass auch Philip sehr musikalisch war.

Als das Lied zu Ende war, klatschte ich begeistert.

»Hey, das war ja toll!«

Die beiden drehten sich zu mir um, und ich sah, wie Betty strahlte.

»Kiki Dee und Elton, ihr könnt einpacken. Jetzt kommen Betty und Philip!«, scherzte ich, und wir lachten. Plötzlich wurde Bettys Miene jedoch melancholisch.

»Ich sollte vielleicht nicht so viel Spaß haben an dem Tag, an dem meine alte Freundin beerdigt wurde. Aber ich bin mir sicher, dass es Gisa auch gefallen würde, wenn sie jetzt dabei wäre«, sagte Betty.

»Das würde es ganz bestimmt!«, beteuerte Philip und legte ihr einen Arm um die Schultern. »Wie wär's mit einem weiteren Lied, Mutter?«

Betty sah auf die Uhr. Es war kurz vor acht.

»Gern ein anderes Mal. Macht es dir was aus, wenn ich die Nachrichten anschaue und dann einen Spielfilm, auf den ich mich schon die ganze Woche freue?«

»Natürlich nicht. Ich möchte sowieso noch eine Runde schwimmen gehen, solange es noch hell ist draußen … Was ist mit dir, Tilda? Kommst du auch mit in den Pool?«, fragte er.

Ich schüttelte den Kopf.

»Geht nicht. Ich muss gleich noch den Garten gießen. Das habe ich heute früh ganz vergessen.«

»Vielleicht kommst du ja nach?«

»Vielleicht!«, sagte ich nur.

Ich ließ mir viel Zeit beim Gießen und scherzte mit Jojo, der den Wasserstrahl fangen wollte. Inzwischen schlich der Kater sich jede Nacht zu mir ins Zimmer und schlief neben mir im Bett. Nach den drei Wochen würde ich ihn sicherlich vermissen.

Ab und zu warf ich einen Blick zum Naturpool. Philip zog gemächlich seine Bahnen, die zugegeben nicht allzu lang waren. Als er mich sah, winkte er mir und schwamm zu dem kleinen Holzsteg. Er legte seine Unterarme darauf und paddelte mit den Beinen gemächlich im Wasser.

Ich drehte den Hahn am Schlauch ab, kam näher und blieb am Ufer stehen. Inzwischen brach die Dämmerung an, und in dem gemächlichen Übergang von Tag zu Nacht traten die Konturen der Pflanzen und Bäume besonders scharf hervor.

»Um diesen Naturpool beneide ich meine Schwester wirklich«, gestand er.

»Ich finde den ganzen Garten hier überhaupt herrlich. Bis auf die blöden Mücken«, sagte ich und schlug ein Insekt weg, das gerade auf meinem Arm gelandet war.

»Auf diese Mistviecher könnte ich auch verzichten … Das ist kein schlechter Arbeitsplatz hier, wenn man täglich schwimmen gehen kann, oder«, meinte er und zwinkerte mir zu.

Ich überlegte kurz, was ich darauf antworten sollte.

»Ehrlich gesagt, ich geh nicht ins Wasser«, erklärte ich schließlich.

»Was? Wieso denn nicht?«, fragte er ungläubig. »Kannst du etwa nicht schwimmen?«

»Nein.«

»Oh. Das ist ja schade. Da entgeht dir was. Du solltest es unbedingt lernen.«

Obwohl ich normalerweise überhaupt nicht gern darüber sprach, hatte ich plötzlich das Bedürfnis, ihm zu erklären, warum ich nicht schwimmen konnte.

»Mein Vater ertrank, als er eine junge Frau retten wollte, die bei Hochwasser in den Inn gestürzt war. Die Frau konnte von anderen durch seine Hilfe noch herausgezogen werden, aber mein Vater nicht. Die Strömung hat ihn davongerissen.«

Philip sah mich betroffen an. »Das tut mir echt leid, Tilda.«

»Ich war damals noch ein Baby«, fuhr ich fort. »Meine Mutter wollte aus diesem Grund nie mit mir schwimmen gehen und hat mir auch nicht erlaubt, es zu lernen. Gewässer oder Schwimmbäder waren für mich tabu. Sie hat es sogar geschafft, eine dauerhafte Befreiung für den Schwimmunterricht in der Schule für mich zu bekommen. Aber nachdem ich verstanden hatte, dass mein Vater ertrunken war, hatte ich sowieso zu viel Angst davor, ins Wasser zu gehen.«

Betreten sah er mich an und suchte offenbar nach passenden Worten.

»Dafür hat meine Mutter aber ganz viel andere schöne Dinge mit mir gemacht«, ergänzte ich schnell. »Ich hab dir das nur erzählt, damit du weißt, warum ich nicht in den Pool gehe.«

»Verstehe. Ich weiß selbst, wie das ist, wenn man nur mit einer Mutter aufwächst. Sie versuchen dann ganz besonders, alles richtig zu machen.«

Ich nickte.

»Wo lebt denn deine Mutter? Auch hier in Passau?«

»Sie ist vor sechzehn Jahren gestorben.«

»Das tut mir wirklich sehr leid. Da warst du ja noch ein Teenager.«

Ich lächelte traurig.

»Ich war neunzehn. Und weißt du, was makaber ist, Philip? Letztlich war auch an ihrem Tod das Wasser schuld.«

»Sie ist doch nicht etwa auch ertrunken?«, fragte er ungläubig.

»Nein. Sie rutschte auf einer gefrorenen Pfütze aus und verletzte sich so schwer am Kopf, dass sie es nicht überlebte.«

Danach schwiegen wir beide.

Philip stemmte sich am Steg hoch und kam aus dem Wasser. Er griff nach dem Handtuch, das über einem Strauch hing und trocknete sich ab.

Wir gingen zur Terrasse. Dort streifte er sich ein T-Shirt über und wickelte das Handtuch um die Hüften, bevor er sich neben mich setzte.

»Ich kann es zwar ein wenig nachvollziehen, aber trotzdem war es damals ein Fehler von deiner Mutter, dass sie dir das Schwimmen verboten hat. Gerade weil dein Vater ertrunken ist, wäre es besonders wichtig gewesen, dass du es lernst. Und wie man an dem sieht, was deiner Mutter passiert ist, kann alles im Leben ein Risiko sein«, kam er noch mal auf das Thema zu sprechen.

»Ich weiß«, murmelte ich.

»Hör mal, Tilda. Wenn du möchtest, kann ich dir zeigen, wie es geht.«

Ich schüttelte den Kopf.

»O nein, danke. Ich denke nicht, dass das eine gute Idee ist.«

»Finde ich schon. Überlege es dir einfach und sag Bescheid, wenn du einen Schwimmcoach brauchst, okay?«

Ich nickte nur unverbindlich und deutete dann auf seine linke Schulter.

»Mücke!«

Rasch schlug er sie weg.

»Heute war ein Alexander auf der Beerdigung von Bettys Freundin«, wechselte ich das Thema. »Kennst du ihn?«

»Alexander? Na klar. Ein super Typ! Er und meine Mutter hatten vor vielen Jahren mal eine Art lockere Beziehung, haben aber nie zusammengewohnt. Wir dachten eigentlich alle, dass mehr aus den beiden werden würde, aber dann haben sie sich getrennt.«

Also hatte mich mein Gefühl auf dem Friedhof nicht getäuscht, dass zwischen den beiden mehr als nur eine lockere Bekanntschaft bestand.

»Warum das denn?«, fragte ich neugierig.

»Einen genauen Grund hat sie uns damals nicht genannt. Nur, dass es nicht mehr passte. Und als Teenager war ich ehrlich gesagt auch mit ganz anderen Dingen beschäftigt. Erste Liebe, erste Band und so. Ich habe das gar nicht so genau hinterfragt. Aber es tat mir trotzdem leid. Ich mochte ihn.«

»Ich fand ihn auch sympathisch ... Und hatte sie nach ihm noch einen Freund?« Ich hatte das Bedürfnis, mehr über Betty zu erfahren.

»Nein. Zumindest habe ich nichts mitbekommen.

Aber ich war ja gleich nach dem Abi zuerst in München und dann in Berlin.«

Ich fragte mich, wie das sein mochte, so lange ohne einen Partner zu sein. Ob mir das vielleicht auch blühte? Ich verscheuchte diese Gedanken wie lästige Mücken und lauschte dem beruhigenden Zirpen der Grillen.

»Du und Betty, ihr habt vorhin wirklich toll gesungen. Und du spielst auch noch so super Klavier«, sagte ich schließlich.

»Danke. Das musikalische Talent habe ich tatsächlich von ihr geerbt. Mutter spielt auch Klavier und Gitarre. Sie hat es mir und auch meiner Nichte von klein auf beigebracht. Und früher hat sie auch im Chor gesungen. Aber irgendwann hat sie dann aufgehört.«

»Warum das denn?«

»Die Chorproben und Auftritte waren oft an Tagen, an denen sie abends in einer Kneipe bediente. Sie hat normalerweise halbtags in einem Büro gearbeitet, aber das reichte neben der Witwenrente trotzdem nicht ganz, damit es bei uns rundlief, deswegen brauchte sie den zweiten Job. Nachdem sie so oft absagen musste, hat sie den Chor dann ganz verlassen.«

»Wie schade. Und, du? Machst du sonst noch Musik?«

Er lächelte.

»Mehr oder weniger. Eigentlich bin ich Tontechniker. Ich habe mein eigenes kleines Studio. Aber vor allem komponiere ich inzwischen Musik für Werbefilme und mache Jingles.«

»Das ist ja cool!«, sagte ich überrascht. »Kenne ich da was?«

»Vielleicht« sagte er und zählte dann bekannte Produkte und Dienstleistungen auf, für die er die Musik gemacht hatte. Ich war beeindruckt. Einige Melodien und Jingles kannte ich tatsächlich.

»Momentan sitze ich an dem Sound für die neue Werbekampagne eines großen Automobilherstellers.«

»Wow!«

»Allerdings ...« er runzelte die Stirn.

»Was?«

»Keine Ahnung. Irgendwie kam mir bisher noch nicht die zündende Idee. Dabei muss ich in zehn Tagen meinen Vorschlag abgeben. Ehrlich gesagt bin ich auch deswegen hergekommen, weil ich hoffe, dass ein Tapetenwechsel meiner Kreativität ein wenig auf die Sprünge hilft und ich hier vielleicht neue Vibes bekomme.«

»Dann wünsche ich dir sehr, dass es klappt.«

»Danke.«

Plötzlich stand er auf.

»Ich würde gerne noch weiter mit dir plaudern, Tilda. Aber ich muss jetzt dringend mal aus der nassen Badehose raus und duschen«, sagte er. »Falls wir uns heute nicht mehr sehen, schon mal gute Nacht.«

»Gute Nacht, Philip.«

Ich blieb noch ein paar Minuten auf der Terrasse, doch dann ging ich ebenfalls ins Haus.

Im Wohnzimmer sah ich, dass Betty in ihrem Rollstuhl eingeschlafen war und leise vor sich hin schnarchte. Ich weckte sie vorsichtig auf. Der Tag hatte sie sehr erschöpft, und sie hatte nichts dagegen, dass ich sie ins Bett brachte.

Kapitel 15

Der rote Bikini

So harmonisch dieser verrückte Tag wider Erwarten geendet hatte, umso anstrengender gestaltete sich der nächste Morgen. Marie hatte schon um sieben Uhr angerufen, dass sie erst am nächsten Tag zum Putzen kommen könne, weil sie ihre Tante wegen schwerer Kreislaufprobleme ins Spital bringen musste. Der Termin mit Udo, der gestern wegen der Beerdigung nicht geklappt hatte, fand stattdessen heute um halb neun Uhr statt.

Der Ärger begann damit, dass Udo so überrascht über Bettys blaue Haare war, dass er hell auflachen musste, als er sie sah, und einen – wie er meinte – lustigen Spruch über einen blauen Klabauter vom Stapel ließ.

Daraufhin war Betty total eingeschnappt und weigerte sich, ihre Übungen zu machen. Nachdem er sich mehrfach für seinen unabsichtlichen Heiterkeitsausbruch und den Scherz entschuldigt hatte, sie aber dennoch die beleidigte Leberwurst spielte, packte er seine Sachen wieder ein und verließ unverrichteter Dinge das Haus.

Da ich in Bettys Augen für all den Ärger verantwortlich war, ließ sie mich ihre schlechte Laune besonders spüren.

Philip hatte das alles mitbekommen und war nun doch sehr überrascht, wie unmöglich seine Mutter sich mir und Udo gegenüber benahm. Als er sie jedoch darauf ansprach, bekam auch er sein Fett weg.

»Ich wollte es nicht glauben, aber ihr Verhalten ist wirklich etwas merkwürdig«, sagte er nachdenklich zu mir, als sie in ihrem Zimmer war.

»Normalerweise würde meine Mutter so etwas mit Humor nehmen und sich mit irgendeinem frechen Spruch revanchieren. Sie war früher weder streitsüchtig noch nachtragend. Im Gegenteil. Von ihr habe ich gelernt, wie wichtig gegenseitiges Verzeihen ist und dass jeder Tag von Neuem eine Chance bekommen sollte, der schönste Tag im Leben zu werden. Auch wenn wir mal Streit hatten, haben wir das so schnell wie möglich geklärt und uns versöhnt.«

Umso seltsamer war ihr Verhalten. Insgeheim hatte ich mich schon gefragt, ob es einen medizinischen Grund für ihre Veränderung gab. Aber sie war nach ihrem Sturz im Krankenhaus gründlich untersucht worden, und außer den Brüchen, Prellungen und Abschürfungen schien alles unauffällig gewesen zu sein.

»Hör mal, wenn du möchtest, dann mache ich einen Spaziergang zum Parkplatz am Friedhof und hole deinen Wagen ab«, bot Philip an. »Dabei kann ich den Kopf für die Arbeit vielleicht ein wenig freibekommen.«

Doch ich glaubte eher, dass er der angespannten Stimmung im Haus für eine Weile entfliehen wollte.

Ich steckte meine Wäsche im Keller in die Waschmaschine, als der Hausnotruf sich meldete. Erschrocken eilte ich nach oben auf die Terrasse. Dort hatte Betty Lucky auf dem Schoß.

»Was ist denn?«, fragte ich besorgt.

»Du musst die Zeckenzange bringen. Und Gummihandschuhe. An Luckys Hals hat sich so ein Biest festgesaugt!«

Igitt!

»Du bleibst jetzt schön bei mir, Lucky!«, redete sie sanft auf den Kater ein, der die Streicheleinheiten schnurrend genoss, nichts ahnend, was ihm gleich bevorstand.

Rasch holte ich Zange und Handschuhe und wollte sie Betty geben.

»Mit einer Hand? Das musst schon du machen! Ich halte ihn inzwischen fest.«

»Ja, klar. Okay ...«

Ich zog die Handschuhe an und beugte mich über den Kater, dem das Ganze wohl langsam suspekt wurde. Betty hielt ihn zwischen Gipsarm und gesunder Hand fest, was ihm gar nicht gefiel. Er fing an, sich zu wehren.

»Bitte mach schnell!«

»Ich mach ja schon ...«

Ich tastete den Hals nach der Zecke ab und spürte den prall gefüllten ovalen Körper zwischen dem Fell. Mich schauderte. Ich schob das Fell zur Seite, damit ich freie Sicht hatte.

»Schön stillhalten, Lucky«, murmelte ich und half Betty, ihn festzuhalten. Beherzt setzte ich mit der anderen Hand die Zange an und entfernte das Spinnentier vorsichtig.

»Ich hab sie!«, rief ich, und wir ließen den Kater gleichzeitig los, der vom Schoß sprang und beleidigt auf und davon rannte.

Betty zog ein Papiertaschentuch aus der Box und legte es auf den Tisch. Ich legte die Zecke darauf ab und überzeugte mich davon, dass ich auch den Kopf erwischt hatte.

»Die hat schon ganze Arbeit geleistet«, sagte ich.

»Ich hasse diese Mistviecher«, schimpfte Betty.

»Zum Glück hat mich noch nie eine gebissen«, sagte ich.

»Mich schon. Ich kann nicht barfuß durch eine Wiese laufen, weil sämtliche Zecken der Umgebung auf meinen Unterschenkeln und zwischen meinen Zehen einen neuen Staat gründen würden«, sagte sie trocken.

Bei dieser Vorstellung musste ich lachen, und sogar Betty konnte sich ein leises Lächeln nicht verkneifen.

»Und was machen wir jetzt damit?«, fragte ich.

»Jedenfalls nicht ins Klo spülen. Die können längere Zeit im Wasser überleben.«

Und vielleicht wieder nach oben klettern???

Ich googelte auf dem Handy nach der richtigen Entsorgungsmethode und entschied mich dazu, dem Tier mit hochprozentigem Alkohol den Garaus zu machen. Immerhin schien Betty nach dieser Aktion nicht mehr ganz so grantig zu sein. Also war die lästige Zecke doch zu etwas nützlich gewesen.

Es war schon Mittag, als Philip wieder zurückkam, und er überraschte uns mit Essen vom Italiener.

»Tut mir leid, dass ich etwas länger weg war. Aber ich habe auf dem Parkplatz einen alten Freund getroffen, der mit seiner kleinen Tochter auf dem Weg zum Spielplatz war, und wir haben uns verquatscht. Dafür brauchen wir heute nicht zu kochen. Mutter, für dich habe ich deine Lieblingspizza mit Schinken und Champignons mitgebracht. Da ich nicht wusste, was du gerne magst oder nicht magst, Tilda, habe ich eine vegetarische Pizza genommen und eine mit Salami und Peperoni. Du kannst wählen, welche du möchtest. Ich nehme dann die andere.«

»Also hast du zwei Pizzen ausgesucht, die du selbst gerne magst«, stellte ich mit einem Zwinkern fest.

»Erwischt!«, gab er zu.

»Ehrlich gesagt, ich mag auch beide Varianten und kann mich gar nicht so richtig entscheiden. Was hältst du davon, wenn wir einfach jeweils halbe-halbe machen?«

»Genau das habe ich gehofft.«

Während des Essens bekam ich einen Anruf von Franziska, den ich über Lautsprecher annahm.

»Hallo, Tilda, ist Mutter auch in der Nähe?«

»Wo sollte ich sonst sein! Ich stehe ja ständig unter Aufsicht«, kam es von Betty.

»Und ich bin auch da, Schwesterchen!«, rief Philip vergnügt.

»Hey, Philip? Was machst du denn in Passau?«, fragte Franziska überrascht.

»Ich wollte hier mal nach dem Rechten sehen und Mutter besuchen. Es ist hoffentlich okay, dass ich währenddessen in ihrem Zimmer hier bei euch im Haus wohne?«

»Aber klar. Du bist immer willkommen, das weißt du doch! Wie geht es euch allen denn?«

»Super«, antwortete er, ohne auf Bettys Launen einzugehen. »Wir sind hier eine fröhliche WG.«

Franziska lachte. »Das kann ich mir vorstellen.«

»Und wie ist euer Urlaub?«

»Bestens! Es ist einfach ein tolles Land.«

»Auf jeden Fall! Aber sag mal, ich frag mich ja schon, warum ihr ausgerechnet im Juli nach Australien geflogen seid. Das ist ja klimatisch gesehen die schlechteste Zeit für die Reise, die man sich aussuchen kann.«

»Das hat uns schon vor zwanzig Jahren bei unserer Hochzeitsreise nichts ausgemacht. Und das Wetter ist schon okay. Wir sind gerade in Adelaide und waren heute im botanischen Garten und in der Kunstgalerie. Dafür brauche ich keine dreißig Grad.«

»Na, dann habt weiterhin viel Spaß! Und sag Richi einen Gruß von mir.«

»Richte ich aus. Und ich bin echt froh, dass es bei euch so gut läuft. Passt mir bitte gut auf die Katzen und Mutter auf.«

»Du meinst wohl eher, auf die Katzen und den alten Drachen?«, stichelte Betty und warf mir einen vielsagenden Blick zu.

Franziska lachte. »Stellt bitte einfach keinen Unsinn an, ja?«

»Wir doch nicht!«, versprach Philip.

»Okay, ich muss jetzt los, Richard wartet schon. Ich melde mich in ein paar Tagen wieder. Tschüss.«

»Jetzt konnte ich ihr gar nicht erzählen, dass ich blaue Haare habe!«, sagte Betty, nachdem ich aufgelegt hatte.

»Vielleicht war das ganz gut so«, sprach Philip aus, was ich dachte, und schob sich das letzte Stück seiner Pizza in den Mund.

Am Nachmittag saß Philip am Klavier und versuchte sich an Melodien für seinen großen Werbeauftrag. Doch er wirkte unzufrieden. Den großen Wurf hatte er bisher noch nicht gelandet.

Betty und ich waren auf der Terrasse. Sie saß am Tisch und löste ein Kreuzworträtsel. Ich lag im Liegestuhl und versuchte, mich auf einen Fantasyroman zu konzentrieren, den ich mir aus Evas Regal geholt hatte, in der Hoffnung, dass Betty ihn noch nicht gelesen und mir vorzeitig das Ende verraten könnte. Doch meine Gedanken schweiften ständig ab. Seitdem ich Philip gestern erzählt hatte, warum ich nicht in den Pool gehen wollte, grübelte ich immer wieder über seine Worte nach. Natürlich hatte er recht, und meine Mutter hätte mir das Schwimmen beibringen sollen. Aber sie hatte es einfach nicht über sich gebracht. Und deswegen konnte ich ihr auch nicht böse sein. Vielleicht war es aber doch noch nicht zu spät, und ich konnte meine Angst überwinden? Mit Philip als Schwimmcoach? Sollte ich einen Versuch wagen? Aber bevor ich überhaupt in Betracht zog, es auszuprobieren, brauchte ich erst einmal einen Badeanzug.

Entschlossen stand ich auf und bat Philip, für eine Weile nach Betty zu sehen, sollte sie etwas brauchen, erklärte jedoch nicht, was ich vorhatte.

Bevor ich in den Wagen stieg, rief ich Anette an, die heute einen ihrer freien Nachmittage hatte und spontan mitkommen wollte.

»Der geht gar nicht«, sagte sie ein wenig später, als ich in einem hellgrauen Badeanzug aus der Umkleidekabine gekommen war. »Damit siehst du so langweilig aus wie eine Steinstatue. Probiere doch mal lieber den roten Bikini an.«

»Findest du nicht, dass der ein wenig zu knapp ist?«

»Ach, komm, du hast eine gute Figur. Außerdem steht dir Rot!«

»Na gut.«

Ich verschwand wieder in der Umkleidekabine und zog den Badeanzug aus.

»Ich bin echt total froh, dass du es endlich lernen möchtest«, hörte ich sie sagen. »Dann können wir auch mal gemeinsam Urlaub am Meer machen.«

Ich seufzte. Das Meer würde ich wirklich gern sehen. Und dabei würde es mir schon reichen, den Strand entlangzuspazieren. Dafür musste man noch nicht einmal schwimmen können. So ganz war ich mir nämlich immer noch nicht sicher, ob ich mich dazu überwinden konnte, in den Schwimmteich zu steigen.

»Ja, das mit dem Urlaub am Meer machen wir!«, versprach ich dennoch und nahm mir fest vor, das nicht allzu lange hinauszuschieben. Schließlich sollte es uns nicht so ergehen wie Betty und Gisa, die sich ihren

Traum von einer gemeinsamen Reise in den Norden zu den Lofoten nicht mehr erfüllen konnten.

Ich schlüpfte in den Bikini. Gleich darauf schob ich den Vorhang zur Seite.

»Und?«

»Der passt perfekt«, sagte Anette und reckte den Daumen hoch.

Das ging ja schneller als gedacht.

»Und was ist jetzt mit diesem Typ aus der Autowerkstatt?«, fragte ich, als wir uns noch schnell einen Cappuccino im Café Diwan ganz oben im Stadtturm bestellt hatten, von dem aus man einen unvergleichlichen Blick über Passau hatte.

»Mal sehen. Wir gehen am Wochenende gemeinsam ins Kino«, sagte sie. »Falls es mit ihm nicht klappen sollte, habe ich wenigstens einen schönen Film gesehen.«

Ich lachte.

»Bloß nicht unnötig Zeit verschwenden, oder? Du musst mich unbedingt auf dem Laufenden halten.«

»Ja klar. Und wie läuft es bei dir mit dem neuen Mitbewohner?« Natürlich hatte ich ihr schon von Philip erzählt.

»Ich bin echt froh, dass er da ist. Betty hat zwar trotzdem noch ihre schwierigen Momente, aber insgesamt lockert er die Stimmung schon auf.«

»Und? Wie sieht er aus, dieser Philip?«

Ich zuckte mit den Schultern und lächelte.

»Nicht übel, würde ich mal sagen.«

»Vielleicht bahnt sich da ja was an?«

»Also wirklich! Ich kenn den ja kaum und hab das mit Andreas noch nicht mal richtig verdaut. Außerdem habe ich gerade viel zu viele Baustellen in meinem Leben mit der Wohnungssuche und dem neuen Job, den ich hoffentlich bald antreten werde.«

Plötzlich sah ich eine Frau, die mir winkte und auf mich zukam.

»Wer ist das denn?«, fragte Anette.

»Paula. Sie ist auch Krankenpflegerin. Wir haben uns beim Bewerbungsgespräch kennengelernt.«

»Guten Tag, Tilda!« begrüßte sie mich mit ihrem herrlichen italienischen Akzent.

»Hallo, Paula … Das ist meine Freundin Anette. Wir sind zwar nicht mehr allzu lange hier, aber möchtest du dich trotzdem zu uns setzen?«, fragte ich.

»Danke, aber meine Frau wartet dort drüben schon auf mich.« Sie deutete zu einem kleinen Tisch, an dem eine attraktive Blondine saß. »Ich wollte nur schnell mal Hallo sagen.«

»Hat es mit der neuen Bewerbung geklappt?«, erkundigte ich mich neugierig.

Sie schüttelte bedauernd den Kopf.

»Leider nein. Angeblich war die Stelle schon besetzt, aber ich glaube eher, die Personalchefin kam nicht damit klar, dass ich mit einer Frau verheiratet bin.«

»Was für eine Unverschämtheit«, schimpfte Anette.

Ich nickte.

»Und so rückständig. Kaum zu glauben in der heutigen Zeit. Als ob das eine Rolle im Beruf spielt, ob und mit wem man verheiratet ist! Tut mir echt leid, Paula.«

Sie zuckte mit den Schultern.

»Sicher tut sich was anderes für mich auf.«

»Ganz bestimmt. Und wir gehen bald mal essen, ja? Natürlich mit deiner Frau, wenn sie möchte.«

»O ja, gern. Ich freue mich. Wir bleiben in Kontakt. Bis bald.«

Nachdem sie weg war, winkte ich der Bedienung.

»Zahlen, bitte.«

»Übrigens hat Ella mich in der Schule angesprochen. Sie würde gern mal wieder gemeinsam mit uns beiden einen Abend verbringen«, sagte Anette, nachdem die Bedienung abkassiert hatte.

»Darüber haben wir schon gesprochen, als wir uns letztens auf dem Wochenmarkt gesehen haben. Sobald ich meinen Job bei Betty hinter mir habe, machen wir das.«

»Super. Vielleicht erfahren wir von ihr auch Neuigkeiten von deinem Ex und seiner Neuen, die Ellas Mann beim Tennisspiel mit Andreas mitbekommt.«

In diesem Moment fiel mir auf, dass ich, abgelenkt von Betty und Philip, die letzten Tage kaum an Andreas gedacht hatte.

»Ach, ich glaube, ich will gar nicht so viel wissen«, winkte ich deswegen ab.

Vor dem Turm verabschiedeten Anette und ich uns.

»Und ich sag dir jetzt noch was, Tilda. Auch wenn Andreas dir bestimmt noch schwer verdaulich im Magen liegt, kannst du dich trotzdem schon ein wenig umsehen, was die Männerwelt so zu bieten hat. Das hilft manchmal, den Ballast schneller loszuwerden und ihn

im Klo runterzuspülen. Vielleicht ist dieser Philip dafür
ja genau der Richtige?«

»Philip?« Ich lachte.

»Du musst ihn deswegen ja nicht gleich heiraten.«

»Davon werde ich zukünftig sowieso die Finger lassen! Jetzt muss ich erst einmal das mit Betty zu Ende
bringen. Dann sehen wir weiter.«

»Warte aber trotzdem nicht zu lange. Glaub mir,
sonst wird es immer schwieriger«, riet Anette mir.

Ich musste plötzlich an Betty denken, die offenbar
viele Jahre lang keinen Partner mehr gehabt hatte. Hatte
sie nach Alexander auch zu lang gewartet? Trotzdem –
dieses Thema stand jetzt nicht gerade ganz oben auf
meiner Agenda.

Bevor ich nach Hause fuhr, besorgte ich noch etwas
für Betty in einem Geschäft und ließ es gleich als Geschenk einpacken.

Als ich wieder zurück war, saßen Betty und Philip auf
der Terrasse und spielten Schach. Ich ging nach oben
ins Badezimmer, das ich mir nun mit Philip teilte, wo
ich den Bikini auswusch und dann zum Trocknen an
den Handtuchhalter hängte. Falls ich mich überwinden konnte, Philips Angebot anzunehmen, mir als
Schwimmcoach beizustehen, war ich zumindest mo-
disch schon mal bereit, ins kalte Wasser zu springen.

Als ich wieder nach unten kam, war Philip etwas ver-
schnupft, weil seine Mutter ihn schachmatt gesetzt
hatte, während ich Betty zum ersten Mal an diesem Tag
zufrieden lächeln sah.

»Ich hatte ganz vergessen, was für eine gerissene Spielerin sie ist«, meinte er und räumte die Figuren in die Holzschachtel.

Bettys Handy klingelte.

»Das ist Eva!«, rief sie und nahm den Videoanruf an. »Hallo, mein Spatzerl! Wie geht es dir denn?«

»Hi, Omi! Hey, wow! Du hast ja blaue Haare!«

»Äh … ja, das ist …« Betty wusste offenbar nicht, was sie sagen sollte.

»Das sieht mega aus. Echt krass! Ich wusste es ja immer, du bist einfach die coolste Omi der Welt!« Eva hörte sich begeistert an.

Philip und ich warfen uns amüsierte Blicke zu.

»Nun … na ja, gefällt es dir wirklich?«

»Und wie! Da können sich andere langweilige Omas echt eine Scheibe von dir abschneiden. Schade, dass du nicht bei mir bist, dann könnte ich hier so richtig mit dir angeben.«

»Ach, komm«, winkte Betty ab, es sah aber ganz danach aus, als wäre sie ausgesprochen erfreut.

»Bei welchem Friseur warst du denn?«, wollte Eva wissen.

»Tilda hat sie mir gefärbt.«

»Tilda? Du meinst, diese ätzende Krankenschwester, die dich so nervt?«

Der Blick, den Betty mir zuwarf, war fast ein wenig verlegen. Aber ich zuckte nur mit den Schultern. Inzwischen war ich es gewohnt, dass sie nur wenig schmeichelhaft über mich sprach.

Bevor sie ihrer Enkelin antworten konnte, schob

Philip sich vor die Kamera und sagte: »Hey, Eva! Deine Oma meinte nicht die *ätzende*, sondern die *exzellente* Krankenschwester. Da musst du dich verhört haben.«

Betty nickte, und ich verdrehte die Augen über diesen etwas peinlichen, wenn auch gut gemeinten Versuch.

»Onkel Phil! Du bist in Passau?«

»Ja, aber ohne dich ist es etwas langweilig hier.«

»Das kann ich mir vorstellen. Aber, hey, don't worry, in nicht einmal einem halben Jahr bin ich ja wieder zurück.«

»Wenn nicht, komme ich persönlich rüber und hole dich! Und jetzt stell ich dir Tilda vor, damit du sie auch mal richtig kennenlernst.«

Zu meiner Überraschung drehte er das Handy in meine Richtung.

»Äh ... hallo, Eva!« Ich winkte kurz in die Kamera. »Ich bin die Nervensäge.«

»Hi und sorry für vorhin. Ich wusste nicht, dass Sie in der Nähe sind, und hab's nicht böse gemeint mit der ätzenden Schwester«, erklärte sie mit einem schiefen Grinsen.

»Alles gut. Manchmal bin ich das vielleicht ja auch.«

Betty nahm ihrem Sohn das Handy aus der Hand.

»Nicht nur manchmal! So, und jetzt verschwindet bitte mal. Ich möchte gern in Ruhe mit meiner Enkelin quatschen!«

Als wir aus dem Zimmer gingen, sagte ich: »Eva liegt ihr sehr am Herzen.«

Philip nickte.

»Die beiden sind schon immer ganz besonders eng. Sie hat die Kleine aber auch mehr oder weniger großgezogen, weil meine Schwester während des Studiums schwanger wurde. Ohne Mutter hätten Franzi und Richi es vergessen können, auch noch die langwierige Facharztausbildung in der Chirurgie zu machen. Oder zumindest einer der beiden hätte verzichten müssen.«

»Wie hat Betty das denn gemacht? Sie hatte doch selbst auch einen Job.«

»Bis Eva in den Kindergarten kam, hat sie die Stunden im Büro reduziert und ziemlich jongliert. Das weiß ich noch. Sie hat zur Überbrückung sogar einen Teil ihrer Ersparnisse aufgebraucht, um Franzi und Richi mit dem Kind zu unterstützen. Aber für die Kleine hätte sie vermutlich alles getan.«

»Eva ist inzwischen schon ein halbes Jahr in Amerika, oder?«

Er nickte.

»Womöglich ist das ja der Grund, weshalb Betty sich so verändert hat. Sicher vermisst sie Eva«, mutmaßte ich und hatte endlich das Gefühl, eine Erklärung gefunden zu haben.

»Da könntest du recht haben, Tilda. Mutter hatte ihr Leben lang immer eine Aufgabe. Jetzt ist sie in Rente und hat nur noch die Katzen, auf die sie ab und zu aufpassen muss, wenn meine Schwester und ihr Mann unterwegs sind. Vielleicht vermisst sie es einfach, richtig gebraucht zu werden.«

Später saßen wir gemütlich beim Abendessen. Betty war so ausgeglichen und fröhlich, wie ich sie bisher noch gar nicht erlebt hatte. Dass die blauen Haare bei ihrer Enkeltochter so gut angekommen waren, hatte ihre Einstellung dazu völlig auf den Kopf gestellt. Und es war ja auch verständlich, wer wollte nicht die supercoolste Omi der Welt sein? Auch wenn das natürlich nicht unbedingt von der Farbe der Haare abhängig war.

Diese Beobachtung stützte auch meine Annahme, dass ihre Veränderung wohl damit zu tun haben musste, dass Eva so weit weg war.

Jedenfalls hatten wir einen richtig schönen Abend. Die Auseinandersetzungen mit Betty schienen – zumindest für ein paar Stunden – wie weggeblasen zu sein.

Als Philip seiner Mutter das Essen in kleine Stücke schnitt und sie sich mit einem Lächeln bedankte, konnte ich das Gefühl von Wärme und Nähe zwischen ihnen fast körperlich spüren. Und schlagartig war mir klar, wie sehr ich so ein Gefühl viele Jahre lang vermisst hatte. Eigentlich seit dem Tod meiner Mutter. Ich hatte Andreas geliebt, aber so richtig wohl und angenommen hatte ich mich in seiner Familie nie gefühlt, obwohl ich mir das sehnlich gewünscht hatte. Ständig hatte ich die Sorge gehabt, meiner Schwiegermutter nicht zu genügen oder etwas falsch zu machen. Im Rückblick betrachtet, hatte ich Andreas wohl auch deswegen immer so viel abgenommen und mich um alles gekümmert, damit seine Mutter mit mir als Schwiegertochter zufrieden war und Harmonie herrschte. Doch egal, was ich versucht hatte, es war für sie nie genug gewesen. Und Wärme strahlte

Antje ohnehin nur dann aus, wenn sie einen eingeschalteten Föhn in der Hand hielt.

Ich griff nach dem Anhänger an meiner Halskette. Meine Oma hatte mir versprochen, dass der kleine Elefant mir Glück bringen würde. In diesem Moment wünschte ich mir das Glück, in einer zukünftigen Partnerschaft auch dieses Wohlbefinden und die Wärme zu erleben, die ich hier gerade verspürte.

»Sollen wir in den nächsten Tagen mal wieder zusammen in die Stadt fahren?«, schlug ich Betty vor.

»Gern. Kommst du dann auch mit, Philip?«

»Mal sehen. Ich muss unbedingt arbeiten …«

Ich warf ihm einen Blick zu, der ihn daran erinnerte, dass seine Mutter momentan besonders viel Zuwendung der Familie brauchte.

»… aber das lässt sich bestimmt einrichten«, fügte er hinzu.

»Ach, ich habe ja noch was für dich, Betty!« Ich stand auf und ging zu meiner Tasche, die ich vorhin neben einem der Liegestühle abgestellt hatte. Ich bückte mich, um das Päckchen herauszuholen. Plötzlich spürte ich eine Art Schlag auf meinem Rücken und zuckte erschrocken zusammen. Es dauerte einige Sekunden, bis ich realisierte, dass eine Katze auf mir gelandet war. Und durch Bettys Ruf »Jojo!« erfuhr ich, welcher der beiden Gauner es war.

Während ich mich mit dem Päckchen in der Hand vorsichtig aufrichtete, damit Jojo nicht abrutschte und mir beim Festhalten womöglich den ganzen Rücken zerkratzte, setzte der Kater sich auf meine linke Schulter und schwang dabei seinen rot-weiß geringelten Schwanz vor meinem Gesicht hin und her. Ich drehte mich langsam zum Tisch. Philip grinste breit. Betty hingegen sah mich erstaunt an.

»Das hat Jojo bisher immer nur bei Eva gemacht!«, sagte sie verblüfft. »Seitdem sie weg ist, bei keinem mehr.«

»Ich glaube, das bedeutet, der Kater mag dich, Tilda«, meinte Philip.

»Ich mag ihn auch, aber vielleicht kannst du ihn trotzdem von meiner Schulter nehmen?«, bat ich.

»Klar … Wobei, ich finde, er steht dir ganz gut, so als pelziges Accessoire.«

»Dann werde ich ihn mir nächstes Mal ausleihen, wenn ich ausgehe«, scherzte ich. »Denn die modebewusste Frau von heute trägt Jojo anstatt Joop!«

Lachend nahm er den kleinen Kerl und setzte ihn auf den Boden. Jojo maunzte kurz, dann entdeckte er eine Motte und sprang ihr hinterher.

Ich reichte Betty das Päckchen.

»Ein Geschenk, für mich?«, fragte sie völlig verdutzt.

»Eher der Versuch einer kleinen Wiedergutmachung.«

Sie sah mich ein paar Sekunden lang an.

»Kannst du es mir auspacken?«, bat sie dann.

»Moment. Das mache ich«, meinte Philip und nahm sich das Päckchen. Er riss das Papier herunter und öffnete dann die Schachtel.

»Ein Handspiegel!«, sagte er etwas verwundert, und Betty lächelte.

»Gute Nacht, Betty!«, wünschte ich, nachdem ich ihr später ins Bett geholfen hatte, und ging zur Tür.

»Tilda, warte bitte!«, rief sie mich zurück.

»Ja?«

»Das mit dem Spiegel, das war eine nette Geste von dir.«

»Schließlich ging der andere meinetwegen kaputt.«

»Ja. Und die sieben Jahre Pech gehen weiterhin auch auf dein Konto. Trotzdem, danke … Schließen wir Frieden?«

Ich sah sie mit einem Lächeln an.

»Haben wir doch längst, oder?«

Sie nickte.

»Haben wir!«

Und ich hoffte sehr, dass dieser Frieden diesmal auch halten würde.

Als ich nach oben ging, kam Philip gerade aus dem Badezimmer und grinste.

»Du bereitest dich also schon auf morgen vor?«, fragte er erfreut.

»Was meinst du?«, fragte ich irritiert.

»Na, dein Bikini – sollen wir es gleich in der Früh versuchen?«

»Ach, der Bikini!«

Stimmt! Ich hatte ganz vergessen, dass der noch im Bad hing. Reflexartig suchte ich nach einer plausiblen Ausrede, um das Ganze auf unbestimmte Zeit zu verschieben. Doch plötzlich hielt ich inne. Das Leben war immer und überall voller Risiken und Gefahren. Oder voller verpasster Chancen. Und auch wenn ich weiterhin Angst hatte, so konnte ich mir nicht vorstellen, dass Philip mich morgen im Schwimmteich ertrinken lassen würde. Vielleicht war es wirklich an der Zeit, mich meinen alten Geistern endlich zu stellen. Und mit einem Mal kam mir noch etwas in den Sinn. Mein Vater hatte damals heldenhaft sein Leben riskiert, weil er einen anderen Menschen aus dem Wasser hatte retten wollte. Ihm wäre es vermutlich ganz besonders wichtig, dass seine Tochter endlich schwimmen lernte, um bei einer Gefahr zumindest eine Chance zu haben, sich selbst zu helfen.

Ich sah Philip an und nickte.

»Ja. Versuchen wir es morgen!«

Kapitel 16

Schwimmnudel

Während Marie im Turbogang das Haus putzte und gleichzeitig für Betty da war, sollte sie etwas benötigen, stand ich in meinem neuen roten Bikini an der Metallleiter, die ins grünlich schimmernde Wasser führte. Philip schwamm hin und her und wartete darauf, dass ich endlich den ersten Schritt tat. Neben ihm trieb eine rosafarbene Schwimmnudel. Vorhin hatte er mir schon bei Trockenübungen erklärt, wie ich meine Arme und Beine richtig bewegen musste. Theoretisch wusste ich also schon Bescheid, doch nun kam der schwierige praktische Teil.

»Wenn du noch lange an der Treppe stehst, bekommst du einen Sonnenbrand an den Schultern!«, rief Philip mir zu. Und tatsächlich war heute ein besonders heißer Tag. Schon am Vormittag hatte es neunundzwanzig Grad im Schatten, da würde mir eine Abkühlung sicher guttun.

»Kann man im Wasser stehen?«, fragte ich.

»Ja. Und ich und die Schwimmnudel sind auch noch da. Also musst du überhaupt keine Angst haben, Tilda.«

Er schwamm bis zum Einstieg und sah zu mir nach oben. Im Licht der Sonne funkelten seine braunen Augen fast golden.

»Schau mal, das Wasser trägt einen sogar, wenn man gar nichts tut.«

Er drehte sich auf den Rücken, streckte alle Viere von sich und ließ sich sanft im Wasser treiben, was zugegebenermaßen ein sehr reizvoller Anblick war. Dann drehte er sich wieder um und streckte mir die Hand entgegen.

»Pass auf, Tilda. Du musst heute noch gar nicht schwimmen. Ich ziehe dich im Wasser rüber zum Steg, und du hältst dich dort mit den Armen fest und wir machen nur Übungen mit den Beinen.«

»Mehr nicht?«

»Mehr nicht. Dabei kann überhaupt nichts passieren.«

»Na gut.«

Ich drehte mich mit dem Rücken zu ihm und stieg wagemutig die Leiter eine Stufe nach unten. Das Wasser an meinen Füßen war frisch, aber nicht zu kalt. Angenehm bei der Hitze.

»Super. Und jetzt die nächste Stufe«, feuerte er mich an.

Ich hielt mich am Griff der Metallleiter fest, während ich tapfer weiter nach unten stieg. Das Wasser reichte nun bis zu meinen Waden. Außer in einer Badewanne hatte ich noch nie so tief im Wasser gestanden. Bei der nächsten Stufe ging es schon über meine Knie.

»Genau so. Und jetzt noch eine letzte Stufe!«, hörte ich seine Stimme ganz nah hinter mir. »Und keine Sorge. Ich halte dich fest.«

Nun reichte das Wasser bis zur Mitte meiner Oberschenkel.

»Super hast du das gemacht. Ich kühle dich schon mal ein wenig ab«, sagte er und schöpfte mit der Hand Wasser über meine Schultern und Arme. Die Kälte auf der von der Sonne erhitzten Haut bescherte mir eine leichte Gänsehaut. Doch es fühlte sich gleichzeitig herrlich an.

»Und jetzt nicht erschrecken. Ich halte dich gleich an den Hüften fest und du lässt los und legst beide Arme über die Schwimmnudel. Dabei kann nichts passieren.«

Ich spürte seine Hände an den Hüften und seinen Atem an meinem Hals, und mein Herz klopfte vor Aufregung schneller.

»Jetzt lass los, Tilda!«, forderte er mich auf.

Doch in diesem Moment musste ich wieder an meinen Vater und die mahnenden Worte meiner Mutter denken, und die alte Angst stieg in mir hoch.

»Ich kann nicht!«, rief ich und versuchte, so schnell wie möglich wieder die Treppe nach oben zu kommen. Doch als ich gerade die letzte Stufe nehmen wollte, rutschte ich mit meinen inzwischen nassen Händen am Metall ab, und ehe ich wusste, wie es mir geschah, plumpste ich rückwärts in den Badeteich. Allerdings hatte Philip mich bereits wieder gepackt und hielt mich fest, während ich panisch strampelte.

»Es ist alles gut, Tilda. Halt still, ich hab dich doch.«

Ich erkannte, dass er mich tatsächlich so fest hielt, dass ich mit dem Kopf nicht untertauchte, und hörte auf, so wild zu strampeln.

»So war das zwar nicht geplant, aber immerhin bist du jetzt im Wasser«, scherzte er und zog mich zum Holzsteg, der nur knapp über dem Wasser im Halbschatten lag. Ich legte die Arme auf den Steg und hielt mich fest.

»Super. Und jetzt paddelst du einfach langsam mit den Beinen auf und ab, damit du ein Gefühl für den Widerstand im Wasser bekommst.«

»Okay.«

Eigentlich war es gar nicht so schlimm wie befürchtet. Außerdem hatte er mir mehrfach versichert, dass ich im Wasser stehen konnte. Letztlich konnte mir in seiner Nähe wirklich nichts passieren.

»Alles gut?«, fragte er und sah mich mit einem Lächeln an.

»Danke, dass du das mitmachst, Philip. So wie ich mich anstelle, ist das ja echt peinlich.«

»Ehrlich gesagt, hatte ich nicht damit gerechnet, dass du heute überhaupt schon ins Wasser gehst. Ich finde, es läuft super fürs erste Mal, wenn man deine Vorgeschichte bedenkt!«

Das waren wirklich aufmunternde Worte.

»So, und jetzt geht es zurück zur Treppe, aber diesmal mit der Schwimmnudel.«

Er schob sie mir unter die Arme, und ich spürte, dass sie mich trug. Trotzdem hielt Philip mich an einer Schulter fest, bis ich mich daran gewöhnt hatte.

»Können wir noch ein wenig hin und her paddeln?«, fragte ich, als wir die Treppe schon fast erreicht hatten. Als schwimmen konnte man das ja noch nicht bezeichnen.

»Aber klar!«

Je länger ich im Wasser war, desto sicherer fühlte ich mich. Auch Philips Griff lockerte sich nach und nach, trotzdem blieb er ganz nah bei mir.

Etwa zehn Minuten später stieg ich aus dem Schwimmteich und fühlte mich, wie sich ein Bergsteiger nach der Ersteigung des Mount Everest fühlen musste. Einfach großartig! Denn tatsächlich war mir die Angst vor Gewässern bisher fast unüberwindlich erschienen. Umso herrlicher war es, den ersten großen Schritt getan zu haben. Beim nächsten Mal würde alles schon viel leichter gehen. Da war ich mir sicher.

»Echt super gemacht!«, lobte Philip mich, während wir uns abtrockneten. »Wenn du möchtest, können wir jeden Tag ein wenig üben.«

»Das wär super, danke!«

»Und vielleicht versuchst du ab und zu auch draußen die Schwimmbewegungen, die ich dir gezeigt habe.«

»Werde ich.«

Wir legten uns zum Trocknen auf die Liegestühle unter die Schatten spendende Markise.

»Das ist echt wie im Urlaub hier«, sagte er nach einer Weile und seufzte wohlig. »Ich könnte hier stundenlang faulenzen.«

»Hmm«, stimmte ich ihm zu. Es tat wirklich gut.

Er lachte leise, und ich warf ihm einen fragenden Blick zu.

»Meine Ex hätte es keine zehn Minuten im Liegestuhl ausgehalten. Sie braucht immer Action und ist eher der Typ Städte- und Erlebnisreisen. Ich mag das schon auch, aber manchmal will ich einfach auch mal nur gemütlich chillen.«

Seine Worte machten mich neugierig.

»Darf ich dich was fragen, Philip?«

»Nur raus damit.«

»Warum ist eure Beziehung schiefgegangen?«

Er schwieg für einige Sekunden, und ich dachte schon, er würde gar nicht antworten.

»Ich erspare dir die lange Version«, begann er dann schließlich doch.

»Gegen längere Geschichten habe ich nichts«, beteuerte ich.

»Glaub mir, das willst du alles gar nicht hören.«

»Na gut, dann die Kurzfassung.«

Er atmete einmal tief durch.

»Hauptsächlich scheiterte es daran, dass meine damalige Freundin einfach nicht akzeptieren konnte, dass ich während meiner Arbeit im Studio manchmal zwei oder auch mal drei Tage keine Zeit für sie hatte. Dabei habe ich ansonsten versucht, meinen Job als Freiberufler so gut es ging an ihre Arbeitszeiten anzupassen. Nur immer ging das halt nicht. Aber das hätte sich gewiss alles regeln lassen, wenn sie nicht generell versucht hätte, mich zu ändern.«

»Was hat ihr denn nicht an dir gepasst?«, fragte ich, während ich mich sorgfältig mit Sonnenmilch eincremte.

»Och, so einiges. Sie wollte, dass ich mich anders anziehe, dass ich meine Ernährung so umstelle, wie sie das für richtig hielt. Und wie ich vorhin schon sagte, wenn ich Lust auf einen Strandurlaub hatte, wollte sie zum Mountainbiken in die Alpen oder einen Trip nach Paris machen. In meinem alten Freundeskreis fühlte sie sich auch nicht wohl. Und eigentlich wäre es ihr am liebsten gewesen, ich hätte mir einen anderen Job gesucht. Manchmal frage ich mich noch heute, warum sie sich – angeblich, inzwischen zweifle ich ja daran – überhaupt in mich verliebt hat, wenn ich in so vielen Dingen genau das Gegenteil von dem war, was sie später aus mir machen wollte.«

Erstaunlicherweise entdeckte ich einige Parallelen zu meiner Ehe mit Andreas. Ich hatte mich seinen Wünschen und Vorlieben auch sehr angepasst, allerdings war mir das lange Zeit nicht wirklich bewusst gewesen.

»Und dann letztes Weihnachten bei ihren Eltern«, fuhr er fort. »Da musste ich mir auch von denen einen Vortrag darüber anhören, welche Bedenken sie hätten, wenn der zukünftige Mann ihrer einzigen Tochter einen so unsicheren Job habe wie ich. Diese finanzielle Unsicherheit könne man ihrer Tochter doch nicht zumuten. Dabei verdiene ich wirklich nicht schlecht, doch das reichte ihnen nicht. Wie man denn da eine Familie gründen könne? Da hatte es mir dann endgültig gereicht.«

Er drehte seinen Kopf zu mir und zuckte mit den Schultern.

»Manchmal passt es eben nicht.«

»Das stimmt. Schade nur, wenn man dann ewig braucht, das zu erkennen.«

»Das war bei dir so?«

Ich nickte. Doch bevor ich mehr erzählen konnte, kam Marie auf die Terrasse.

»Ich mach nur kurz eine Pause.« Sie steckte sich eine Zigarette an.

»Was macht Betty?«, fragte ich.

»Die ist in ihrem Zimmer und tippt was auf dem Laptop.«

»Ich geh mal zu ihr. Sie muss unbedingt ihre Übungen machen«, sagte ich.

Philip stand auf.

»Und ich muss jetzt auch endlich was arbeiten.«

»Dann übernehme ich später das Kochen.«

»Danke!«

Kapitel 17

Alte Dinge

Da bei der Hitze keiner sonderlich Lust auf warmes Essen hatte, gab es eine große Schüssel Nudelsalat mit Tomaten, Mozzarella, Rucola und gerösteten Pinienkernen. Eigentlich hatte ich am Nachmittag mit Betty in die Stadt fahren wollen, aber für einen Bummel war es uns heute zu heiß. Ich hatte es mir gerade mit dem Fantasyroman im Schatten auf der Terrasse gemütlich gemacht, als mein Handy summte. *Andreas!* Während ich noch überlegte, ob ich das Gespräch annehmen sollte, kam Philip mit zwei Tassen Cappuccino und stellte eine davon auf dem kleinen Tisch neben meiner Liege ab.

»Danke.«

Er setzte sich an den Gartentisch vor seinen Laptop.

Da ich wusste, dass Andreas nicht lockerlassen würde, bis er mich erreichte, wollte ich es am besten doch gleich hinter mich bringen.

»Ja hallo!«

Hi, Tilda. Ich bin's, Andreas!«

Als ob ich in den letzten Wochen deine Nummer vergessen hätte oder wie deine Stimme klingt!

»Was gibt's?«

»Ich bin momentan beim Umzug in die Villa zu Marlene!«, erklärte er.

Das hatte ich natürlich schon erwartet, trotzdem versetzte mir das einen Stich. Vor allem ärgerte es mich, dass er sich schon vor Monaten unbemerkt und direkt vor meiner Nase ein Nest für sich und seine neue Familie gebaut hatte, auch wenn die Villa offiziell auf Marlene Kaiser lief.

»Und wir räumen gerade die Penthousewohnung für meine Eltern aus«, fuhr er fort.

»Deine Eltern? Antje und Rainer ziehen nach Passau?«, fragte ich überrascht.

»Ja. Das bietet sich alles ganz wunderbar an. Als zukünftige Großeltern wollen sie natürlich so viel wie möglich von ihren Enkelkindern mitbekommen und Marlene mit den Zwillingen unterstützen, wenn ich arbeite. Deswegen verkaufen sie ihr Haus in Frankfurt und ziehen hierher.«

Auch wenn es weh tat, wie er sich plötzlich als zukünftiger Familienvater aufspielte, so dankte ich dem Himmel, dass Antje nicht schon während meiner Ehe in unsere Nähe gezogen war.

»Tilda? Bist du noch da?«

»Klar. Ich habe dir nur zugehört, wie prächtig es euch allen geht.«

Philip zog bei meinen Worten fragend die Augenbrauen hoch. Ich zuckte nur kurz mit den Schultern.

»Gut. Also Folgendes: Beim Ausräumen haben wir noch einiges von dir gefunden, und Mutter will die Sachen aus der Wohnung haben.«

Natürlich will sie das. Meiner Exschwiegermutter und ihrem Sohn kann es ja gar nicht schnell genug gehen, dass ich komplett aus ihrem Leben verschwunden bin! Ich merkte, wie dieser Zorn wieder in mir hochkochte, der sich in den letzten Tagen in eine dunkle Ecke verkrümelt hatte. Ich hoffte, dass ich diese Krümel bald ganz aus mir fegen konnte. Doch noch war es nicht so weit, wie ich mir leider eingestehen musste.

Offenbar sprach meine Miene Bände, denn Philip sah mich mit einem Stirnrunzeln an.

»Wir haben alles in Kartons gepackt.«

»Auch den Schmuck, den ich im Tresor vergessen habe?«, fragte ich plötzlich.

Das brachte Andreas aus dem Konzept.

»Den Schmuck? Natürlich nicht. Ich ging davon aus, dass du ihn nicht wolltest. Außerdem waren das sowieso alles teure Geschenke von mir und deswegen ...«

»Keine Sorge, Andreas«, unterbrach ich ihn. »Du hast schon recht. Ich will deinen Schmuck gar nicht. Der hat noch nie zu mir gepasst. Soll deine Neue ihn doch tragen.«

Er seufzte.

»Ach, Tilda, ich merke schon, du hast es also immer noch nicht überwunden, dass ich dich verlassen habe?«, fragte er und versuchte dabei, mitfühlend zu klingen.

»O doch, Andreas. Ganz im Gegenteil. Ich habe gemerkt, dass es mir ziemlich gut geht ohne dich.«

»Ach ja? ... Na, das freut mich für dich.«

Es hört sich aber anders an.

»Mutter und ich würden dir die Sachen gern gleich vorbeibringen, damit sie nicht länger im Weg stehen.«

»Was? Wieso kommt deine Mutter auch mit?«

»Marlene ist es lieber, wenn wir das gemeinsam machen«, antwortete er ausweichend.

»Aha«, sagte ich nur und verkniff mir einen hämischen Kommentar, der mir auf der Zunge lag. Brauchte Andreas jetzt Antje als Anstandswauwau? Sie hatte doch wohl nicht etwa Sorge, dass Andreas und ich etwas anstellen könnten, wenn wir allein wären? Hatte sie jetzt schon so wenig Vertrauen in ihren neuen Partner? Fast hätte ich laut losgelacht.

»Übrigens, Post ist auch noch dabei, die für dich gekommen ist. Hast du inzwischen schon eine Wohnung gefunden, oder bist du noch bei Anette?«

Und in diesem Moment kam wieder dieses kleine Teufelchen in mir hoch und übernahm für mich.

»Ich bin nicht mehr bei Anette, ich habe was anderes gefunden, aber ich kann dir gern meine neue Adresse geben. Schreibst du mit?«

»Moment. Jetzt ... Wo muss ich hin?«

Ich diktierte ihm die Adresse des Hauses der Lotts.

»Gut. Ich bin in etwa zwanzig Minuten da.«

»Okay. Dann bis gleich.«

Ich legte auf und atmete einmal tief durch.

Philip sah mich mit einem amüsierten Blick an.

»Das war dein Exmann?«

Ich nickte.

»Und du hast eine Stinkwut auf ihn?« Er hatte mein Gespräch mit Andreas völlig richtig interpretiert.

Ich nickte erneut.

»Du hast ihm diese Adresse gegeben, und er denkt jetzt, du wohnst hier?«

»Ja. Und ich weiß, das ist eigentlich überhaupt nicht okay, aber ich wollte …«

»Hey. Kein Problem!«, unterbrach Philip mich. »Soll ich dir vielleicht dabei helfen, ihm zu zeigen, wie gut es dir ohne ihn geht?«

Ich spürte, wie das kleine Teufelchen bei diesem Vorschlag applaudierte.

»Also, wenn du das machen würdest, das wäre echt toll von dir!«

»Das würde mir sogar ein großes Vergnügen bereiten.«

»Aber Andreas und seine Mutter kommen schon in zwanzig Minuten.«

»Na, dann müssen wir uns echt beeilen.«

Er warf einen Blick auf meine kurze Hose und das weite T-Shirt, das schon etwas ausgewaschen war, und schüttelte den Kopf.

»Hm … Das geht aber nicht. Zieh dir lieber irgendwas an, das sexy ist und teuer aussieht.«

»Aber so was habe ich nicht dabei. Außerdem kennt er meine Sachen doch alle.«

»Dann hol dir einfach was aus dem Kleiderschrank meiner Schwester.«

Inzwischen hatte Marie die Sachen, die Jojo am Boden verstreut hatte, als er eingesperrt gewesen war, gewaschen und gebügelt wieder gebracht und eingeräumt. Bis auf ein paar wenige Kleidungsstücke, die nicht mehr zu retten gewesen waren.

»Das ist mir aber alles zu groß«, befürchtete ich.

»Dann improvisiere einfach, Tilda! Du kriegst das schon hin.«

In diesem Moment kam Betty aus ihrem Zimmer auf die Terrasse gefahren. Sie wirkte genervt.

»Dieser blöde Laptop macht mich noch ganz verrückt. Der ist mir heute schon zweimal abgestürzt. Irgendwann kaufe ich mir einen neuen!«

»Ich schau ihn mir die Tage mal an!«, rief ich, während ich an ihr vorbei nach oben flitzte und Philip noch sagen hörte: »Mutter, wir müssen gleich ein wenig Theater spielen. Und du musst mitmachen!«

Knapp zwanzig Minuten später klingelte es draußen am Tor. Ich eilte die Treppe nach unten, aber Betty war schon an der Sprechanlage.

»Ja, wer ist denn da?«, fragte sie, während Philip aus dem Wohnzimmer kam. Er trug eine schwarze Jeans und ein schwarzes Hemd, das er an den Ärmeln hochgekrempelt hatte, und wirkte damit gleichzeitig lässig, aber auch irgendwie intellektuell.

»Hier ist Andreas Buschmann. Ich möchte zu meiner ... also zu Tilda«, kam es aus dem Lautsprecher.

»Wie bitte? Können Sie das noch mal wiederholen?«, fragte Betty besonders laut und langsam, als ob sie – oder ihr Gegenüber – schwerhörig wäre.

»Andreas Buschmann hier! Tilda weiß Bescheid, dass ich komme und erwartet mich schon.«

»Na gut. Fahren Sie mit Ihrem Auto herein.«

Doch sie drückte nicht auf den Toröffner.

Ich musste grinsen.

»Mutter spielt bei unserem Spielchen mit!«, sagte Philip gut gelaunt. Die Sache schien ihm jetzt schon riesigen Spaß zu machen.

»Ich weiß gar nicht, was genau wir eigentlich jetzt spielen!«, meinte ich, schon ein wenig nervös.

»Ganz einfach. Das hier ist dein neues Zuhause, und ich bin der neue Mann an deiner Seite. Und Mutter ist deine zukünftige neue Schwiegermutter. Und dein Ex soll sehen, wie glücklich und verliebt du bist.«

Ich grinste. *Genau das sollen sie sehen!*

»Und du siehst übrigens perfekt aus«, sagte er. »Richtig chic und sexy.«

»Danke!« Meinte er das ernst, oder war er schon in seiner Rolle?

Ich hatte bei Franziskas Sachen eine edle türkisfarbene Longbluse aus Seide entdeckt, die ich mit einem goldenen Gürtel wie ein Minikleid trug. Darunter hatte ich meinen roten Bikini an, der unter dem weit aufgeknöpften Ausschnitt frech hervorblitzte. In aller Eile hatte ich noch schnell meine Zehennägel rot lackiert, allerdings war der Lack noch nicht ganz trocken, deswegen war ich barfuß.

»Muss ich irgendwas besonders beachten?«, fragte Betty und wirkte nun ebenfalls schon ein wenig nervös.

»Wir müssen nur glaubhaft vermitteln, dass Tilda und ich ein frisch verliebtes Paar sind und du dich darüber sehr freust«, erklärte Philip.

»Das schaffe ich.«

Es klingelte erneut. Diesmal energischer.

Betty ging wieder an die Sprechanlage und zwinkerte uns zu.

»Ja bitte?«

»Hier noch mal Andreas Buschmann. Das Tor ging nicht auf.«

»Wie bitte?«

»Das. Tor. Ging. Nicht. Auf!«, wiederholte Andreas überdeutlich und wirkte schon etwas genervt.

»Oh, dann muss ich noch mal fester drücken! Kleinen Moment ...«, sagte sie, und Philip und ich prusteten los.

»Hört auf zu lachen! Und geht rüber ins Wohnzimmer«, mahnte uns Betty und drückte endlich auf den Knopf.

Philip nahm meine Hand und zog mich mit.

Er setzte sich ans Klavier und ich mich neben ihn.

»Es ist echt super von dir, dass du das so spontan mit mir durchziehst«, sagte ich.

»Irgendwie habe ich das Gefühl, dass dein Ex das verdient. Und du bist mir einfach sympathisch. Da kann ich dich doch nicht hängen lassen.«

Er lächelte und legte die Hände auf die Klaviertasten.

»Hast du einen besonderen Musikwunsch, Tilda?«

Ich schüttelte den Kopf.

»Spiel einfach was Passendes.«

»Okay ...«

Ich erkannte das Lied schon nach den ersten Tönen und grinste: *My Girl* von The Temptations. Perfekt!

Von draußen hörten wir, wie Betty Andreas und Antje begrüßte. Nur zu gern hätte ich das Gesicht der beiden beim Anblick von Bettys Frisur gesehen.

»Die Turteltäubchen sind im Wohnzimmer. Kommen Sie mit.«

»Lehn dich ein bisschen an mich!«, murmelte Philip, während er gefühlvoll das Stück spielte.

Ich rutschte zu ihm, und ein schwacher Duft seines Aftershaves stieg betörend in meine Nase und verwirrte mich. Genau wie die Tatsache, dass ich mich auch körperlich in seiner Nähe sehr wohlfühlte. In diesem Moment kam Betty langsam mit dem Rollstuhl ins Wohnzimmer gefahren, gefolgt von Andreas und Antje mit je einem Karton in der Hand.

»Dein Besuch, Tilda!«

»Oh, da seid ihr ja schon! Die Sachen könnt ihr aufs Sofa stellen.« Ich löste mich von Philip, der aufhörte zu spielen, und stand auf.

Antje und Andreas sahen mich völlig konsterniert an, während sie die Kartons abstellten.

»Du hast schon einen neuen Freund?«, rutschte es Antje heraus.

»Na ja. Warum denn auch nicht?«, fragte ich mit einem Lächeln. Es tat so gut, ihren ungläubigen Blick zu sehen.

»Philip, darf ich vorstellen, Andreas, mein Exmann und meine Exschwiegermutter Antje.«

Er stand vom Klavier auf, ging auf die beiden zu und schüttelte zuerst Antje, dann Andreas die Hand.

»Meine Mutter und ich waren schon gespannt darauf, Sie kennenzulernen!«, beteuerte er freundlich, während er an meine Seite kam. »Nach allem, was Tilda uns schon erzählt hat.«

Philip legte einen Arm um mich und zog mich an sich, was sich ziemlich gut anfühlte. Nicht nur, weil Andreas' Lächeln einfror.

»O ja. Auch wenn wir nicht so überraschend mit Ihrem Besuch gerechnet haben«, meinte Betty mit süßlicher Stimme. »Dürfen wir Ihnen was anbieten? Kaffee oder ein Glas Champagner vielleicht?«

»Nein, danke!«, sagte Andreas, und seine Mutter rief gleichzeitig: »Champagner, bitte.«

Das war ja klar. Zu einem edlen Tröpfchen hatte sie noch nie Nein sagen können.

»Wir wollen euch aber wirklich nicht aufhalten. Ich weiß doch, dass ihr mitten im Umzug steckt und wie viel Arbeit das macht. Ich bin ja auch erst kürzlich hier eingezogen«, flötete ich.

»Und schon jetzt kann ich es mir ohne dich gar nicht mehr vorstellen«, schwärmte Philip.

Hoffentlich übertreibt er es nicht.

»Wo habt ihr euch denn eigentlich kennengelernt? Und wann?«, wollte Antje wissen.

Auf diese Frage war ich nicht vorbereitet.

»Ach, das war wirklich sehr witzig«, sprang Philip jedoch ein. »Wir standen beide in der Schlange an, beim Eiscafé Rialto. Tilda wollte natürlich wie immer ihr Lieblingseis.«

Er warf mir einen Blick zu.

»Crema Veneziana«, sagte ich.

»Das ist übrigens auch mein Lieblingseis … Ist das nicht ein irrer Zufall? … Aber *unser Eis* war ausgerechnet an diesem Tag aus. Schließlich war Pfingsten, da war besonders viel los. Deswegen grübelten wir beide, was wir nun stattdessen nehmen sollten. Tja … Das ging am besten bei einem Cappuccino. Und dabei haben wir stundenlang geredet.«

Ich war erstaunt, wie spontan und erfindungsreich Philip war.

»Und dann hat sich alles so schnell entwickelt. Nicht wahr, meine Süße?«

Ich nickte. »Manchmal merkt man es halt einfach ganz schnell, wenn's passt!«

»Genau … Und dann ist leider der Unfall mit der Mama passiert. Und nach dem Krankenhaus war Tilda Tag und Nacht da, um zu helfen.«

»Sie ist wirklich ein Engel!«, beteuerte Betty, und ich musste mir ein Grinsen verkneifen, da ich vor wenigen Tagen noch die nervige ätzende Krankenschwester für sie gewesen war.

»Und da sie sowieso so oft da war und ohnehin eine Wohnung gesucht hat, haben wir kurzerhand beschlossen, dass sie ganz hier einzieht. Die beste Entscheidung überhaupt.«

Philip strahlte glücklich. Und hätte ich es nicht besser gewusst, dann hätte ich ihm diese Geschichte sogar abgekauft.

»Schön. Freut mich«, sagte Andreas kurz angebunden. »Aber jetzt sollten wir besser gehen, Mutter. Marlene wartet sicher schon.«

Trotzdem musterte er mich noch mal von oben bis unten. Vielleicht fragte er sich, wann ich in unserer Ehe das letzte Mal etwas so Reizvolles getragen hatte. Ich fragte mich das auch und konnte mich nicht mehr erinnern.

»Danke, dass ihr mir die Sachen vorbeigebracht habt.« Der Zweck unseres Theaters war damit erfüllt, und nun wollte ich, dass sie so schnell wie möglich wieder verschwanden.

»Mein Sohn und Marlene wollen ja das ganze alte Zeug loswerden«, meinte Antje, taktlos wie immer.

»Ach? Sie ziehen also ins Seniorenheim um?«, fragte Betty mit einem unschuldigen Lächeln.

»Ich? Natürlich nicht!«, antwortete Antje empört, die Bettys zweideutige Auslegung auf das »alte Zeug« entweder nicht hatte verstehen können oder wollen.

Ich hörte, wie Philip hüstelte, und hätte selbst fast laut losgelacht.

»Jetzt müssen wir aber wirklich los!«, meinte Andreas ungeduldig.

In diesem Moment fiel mein Blick auf die Kommode neben der Tür. Darauf standen zahlreiche Familienfotos von Franziska und Richard. Und vor allem von Eva. Vom ersten Babyfoto bis zu einem Porträt bei der Abiturfeier. Es gab nur ein Bild von Philip mit Franziska und Betty zusammen, als sie noch Kinder waren. Beim Betreten des Wohnzimmers hatten Antje und Andreas die Bilder nicht sehen können, aber wenn sie rausgingen, würden sie ihnen unweigerlich ins Auge fallen und dann könnten sie unser Spielchen womöglich durchschauen. Andreas drehte sich schon um, aber ich packte ihn am Arm und hielt ihn fest.

»Warte, Andreas!«

»Tilda, was ist denn?«, fragte er irritiert.

»Bevor ihr geht, müsst ihr unbedingt noch den Garten mit dem tollen Naturpool sehen.«

Als Betty mich fragend anschaute, nickte ich unauffällig zu der Kommode mit den Fotos. Sie schien sofort zu verstehen, worum es mir ging.

»Es gibt einen Pool? Wie schade, wo du doch gar nicht schwimmen kannst!«, meinte Andreas.

»O doch, ich habe es Tilda beigebracht. Sie hat es schnell gelernt«, schwindelte Philip.

»Und das hat so viel Spaß mit dir als Coach gemacht!«, schnurrte ich, und ohne dass ich es geplant hatte, legte ich ihm die Arme um den Hals und gab ihm einen Kuss.

Als wir uns lösten, sahen mich nicht nur Antje und Andreas an. Auch Betty schien überrascht, fasste sich jedoch schnell wieder.

»Und ich bringe dir gerne noch viel mehr bei!«, versprach Philip, und seine Stimme klang ein klein wenig heiser. Meine Beine fühlten sich plötzlich ganz wackelig an. Der Kuss, zu dem der kleine Teufel mich ganz spontan verleitet hatte, war eigentlich nur als Ablenkung gedacht gewesen, doch er ließ mein Herz unvermittelt schneller schlagen.

»Mutter, komm bitte!«

Andreas konnte sich mein Glück wohl nicht mehr länger anschauen, was mir ein herrliches Gefühl von Genugtuung gab.

»Aber nein, erst müsst ihr den Garten sehen. Ich bestehe drauf!«, mischte sich nun Betty ein. Zum Glück.

Meine Möglichkeiten, die beiden aufzuhalten, waren inzwischen schon ziemlich ausgereizt.

»Na gut!«, gab Andreas nach, um nicht unhöflich zu sein.

»Bitte, nach euch!«, sagte Philip und ließ die beiden vorangehen.

Ich stand noch lächelnd in der offenen Tür, während Betty bereits zur Kommode fuhr. Sie hob den Arm, kam aber im Sitzen gerade nicht an die Bilder ran.

Mist!

»Philip, zeig ihnen doch schon mal den Pool, ich komme gleich nach.«

Eilig flitzte ich zurück ins Wohnzimmer und legte die Bilderrahmen um.

In diesem Moment kam Antje wieder herein.

»Ich müsste kurz mal das Badezimmer benutzen«, sagte sie.

»Klar. Gleich links neben der Haustür!«

»Das war knapp!«, murmelte Betty, kaum dass Antje draußen war, und ich nickte erleichtert. Das war gerade noch mal gut gegangen.

Zehn Minuten später verabschiedeten Philip, Betty und ich uns von den beiden. Und als ob Lucky bei der Inszenierung auch noch mitspielen wollte, kam der hübsche Kater in letzter Minute auf uns zugelaufen und ich nahm ihn auf den Arm. Die perfekte frisch zusammengewürfelte Familie! So zumindest sollte der Eindruck für meinen Exmann und die Exschwiegermutter sein.

Wir winkten ihnen noch kurz zu, bevor sie in den Wagen stiegen und davonbrausten. Lucky begann sich schon zu winden, und ich setzte den Kater wieder ab.

»Wir sind ja schon ein wenig verrückt, oder?«, meinte Betty.

»Aber nur ein wenig«, fand Philip amüsiert. »Dieser Blick von ihr, als du sie gefragt hast, ob sie denn schon ins Seniorenheim zieht … Herrlich!«

Betty kicherte. »Schade, dass ihr nicht sehen konntet, wie ihnen vor Staunen der Mund offen stand, als ich den beiden die Tür öffnete. Eine ältere Dame im Rollstuhl mit verschiedenen Gipsverbänden und blau gefärbten Haaren haben sie in diesem Haus offenbar nicht erwartet.«

Ich lachte. »Ich kann es mir lebhaft vorstellen.«

»Aber deine Geschichte, wie ihr euch in der Eisdiele kennengelernt habt, die war auch nicht schlecht. Du hast wirklich viel Fantasie, mein Junge.«

»Danke, Mutter.«

»Die beiden müssen jetzt erst einmal damit klarkommen, dass ich nicht die *mit Gott und der Welt hadernde arme Verlassene* und auch kein *trauriges Häuflein Elend* bin«, sagte ich heiter.

»So wie dein Exmann immer wieder in deinen Ausschnitt geschaut hat, hatte ich zwischendrin schon die Befürchtung, dass er dich wieder zurückhaben will«, meinte Philip.

Ich schüttelte den Kopf.

»Wenn er es sich aussuchen dürfte, hätte er sicher eher das Haus als mich genommen. Ich konnte in seinen Augen deutlich sehen, wie er den Wert des Objektes ge-schätzt hat.«

»Jedenfalls bin ich froh, dass sie wieder weg sind«, meinte Betty.

»Und ich schaue jetzt mal nach, was in den Schach-teln drin ist, die sie so dringend loswerden wollten.«

Neben der Post, die ausschließlich aus Werbung be-stand und die deshalb sofort in der Papiertonne landete, handelte es sich hauptsächlich um Dekosachen, die An-dreas offenbar weder in die Villa mitnehmen noch seine Eltern in der Wohnung behalten wollten, CDs, ein We-cker zum Aufziehen, ein paar Bücher, zwei alte Han-dys und ein Walkman, der noch ein Kassettenlaufwerk hatte. Letztlich lauter Dinge, die auch ich nicht un-bedingt brauchte, die aber zum Wegwerfen zu schade waren. Außerdem hatte er noch zwei Fotoalben einge-packt. Eines mit den Hochzeitsbildern und ein zweites mit verschiedenen Fotos aus unserer gemeinsamen Zeit. Im ersten Moment war ich in Versuchung, alles in den Müll zu stopfen. Doch das konnte ich einfach nicht. Trotz allem hatte er zu meinem Leben gehört, und ich hatte ihn einmal geliebt. Vor allem hatte er mir das Ge-fühl gegeben, dass er mich brauchte, und das war ver-mutlich mein Motor gewesen, an seiner Seite zu sein und die Missbilligung seiner Mutter hinzunehmen, die mit der Wahl ihres Sohnes nie glücklich gewesen war. Diese Zeit durfte ich trotzdem nicht einfach so wegwerfen. Sie gehörte zu mir, genauso wie die Zukunft ohne ihn, die vor mir lag. Ich würde die alten Sachen mitnehmen und irgendwann entscheiden, was ich damit machen würde.

»Alles gut?«, fragte Philip, der ins Wohnzimmer gekommen war.

»Na ja … Gut wäre im Moment übertrieben. Aber
ich habe heute wieder viel gelernt.«

»Und welche Erkenntnis daraus gezogen?«, wollte er
wissen.

Ich dachte kurz nach. Dann lächelte ich.

»Dass ich schon sehr neugierig bin, was mich in der
Zukunft erwartet.«

Er lächelte.

»Das hört sich sehr positiv an.«

Betty kam hereingefahren.

»Hört mal. Ich finde, wir sollten auf unsere schauspie-
lerische Glanzleistung mit einem Gläschen anstoßen«,
schlug sie vor. »Ich habe uns schon einen Crémant in
den Kühlschrank gestellt, den gönnen wir uns später,
wenn es nicht mehr so heiß ist.«

Kapitel 18

Hingabe

Aus einer Flasche wurden zwei, und wir verbrachten einen ziemlich vergnüglichen Abend.

»Auch wenn es sich vielleicht eigenartig anhört, aber ich bin inzwischen froh, dass Andi …«, ich grinste, als ich die ungeliebte Abkürzung aussprach, »… also, dass Andi mich mit dieser Frau Kaiser betrogen hat.«

»Wirklich?«, fragte Betty.

»Ja, echt. Auch wenn es am Anfang ein totaler Schock war, geht es mir inzwischen jeden Tag besser ohne ihn. Ohne ihn und ohne seine Mutter. Das habe ich vorher nur nicht gewusst. Da dachte ich, es wäre alles normal und gut, so, wie es ist.«

Philip nickte.

»Ich weiß genau, was du damit sagen willst.«

Er schenkte uns allen noch mal nach.

»Man hat oft Angst davor, dass etwas auseinandergehen könnte, auch wenn man insgeheim längst weiß, dass es sowieso nicht mehr richtig funktioniert.«

»Eigentlich ziemlich traurig, oder?«, nuschelte ich.

Betty nickte. »Dabei heißt es: in guten wie in schlechten Tagen.«

»Aber das geht nur dann wirklich gut, wenn man als Paar noch auf einer Wellenlinie liegt und sich liebt oder wenigstens noch respektiert«, meinte Philip. »Wenn das nicht mehr funktioniert, dann ist es nur fair und für alle besser, wenn jeder seiner eigenen Wege geht.«

Betty nickte nachdenklich.

»Warum haben du und Alexander euch eigentlich getrennt?«, fragte ich sie plötzlich.

Sie sah mich mit großen Augen an.

»Wie kommst du denn jetzt wieder auf Alexander?«

»Als ich euch auf der Beerdigung von deiner Freundin zusammen gesehen habe, da …«

»Ich habe es dir schon mal gesagt, ich möchte nicht über ihn reden«, erklärte sie, nun ein wenig barsch.

»Tut mir leid, ich wollte nicht …«

Sie winkte ab.

»Es hat einfach nicht funktioniert. Mehr gibt es dazu nicht zu sagen.«

»Was ich damals echt schade fand, Mutter. Ich mochte ihn. Und ihr habt euch so gut verstanden.«

»Manchmal kann und darf etwas eben nicht sein«, murmelte sie, und für einen Moment war in ihren Augen eine große Traurigkeit zu sehen.

»Ach, was soll's. Dann sind wir eben alle drei Singles. Vielleicht sind wir damit sogar besser dran«, überlegte ich laut.

»Kann sein!« Philip zuckte mit den Schultern. »Ich hol uns mal was zu knabbern. Vielleicht finde ich noch irgendwo Pistazien. Danach wäre mir jetzt total. Braucht ihr sonst noch was?«

Ich schüttelte den Kopf.

»Aber bring doch bitte noch eine Flasche Wasser mit«, bat Betty. »Mir ist der Crémant doch schon etwas zu Kopf gestiegen.«

»Gute Idee. Mir auch!«

»Klar.«

Kaum war er im Haus verschwunden, entschuldigte ich mich bei Betty.

»Ich wollte da nichts aufreißen wegen Alexander!«, erklärte ich zerknirscht, weil ich erkannt hatte, dass ich wirklich einen wunden Punkt getroffen hatte. Dieser Name machte etwas mit ihr – auch noch nach so vielen Jahren. Und vielleicht noch mehr, weil sie ihn erst vor ein paar Tagen gesehen hatte und derzeit ohnehin mit sich zu kämpfen hatte.

»Schon gut … Du hast es ja nicht böse gemeint.«

»Sicher nicht.«

»Und was du vorhin gesagt hast, Tilda … weißt du, es ist natürlich gut, wenn man auch als Single glücklich sein kann. Und es gibt Leute, die sich eine Partnerschaft überhaupt nicht mehr vorstellen können. Aber … ohne Partner fehlt einem einfach etwas. Mir zumindest. Etwas, das andere Familienmitglieder oder Freunde niemals ausfüllen können. Diese Innigkeit … Und das Einssein mit einem Menschen, den man liebt.« Sie sah mich mit einem seltsamen Lächeln an. »Vermutlich wird mir das morgen total peinlich sein, was ich dir da jetzt sage, aber …« Ihre Stimme wurde leiser. »Ich bin jetzt schon so viele Jahre allein. Und ich komme klar. Meistens sogar ganz gut. Doch diese besondere Hingabe, diese Blicke, die man nur in diesem ganz bestimmten Augenblick austauscht, schrankenlose Zärtlichkeiten, das Flüstern der Leidenschaft, jemanden zu berühren und ihm damit Freude zu schenken und selbst beschenkt zu werden ... es gibt Tage, da vermisse ich das so sehr, dass es wehtut.«

Die offenen Worte dieser neunundsechzigjährigen Frau berührten mich zutiefst. Und in allem schien noch eine weitere Botschaft zu stecken, die ich jedoch im Moment nicht einordnen konnte.

»Ich gebe dir einen Rat, Tilda«, fuhr sie fort und sah mir dabei fest in die Augen. »Wenn du denkst, du bist dem richtigen Menschen begegnet und du dir vorstellen kannst, einen Schritt weiterzugehen, dann gehe im Zweifelsfall das Risiko ein, womöglich zu scheitern. Das ist allemal besser, als es nicht versucht und die Chancen endgültig verpasst zu haben. Ich weiß, das hört sich nach einem Kalenderspruch an, aber ...«

In diesem Moment kam Philip mit einer Flasche Wasser und einer Schale Chips zurück, und sie sprach nicht weiter.

»Nüsschen gab's keine mehr. Ich gehe morgen mal groß einkaufen und fülle die Vorräte auf. Was möchtet ihr denn gern in den nächsten Tagen essen?«

Damit wechselten wir das Thema. Doch die Worte von Betty hallten in mir nach und hatten mich sehr nachdenklich und auch traurig gemacht. Ich würde es ihr so sehr gönnen, dass sie noch mal einen Menschen findet, mit dem sie diese gegenseitige Hingabe erlebte.

Betty war schweigsam, als ich sie ins Bett brachte. Auch ihr schien viel durch den Kopf zu gehen.

»Willst du auch von mir einen Kalenderspruch hören?«, wagte ich mich vor.

»Wenn es sein muss!«

»Also gut, dann hör zu: Es ist nie zu spät, für die Liebe ein Risiko einzugehen.«

Sie lächelte.

»Aber für heute schon. Schlaf gut, Tilda.«

»Du auch, Betty.«

Nachdem ich den Katzen noch Futter und frisches Wasser hingestellt hatte, ging ich nach oben. Ich musste mich am Treppengeländer festhalten, weil ich doch nicht mehr so ganz sicher auf den Beinen war.

Als ich die Tür zum Badezimmer öffnete, stand Philip in Shorts und einem weißen T-Shirt am Waschbecken und putzte sich die Zähne.

»Oh! Entschuldige!«, rief ich und wollte gleich wieder gehen.

»Warte. Hab nur vergessen abzusperren«, sagte er undeutlich, den Mund voller Schaum.

»Macht es dir was aus, wenn ich mir auch gleich noch die Zähne putze?«, fragte ich.

»Nö.«

Ich ging zum zweiten Waschbecken, an dem meine Sachen standen, und drückte Zahnpasta auf die Bürste. Während ich putzte, gurgelte er und sah mir dann zu, bis ich fertig war und die Zahnpasta ebenfalls ausgespült hatte.

»Wenn dein Ex uns jetzt sehen könnte, so ganz

vertraut beim gemeinsamen Zähneputzen im Bad, würde er endgültig nicht mehr daran zweifeln, dass wir beide ein Paar sind.«

»Danke noch mal, dass du das heute so mitgemacht hast.«

»Kein Problem. Es hat Spaß gemacht, deinen neuen Freund zu spielen.«

Ich lachte.

»Und es war auch gar nicht schwierig, so zu tun, als wären wir zusammen«, fügte er hinzu.

»Für mich auch nicht.«

»Und weißt du, dieser Kuss heute ...« Er trat näher und sah mich mit funkelnden Augen an.

»Der gehörte natürlich zum Spiel. Tut mir leid, wenn ich dich damit überrumpelt habe«, sagte ich schnell.

»Mir tut es nicht leid. Ich hoffe, wir müssen bald wieder jemandem was vorspielen«, sagte er leise.

Ich schluckte.

»Du wünschst dir doch nicht etwa, dass mein Ex morgen schon wieder hier auf der Matte steht?«, versuchte ich zu scherzen.

»Muss nicht sein, aber wenn du mich dann wieder küssen würdest, nähme ich das sogar in Kauf.«

Ich spürte, wie mein Herz schneller gegen meine Brust schlug.

»Er hat sich für mich gut angefühlt. Der Kuss«, murmelte ich.

»Für mich auch. Ziemlich gut sogar. Denkst du, wir sollten ihn wiederholen?«

Nichts lieber als das!

Ganz langsam bewegten wir uns aufeinander zu, bis unsere Lippen sich berührten. Diesmal konnten wir uns Zeit lassen. Während unsere Zungenspitzen sich vorsichtig erkundeten und miteinander spielten, umarmten wir uns. Mein Herz klopfte inzwischen bis zum Hals, und meine Beine fühlten sich wie Gummi an.

Hingabe! Berührungen ... schenken und beschenkt werden gingen mir Bettys Worte durch den Kopf. Allerdings war es denkbar suboptimal für die Libido, wenn man ausgerechnet an die Mutter des Mannes dachte, der einem gerade die Kleider vom Leib streifen wollte.

Reflexartig löste ich mich von ihm.

»Was ist denn?«, fragte er leise.

»Betty ...«

»Keine Sorge, meine Mutter wird ganz sicher nicht nach oben kommen!«, meinte er und strich lächelnd eine Strähne hinter mein Ohr.

»Aber ... geht das nicht ein wenig zu schnell?«, fragte ich verunsichert. »Wir kennen uns doch erst seit ein paar Tagen.«

»In diesen wenigen Tagen haben wir schon mehr Zeit miteinander verbracht als andere, wenn sie ihr drittes Date hinter sich haben.«

»Da hast du natürlich recht«, murmelte ich und spürte, wie mein Puls in die Höhe schoss.

»Also, sollen wir es noch mal versuchen, Tilda?«, fragte er leise.

Sollen wir?

Ich durfte einfach nicht mehr an Betty und ihre Worte denken. Doch das war in diesem Moment genauso unmöglich, wie nicht an den rosaroten Elefanten auf dem blauen Sofa zu denken.

»Und wenn wir doch noch ein wenig abwarten?«, schlug ich vor, obwohl es mir nicht leichtfiel.

»Wenn dir das lieber ist.« Ich konnte das Bedauern in seiner Stimme hören.

»Irgendwie schon.«

»Na gut … Dann lassen wir uns einfach noch ein wenig Zeit … Aber eines muss ich dir noch sagen.«

»Ja?«

»Der zweite Kuss hat sich definitiv noch besser angefühlt als der erste.«

»Wie wird dann erst der dritte Kuss werden?«

»Bestimmt spektakulär!«

»Mindestens.«

»Sollen wir morgen noch mal schwimmen gehen?«, fragte er, und irgendwie schien er dabei nicht nur ans Schwimmen zu denken.

»Das wäre schön. Gute Nacht, Philip.«

»Gute Nacht, Tilda.«

Ich konnte lange nicht einschlafen. Philip spukte mir ständig im Kopf herum. Natürlich war er mir vorher schon sympathisch gewesen, doch dieser Kuss heute und dieses Spiel, dass wir ein Paar waren, hatte plötzlich Schmetterlinge in meinem Bauch zum Fliegen gebracht und Gefühle hervorgerufen, die ich schon lange nicht mehr gespürt hatte. Die Vorstellung, dass wir noch ein Weilchen zusammen in diesem Haus verbringen und uns täglich sehen würden, gefiel mir. Sehr sogar.

Und ich war froh, dass Betty langsam auftaute und immer mehr von sich preisgab. Dass ihr Sohn gekommen war, tat ihr ganz offensichtlich gut. Vermutlich war sie in der letzten Zeit wirklich nur ein wenig einsam gewesen, und das hatte sie verändert. Dazu noch der Unfall, der sie doch ziemlich eingeschränkt hatte. Inzwischen verbesserte sich ihr körperlicher Zustand – langsam, aber stetig. Natürlich war sie noch durch die zwei Gipsverbände beeinträchtigt, aber sie hatte kaum noch Beschwerden durch die Prellungen und schon seit Tagen keinen Schwindel oder Kopfschmerzen mehr, wie sie mir versichert hatte. Die Halbzeit der drei Wochen hatte ich bereits hinter mich gebracht. Und zusammen mit Philip würden wir die restliche Zeit auch noch schaffen.

Als ich mich müde zur Seite drehte, hörte ich das bereits bekannte Klacken an der Tür. Gleich darauf sprang Jojo in mein Bett.

Kapitel 19

Alte Fotos

Als Betty mich weckte, weil sie auf die Toilette musste, war es halb vier Uhr früh.

»Bin gleich wieder da«, versprach ich Jojo, der verschlafen den Kopf hob.

Ich half Betty in den Rollstuhl und ins Badezimmer. Dabei bemerkte ich, dass in der Küche Licht brannte. Nachdem ich Betty wieder ins Bett gebracht hatte, ging ich in die Küche.

Philip saß mit einem Kopfhörer vor seinem MacBook und summte leise eine Melodie. Neben ihm lag ein angebissenes Käsebrot auf einem Teller.

»Philip?«

»Tilda!« Er nahm den Kopfhörer ab.

»Entschuldige, ich wollte dich nicht erschrecken.«

»Hast du nicht, keine Sorge. Konntest du auch nicht schlafen?«

»Eigentlich schon. Betty musste raus.«

»Ganz schön anstrengend, wenn du keine Nacht mehr durchschlafen kannst, oder?«

»Das macht mir nichts aus. Dafür bin ich ja engagiert worden. Und tagsüber ist so wenig zu tun, dass ich mich gut erholen kann ... Hattest du noch Hunger?« Ich deutete auf den Teller.

»Auch ...« Plötzlich grinste er. »Stell dir vor, als ich vorhin nach unserem zweiten und ziemlich guten Kuss auf mein Zimmer ging, war sie plötzlich da.«

»Wer war da?«, fragte ich irritiert und spürte gleichzeitig, dass ich ein klein wenig rot wurde.

»Na, die Melodie. Für die große Werbekampagne des Autoherstellers, nach der ich schon die ganze Zeit gesucht hatte.«

»Echt?«

»Du hast mich inspiriert, Tilda.«

Ich lachte.

»Dann bin ich also deine Muse.«

Er grinste breit.

»Genau. Der Kuss der Muse hat mir sozusagen buchstäblich die zündende Idee beschert.«

»Darf ich es hören?«, fragte ich neugierig.

»Leider nicht. Das ist wirklich top secret. Außerdem ist es ja noch lange nicht fertig.«

Er griff nach seinem Käsebrot und biss ab. Ich schenkte mir ein Glas Wasser ein und nahm einen großen Schluck.

»Dann war es ja genau richtig, dass wir vorhin nicht weitergemacht haben«, schlussfolgerte ich.

»Keine Ahnung. Ich weiß ja nicht, was mir eingefallen wäre, wenn wir uns mehr als nur geküsst hätten. Vielleicht der Soundtrack für einen Kino-Blockbuster«, sagte er mit einem frechen Zwinkern.

Bei der Vorstellung, wie dieses *mehr als nur geküsst* ausgesehen hätte, nahm das Flattern in meinem Bauch wieder ganz schön zu. Ich wusste nicht, was ich darauf antworten sollte.

»Wie cool, dass du es geschafft hast … Und jetzt störe ich dich besser nicht länger«, murmelte ich deswegen rasch.

»Ich würde wirklich noch gern ein wenig dran feilen, solange ich noch so voller Energie bin.«

»Dann hau rein!«

»Kann sein, dass ich morgen erst ziemlich spät aus dem Bett komme. Je nachdem, wie lange ich hier noch sitze. Also nicht wundern.«

»Alles klar.«

Philip kam zu meiner Überraschung schon am frühen Vormittag aus seinem Zimmer und ging als Erstes eine Runde im Teich schwimmen, obwohl der Himmel bewölkt war und es immer wieder leicht nieselte. Das gemeinsame Schwimmen planten wir für den späten Nachmittag, falls das Wetter sich bis dahin gebessert haben sollte. Viel Schlaf hatte er nicht abbekommen, und er wirkte etwas müde, aber auch äußerst zufrieden.

Betty, die noch ein wenig mit den Auswirkungen des Crémants zu kämpfen hatte, döste mit Musik im Ohr im Schatten auf der Terrasse.

In Sachen Wohnungssuche hatte ich von der Maklerin die Links für zwei Objekte bekommen, die beide in drei Monaten frei wären. Doch so wirklich begeistern konnte mich, den Bildern nach, keine der Wohnungen. Außerdem lagen sie in kleinen Ortschaften außerhalb von Passau, und ich müsste dann täglich mit dem Auto in die Praxis fahren. Wenn ich schon in Passau arbeiten würde, dann wollte ich so nah wohnen, dass ich am besten zu Fuß und mit dem Fahrrad oder zumindest mit den öffentlichen Verkehrsmitteln unterwegs sein konnte. Ich schrieb der Maklerin, dass die beiden Objekte nicht in Frage kamen. Von den anderen Vermietern und Hausbesitzern, bei denen ich mich erkundigt hatte, gab es bisher leider auch noch keine Rückmeldung. Es war doch schwieriger als gedacht, etwas für mich zu finden – aber ich wollte gleich eine Wohnung finden, in der ich mich so richtig wohlfühlte, keine Übergangslösung.

»Sag mal, Tilda. Könntest du bitte zu mir nach Hause fahren und etwas für mich abholen?«

»Ja natürlich, Betty.«

»Meine Nachbarin hat die Post für mich gesammelt. Da ist inzwischen wohl einiges zusammengekommen, das ich mal durchsehen müsste. Eigentlich könnte ich auch Philip fragen, aber ich bräuchte noch zwei Büstenhalter, die etwas bequemer sind und irgendwie ... nun ja, möchte ich nicht, dass mein Sohn in meiner Wäscheschublade danach sucht«, meinte sie ein wenig verlegen.

Ich grinste.

»Wird erledigt, Betty!«

»Und im Regal im Wohnzimmer ist ein blaues Fotoalbum. Bitte bring mir das doch auch mit, ja?«

Ich nickte.

»Ich rufe meine Nachbarin gleich noch an und sage ihr, dass du kommst. Nicht dass Astrid sich zu Tode erschreckt, wenn sie jemanden in meiner Wohnung hört.«

Sie gab mir ihre Wohnungsschlüssel und die Adresse im Kainzenweg.

»Und vielleicht könntest du alle Zimmer gut durchlüften. Astrid vergisst so was immer gern.«

»Klar, mache ich.«

Ich sperrte die Eingangstür des in hellem Gelb gestrichenen Hauses auf, in dem, den Namensschildern zufolge, vier Parteien wohnten, und trat ein. Bettys Wohnung befand sich rechts im Parterre. Eine Treppe führte nach oben zu zwei weiteren Wohnungen. Hier war sie wohl von ihrer Tretleiter gestürzt, als sie das Fenster oben auf dem Treppenabsatz putzen wollte. Es war wirklich ein Wunder, dass ihr dabei nicht Schlimmeres passiert war.

Die Wohnungstür auf der linken Seite öffnete sich, und eine ältere Dame mit einer pfiffigen grauen Kurzhaarfrisur trat heraus. Sie trug einen hellblauen Jogginganzug und weiße Sportschuhe.

»Guten Tag. Sie müssen bestimmt Tilda sein«, begrüßte sie mich mit einem Lächeln.

»Genau. Betty hat mich geschickt.«

Wir schüttelten uns die Hand.

»Ich bin Astrid ... Freut mich, dass wir uns kennenlernen.«

»Mich auch.«

»Und entschuldigen Sie meinen lässigen Aufzug«, sie deutete auf ihren Jogginganzug. »Aber gleich holt meine Cousine mich zum Walken im Neuburger Wald ab. Heute ist es endlich mal nicht so heiß, das möchten wir ausnutzen.«

Falls Astrid wirklich schon fünfundachtzig war, wie Franziska mir gesagt hatte, dann schien sie irgendwann in ihren Siebzigerjahren in einen Jungbrunnen gefallen zu sein. Diese Frau sprühte nur so vor Energie.

»Ich möchte Sie auch gar nicht aufhalten. Ich will nur die Sachen für Betty abholen.«

»Die Post habe ich auf den Küchentisch gelegt.«

In diesem Moment hörten wir draußen ein Hupen.

»Oh, meine Cousine ist schon da.«

Sie holte rasch die Walkingstöcke und einen Schlüsselbund, den sie in die Hosentasche steckte, aus ihrer Wohnung. Dann zog sie die Tür hinter sich zu.

»Sagen Sie Betty einen lieben Gruß, ich freue mich schon, wenn sie endlich wieder daheim ist und unsere Kniffelabende wieder stattfinden können.«

»Das richte ich ihr aus.«

»Wiedersehen.«

»Tschüss!«

Schwungvoll verließ sie das Haus, und ich sperrte die Tür zu Bettys heller, freundlicher Wohnung auf. Ich ging in die Küche, die nicht besonders groß, aber so praktisch eingerichtet war, dass es ausreichend Arbeitsflächen gab. Auf Holzregalen an der Wand standen eng nebeneinander zahlreiche Gläser und Dosen mit Vorräten. Man konnte ahnen, dass hier viel gekocht wurde. Auf einem Bistrotisch lagen einige Briefe und ein schmales Päckchen. Ich packte die Sachen in meine Umhängetasche und öffnete das Fenster. Dann ging ich hinaus in den Flur und suchte das Schlafzimmer. Doch zuerst landete ich in dem mit hellen Möbeln eingerichteten Wohnzimmer, von dem aus es auf eine Terrasse mit einem kleinen Gartenanteil ging. Auch wenn das Haus ihrer Tochter und ihres Schwiegersohnes groß und komfortabel und auch luxuriöser war, konnte ich verstehen, dass Betty sich nach ihren eigenen gemütlichen vier Wänden sehnte. Auf einer Seite stand eine Elektroorgel, an der eine akustische Gitarre lehnte.

Das Schlafzimmer war für meinen Geschmack ein wenig klein, vielleicht auch wegen des ziemlich großen Kleiderschranks, der viel Platz einnahm, aber für eine Person völlig ausreichend. Ich zog die erste Schublade der Kommode auf und war gleich im richtigen Fach gelandet. Ich nahm die beiden BHs heraus, die Betty mir beschrieben hatte, und musste schmunzeln, als mir auffiel, wie ungewöhnlich die Sachen sortiert waren. Auf einer Seite die Unterwäsche, die wohl eher bequem und praktisch für den täglichen Gebrauch gedacht war, sogenannte »Liebestöter«, und daneben besonders schöne Markenunterwäsche, die durchaus teuer aussah und wohl nur zu besonderen Gelegenheiten getragen wurde. Alles farblich sortiert.

Auch hier und im Badezimmer öffnete ich die Fenster.

Und es gab noch ein weiteres Zimmer, das sogar größer war als das Schlafzimmer. Es war als gemütliches Gästezimmer eingerichtet, und ich vermutete, dass hier vor allem ihre Enkeltochter geschlafen hatte, wenn sie bei ihrer Oma war.

Während es überall durchlüftete, ging ich wieder ins Wohnzimmer. Das Bücherregal war zwar kleiner als das ihrer Tochter und Enkelin, aber trotzdem war nicht zu übersehen, dass auch hier viel gelesen wurde. Vor allem Biografien und Sachbücher zu allen möglichen Themen. In einem Regalfach standen mehrere Fotoalben. Ich sollte Betty das blaue mitbringen. Meinte sie das hellblaue oder das dunkelblaue? Ich fischte mein Handy aus der Hosentasche und rief bei Betty an, um sie zu fragen. Doch sie ging nicht ran. Und jetzt? Am besten nahm ich beide Alben mit. Ich zog sie heraus. Das hellblaue war vorne mit »Philip« beschriftet. Das zweite mit »Franziska«. Als ich die Alben in meine Umhängetasche stecken wollte, rutschte mir das hellblaue aus der Hand und landete etwa in der Mitte aufgeschlagen auf dem Boden. Ich bückte mich, um es aufzuheben. Doch ich konnte nicht umhin, die Fotos vor mir zu betrachten. Was für ein süßer Kerl Philip mal war, mit den dunklen Haaren und den braunen Augen. Und fast auf jedem Foto strahlte er mit einem frechen Grinsen in die Kamera. Sicherlich hatte er schon als Teenager einige Mädchenherzen gebrochen. Plötzlich fiel mir ein Foto besonders auf. Es zeigte den etwa zwölf- bis dreizehnjährigen Philip auf dem Fußballplatz mit einem Mann, der mir bekannt vorkam. Alexander! Nun war ich tatsächlich neugierig geworden und blätterte noch eine Seite weiter. Auf einem Foto erkannte ich Betty und Alexander, die neben Philip standen, der fünfzehn Kerzen auf einem Geburtstagskuchen ausblies. Auffallend war, dass die beiden nicht den Kuchen oder das Geburtstagskind ansahen, sondern sich verliebt zulächelten. Was für ein gutaussehendes Paar die beiden vor zwanzig Jahren waren, und wie glücklich sie auf dem Bild strahlten! Umso mehr fragte ich mich, warum die Beziehung auseinandergegangen war. Was war damals nur passiert?

Bevor ich in Versuchung geriet, noch weiter durch das Album zu blättern, klappte ich es zu und packte es in meine Tasche.

In diesem Moment klingelte mein Handy. *Betty!*

»Hallo, Betty.«

»Nein, ich bin's, Tilda«, meldete sich Philip. »Mutter hat sich vorhin hingelegt. Aber ich habe gesehen, dass du angerufen hattest.«

»Ich sollte etwas für sie mitbringen, und ich wollte fragen, was genau. Aber ich hab jetzt einfach beides eingepackt.«

»Also muss ich sie nicht wecken?«

»Aber nein! Ich habe alle Räume gut gelüftet und mache die Fenster jetzt wieder zu. Dann fahre ich zurück.«

»Okay. Könntest du auf der Rückfahrt bitte noch einen Umweg zum Baumarkt machen und Glühbirnen mitbringen? Die im Vorratsraum ist eben durchgebrannt, und ich kann nirgends Ersatzbirnen finden.«

»Klar. Bringe ich mit. Soll ich auch noch was zu essen besorgen?«

»Musst du nicht, darum kümmere ich mich.«

»Super. Bis gleich.«

Als ich ein paar Minuten später die Wohnung verließ, führte ein etwa dreißigjähriger Mann in einem Anzug und mit einem Tablet in der Hand ein älteres Ehepaar nach oben. Nachdem ich selbst viele Jahre in dieser Branche gearbeitet hatte, brauchte ich seinen nächsten

Satz nicht abzuwarten, um zu wissen, dass es sich um einen Makler oder Hausbesitzer handelte.

»Die Reinigung des Treppenhauses wird im Rotationsverfahren von den Mietparteien selbst übernommen«, sagte er.

»Ab wann ist die Wohnung denn frei?«, fragte die Frau.

»Schon ab August.«

»Das wäre sehr schnell, wir haben ja in unserer alten Wohnung noch drei Monate Kündigungsfrist«, sagte sie.

In einem plötzlichen Impuls folgte ich ihnen nach oben.

»Entschuldigung. Ich habe gerade gehört, dass hier eine Wohnung frei ist, und ich würde mich auch dafür interessieren.«

»Hallo! Wir waren zuerst da!«, stellte die Frau sofort klar.

»Aber ich bräuchte wirklich ganz dringend eine neue Bleibe«, erklärte ich mit einem verlegenen Lächeln.

Ich hatte keine Ahnung, ob es nicht die blödeste Idee aller Zeiten wäre, in dasselbe Haus zu ziehen, in dem Betty wohnte, aber der Schnitt der Räume und die Gegend gefielen mir sehr gut. Außerdem war die Praxis von hier aus höchstens einen Kilometer entfernt und schnell erreichbar. Und vor allem wäre die Wohnung bald frei.

Der Mann sah auf seine Uhr.

»Ich hab gleich anschließend leider einen Termin, Frau äh …«

»Buschmann. Tilda Buschmann.«

Er runzelte die Stirn. Natürlich musste ihm der Name ein Begriff sein. »Buschmann? Aber doch nicht etwa …«

»Nein. Nicht Immobilien Buschmann. Mit denen habe ich nichts zu tun.«

Nichts mehr zumindest. Fast nichts mehr.

Er wirkte irgendwie amüsiert.

»Ach, wissen Sie was? Kommen Sie doch einfach jetzt gleich mit. Sie können sich die Wohnung ja gemeinsam anschauen.«

Für Andreas wäre so etwas bei einer Besichtigung ein No-Go gewesen. Aber da ich ohnehin schon etwas in Eile war und Andreas mir inzwischen ziemlich egal war, nahm ich das Angebot an.

»Gern!«

Die konsternierten Blicke des Ehepaares ignorierte ich geflissentlich.

Schon zehn Minuten später verabschiedete ich mich von dem jungen Mann, der kein Makler, sondern der Sohn des Hausbesitzers war und sich seit Kurzem um die Geschäfte kümmerte. Er hatte mir seine Karte gegeben, und ich sollte ihm die üblichen Unterlagen mit den letzten drei Gehaltsabrechnungen und den Arbeitsvertrag schicken, den ich leider noch nicht vorweisen konnte. In diesem Moment war mir klar, dass es in vielerlei Hinsicht eine völlige Schnapsidee war, es überhaupt hier versuchen zu wollen. Auch dass ich ihm vorgemacht hatte, ich hätte nichts mit Buschmann Immobilien zu tun. Das würde er nämlich spätestens auf der letzten Gehaltsabrechnung schwarz auf weiß sehen.

»Gibt es damit Probleme?«, hakte er nach.

Ich nickte mit einem Seufzen.

»Ich fürchte, ja. Aber das wäre jetzt alles zu kompliziert zu erklären«, murmelte ich.

»Meinen Sie etwa deswegen, Frau Buschmann?«

Er hielt mir sein Tablet hin und zeigte mir das Foto eines Zeitungsberichtes, auf dem Andreas und ich bei einer Spendenübergabe zu sehen waren. Offenbar hatte er es gegoogelt, während wir durch die Räume gegangen waren.

»Das Internet bringt alles aufs Tablet!«, scherzte er mit einem Wortspiel.

»Tut mir leid, dass ich deswegen geschwindelt habe«, entschuldigte ich mich zerknirscht. »Aber würden Sie einer Frau eine Wohnung geben, die frisch getrennt ist, deswegen den Job bei ihrem Mann verloren hat und erst in etwa eineinhalb Wochen den neuen Arbeitsvertrag unterschreibt?«

»In einem anderen Maklerbüro?«, fragte er.

»Nein. In einer chirurgischen Praxis. Eigentlich bin ich Krankenschwester«, erklärte ich.

Er schwieg für einige Sekunden, und ich wollte mich schon verabschieden.

»Haben Sie vielleicht irgendeinen Bürgen?«

»Nein. Aber ich kenne Betty Flieger. Ihre Mieterin im Parterre. Momentan betreue ich sie nach ihrem Unfall hier im Treppenhaus.«

»Das hat uns allen sehr leidgetan. Sie hatte wirklich Glück, dass bei dieser waghalsigen Putzaktion mit der Tretleiter nicht mehr passiert ist.«

»Das stimmt.«

Plötzlich lächelte er.

»Schicken Sie mir doch einfach trotzdem mal Ihre Kontaktdaten und was sonst noch helfen könnte, Frau Buschmann. Ich kann nichts versprechen, weil wir noch weitere Besichtigungstermine ausgemacht haben, aber ich möchte gern mit meinem Vater darüber reden. Die Mieter in diesem Haus sind alle schon im Rentenalter. Es könnte nicht schaden, wenn wir auch jüngere Leute hier hätten, die den Altersdurchschnitt nach unten drücken.«

Auf der Rückfahrt beschloss ich, niemandem von der spontanen Wohnungsbesichtigung zu erzählen. Ich glaubte ohnehin nicht daran, dass es klappen könnte, auch wenn ich versprochen hatte, meine Unterlagen zu schicken.

Kapitel 20

Ein Angebot

Als ich zurückkam, war Betty bereits aufgewacht und mit Philip in der Küche beim Kochen.

»Ich habe die Post und deine Sachen schon in dein Zimmer gelegt, Betty. Da ich nicht wusste, welches der blauen Alben du wolltest, habe ich beide mitgebracht.«

»Ach, stimmt, die der Kinder sind ja beide blau … Danke!«, sagte sie, und ich bemerkte, dass ihre Wangen sich leicht röteten. Und in diesem Moment ahnte ich, dass es wohl um die Fotos mit Alexander ging, um durch sie in Erinnerungen zu schwelgen.

»Ich soll dir außerdem einen schönen Gruß von Astrid ausrichten. Du fehlst ihr schon«, wechselte ich rasch das Thema, um sie nicht in Verlegenheit zu bringen.

»Danke! Sie mir auch.«

»Unglaublich, wie fit diese Astrid noch ist.«

»Ja. Körperlich ist sie das. Nur ab und zu ist sie schon ein wenig vergesslich.«

»In dem Alter darf man das sein«, mischte Philip sich ein.

»Ach ja, deine Glühbirnen habe ich auch dabei.«

Ich hob eine kleine Papiertüte hoch.

»Super. Danke. Ich mach das später«, sagte Philip und drückte dampfend heiße Kartoffeln durch eine Presse.

»Ich kann mich auch darum kümmern! Was kocht ihr denn da?«

»Wespennester!«, antwortete Betty.

»Ach ja? Die wollte ich doch mit dir machen, damit ich lerne, wie das funktioniert!«

»Du kannst mir gern helfen«, meinte er. »Es geht gerade erst so richtig los.«

»Na gut. Ich dreh nur noch schnell die Glühbirne rein und zieh mir was anderes an.«

Als ich bald darauf wieder in die Küche kam, knetete Philip den Teig aus Kartoffeln, Mehl und Ei.

»Du kannst gleich die Äpfel schälen, wenn du magst«, sagte Betty.

Sie erklärte uns genau, wie wir die kleinen Strudel mit gezuckertem Sauerrahm und den fein geschnittenen Apfelscheiben rollen und dann in gleich große Stücke schneiden mussten, die wir nebeneinander in eine gebutterte Bratraine setzten. Das Ganze kam in den vorgeheizten Ofen.

Etwa eine halbe Stunde vor Ende der Backzeit wurden die Wespennester, die tatsächlich ein wenig so aussahen, mit einer heißen Mischung aus Milch und Sahne, einem verquirlten Ei, Zucker und Vanillezucker übergossen.

Wir hatten gerade angefangen zu essen, da klingelte es draußen.

»Wer kommt denn jetzt?«, fragte Philip.

»Ich gehe schon!«, sagte ich und ging hinaus.

»Hallo, Tilda!«

»Udo!«, rief ich. Den hatte ich völlig vergessen. Und Betty offenbar auch. »Komm doch bitte rein. Wir sind heute ziemlich spät dran mit dem Mittagessen. Aber Betty kommt gleich. Bau doch schon mal den Tisch im Wohnzimmer auf.«

»Mache ich. Mensch, hier riecht es aber gut. Was gibt es denn?«

»Wespennester.«

Der Physiotherapeut sah mich fragend an.

»Noch nie gehört.«

Willkommen im Club!

»Möchtest du vielleicht probieren?«

»Da sag ich nicht Nein. Das Mittagessen ist sowieso heute bei mir ausgefallen.«

»Na, dann komm mit ins Esszimmer.«

»Das schmeckt ja toll!«, sagte er, als er wenig später die erste Gabel voll probiert hatte.

Ich nickte.

»Ähnlich wie ein Rahmstrudel, aber doch anders.«

»Udo, ich möchte mich entschuldigen für letztes Mal!«, wandte Betty sich ein wenig verlegen an ihn. »Die Sache mit den blauen Haaren hat mich doch zunächst ziemlich gestresst, aber das hätte ich nicht an dir auslassen sollen.«

»Schon gut. Die Rechnung für die ausgefallene Behandlung schicke ich trotzdem an deine Tochter. Und ich wollte dich ganz sicher nicht auslachen. Wenn man sich mal daran gewöhnt hat, steht dir die Farbe.«

»Von Dauer wird sie aber ganz bestimmt nicht sein.«

»Das nächste Mal versucht Mutter es mit Lila!«, scherzte Philip.

»Ja, ja … macht euch nur lustig über mich!«, sagte sie, jedoch nicht allzu ernst. Sie schob ihren Teller mit den noch nicht einmal zur Hälfte gegessenen Wespennestern zur Seite.

»Ich glaube, die esse ich später. Mit vollem Magen kann ich meine Übungen nicht richtig machen.«

»Sehr vernünftig!«, meinte Udo. »Dafür würde ich gern noch eine kleine Portion nehmen.«

Philip und ich räumten die Küche auf, während Udo und Betty im Wohnzimmer waren. Plötzlich packte er mich an den Hüften, hob mich hoch und setzte mich auf die Arbeitsplatte.

»Hey!«, rief ich überrascht und lachte. »Was machst du denn?« Mein Herzschlag beschleunigte sich, als er den Kopf ein wenig zur Seite legte und mich ansah, ohne die Hände von meinen Hüften zu nehmen.

»Ich frage mich …«, begann er.

»Was?«

»Ob es nicht vielleicht Zeit wäre für unseren nächsten Kuss.«

Ich schluckte.

»Du meinst den, der womöglich ziemlich spektakulär sein könnte?«, fragte ich leise und klang etwas heiser.

»Genau den.«

»Denkst du, das ist jetzt der richtige Ort und Zeitpunkt dafür?«

Er nickte.

»Die beiden sind noch eine Weile im Wohnzimmer beschäftigt. Niemand wird uns stören. Und der neue Kuss meiner Muse könnte mir helfen, ...«

In diesem Moment sprang Jojo mal wieder auf meine Schultern. Er hatte sich unbemerkt in die Küche geschlichen. Inzwischen war ich seine Stunts schon gewöhnt. Offenbar wollte er mir damit auf besondere Weise zeigen, wie gern er mich mochte. Oder vor allem die Leckerlies, die er bekam, um ihn wieder herunterzulocken.

Philip hob ihn von meiner Schulter.

»O nein, jetzt bin ich dran. Und du hast jetzt mal Pause, kleiner Kater.« Er trug Jojo hinaus in die Diele und schloss die Tür, als er wieder zurückkam.

»Wo waren wir stehen geblieben?«, fragte er, während ich die Arme um seinen Hals schlang.

»Irgendwas mit Muse, glaub ich«, murmelte ich, während sich unsere Lippen langsam näherten.

Mein Handy klingelte.

So viel zum Thema: *Niemand wird uns stören!*

»Entschuldige bitte ...«

Er seufzte.

Ich rutschte von der Arbeitsfläche und nahm mein Handy, das neben dem Kühlschrank lag.

»Ja, hallo?«

»Frau Buschmann?«

»Ja?«

»Hier ist Joachim Kerzler, Klinik Vilshofen. Es tut uns leid, dass wir uns jetzt erst melden, aber Ihre Bewerbung ist im Spamordner gelandet.«

Tatsächlich hatte ich auf diese Bewerbung keine Rückmeldung bekommen, wie mir jetzt erst auffiel.

»Hallo, Herr Kerzler, kein Problem. Das kann schon mal vorkommen«, sagte ich freundlich.

Philip verfolgte interessiert das Gespräch, von dem er nur meinen Teil mitbekam.

»Trotzdem ist es mir ein wenig peinlich. Aber vor allem schade, weil wir deswegen Zeit verloren haben. Dabei suchen wir ganz dringend jemanden für die Unfallchirurgische Abteilung. Haben Sie denn noch Interesse?«

Vilshofen wäre nicht allzu weit weg, und ich könnte die Strecke täglich mit dem Auto fahren, wenn ich weiterhin in Passau wohnen wollte. Und hätte ich nicht schon den Job in der Praxis in Aussicht, würde ich mich auf der Stelle dort vorstellen.

»Interesse durchaus, aber inzwischen habe ich schon ein anderes Angebot«, erklärte ich. »Es tut mir leid, Herr Kerzler.«

Die leise Stimme, die mich daran erinnerte, dass der Arbeitsvertrag bisher noch nicht unterschrieben war, ignorierte ich. Was sollte denn noch dazwischenkommen? Die Stimmung im Haus und auch zwischen Betty und mir war gerade so gut. Ich konnte mir nicht vorstellen, dass sich das bis zur Rückkehr von Franziska und Richard noch dramatisch ändern sollte. Schon gar nicht, solange Philip da war.

»Ach, das ist sehr schade. Und Sie wollen es sich nicht vielleicht noch überlegen?«, fragte er.

»Eher nicht. Es tut mir wirklich leid. Ich hoffe, Sie finden bald jemanden.«

»Danke. Ihnen alles Gute. Wiederhören, Frau Buschmann.«

»Wiederhören.«

»Ein Jobangebot?«, fragte Philip.

Ich nickte. »In Vilshofen. Das wäre eine schöne Stelle.«

Plötzlich fiel mir etwas ein. Paula! Sie suchte doch auch noch immer.

»Moment …«, sagte ich zu Philip.

Ich schickte ihr gleich eine Sprachnachricht und gab ihr den Tipp, sich bei Herrn Kerzler zu bewerben.

Kaum hatte ich die Nachricht abgeschickt, kam Udo in die Küche.

»Betty war es kurz ein wenig schwindelig bei einer Übung. Aber es ist schon wieder vorbei. Ich glaube, sie hat nur zu wenig getrunken heute. Kann ich ein Glas Wasser für sie haben?«

»Ja klar.«

Ich holte eine Flasche Sprudel aus dem Kühlschrank und schenkte ein. Dann reichte ich Udo das Glas.

»Danke.« Er ging zurück ins Wohnzimmer.

»Kann das noch von ihrem Sturz kommen?«, fragte Philip und klang ein wenig besorgt.

»Denke ich nicht. Aber ich schau mir Betty nachher noch mal genauer an.«

»Danke.«

»Und ich fahre jetzt doch besser gleich mal los in den Supermarkt und erledige die Einkäufe. Wir haben ja auch noch später Zeit für gewisse Dinge.«

Er zwinkerte mir zu, und ich spürte ein erwartungsvolles Kribbeln.

Betty hatte wohl tatsächlich zu wenig getrunken. Und vielleicht lag der Schwindel auch ein wenig an dem Crémant von gestern Abend, der in ihrem Zustand nicht so optimal war. Zur Sicherheit kontrollierte ich ihren Blutdruck und Puls, die jedoch nicht auffällig waren, genauso wenig wie ihr Blutzuckerspiegel.

Als Udo gegangen war, half ich ihr aufs bequeme Sofa, und sie schaute ihre Nachmittagssendungen, bei denen sie immer wieder eindöste.

Unser gemeinsames Schwimmen am späten Nachmittag fiel buchstäblich ins Wasser. Es hatte heftig zu regnen begonnen. Und laut Vorhersage sollte das Wetter sich auch am Wochenende nicht bessern. Somit würde es auch nichts mit einem kleinen Ausflug in die Stadt werden.

Philip hatte am Freitagabend einen Anruf der Werbeagentur bekommen, welche die Werbekampagne für den Automobilhersteller betreute. Sie waren begeistert von der Melodie, hatten aber noch irgendwelche Verbesserungsvorschläge. Jedenfalls war er das ganze Wochenende am Computer mit seiner Musik beschäftigt.

Ich machte mit Betty ihre Übungen, spielte mit den Katzen, die es bei dem Sauwetter ebenfalls nicht nach draußen zog, und nutzte die Zeit, um zu lesen. Und ich schickte weiterhin täglich an Franziska eine Nachricht, dass alles bestens lief. Wobei Betty in den letzten Tagen etwas nachdenklich und stiller wirkte. Als ich sie darauf ansprach, meinte sie jedoch nur, dass alles in Ordnung wäre.

Tagsüber und auch in den Nächten schlich Philip sich immer wieder in meine Gedanken, und ich malte mir in lebhaften Farben aus, was zwischen uns noch weiter geschehen könnte. Gleichzeitig blieben uns nur mehr ein paar gemeinsame Tage in diesem Haus. Dann würde er wieder nach Berlin fahren und ich zurück zu Anette gehen, bis ich eine eigene Wohnung gefunden hatte. Vielleicht wäre es ohnehin vernünftiger, wenn es gar nicht erst zu mehr als einem erneuten Kuss käme? Andererseits wollte ich gar nicht vernünftig sein. Das war ich lange genug gewesen.

Kapitel 21

Katz und Maus

Am Dienstagmittag riss der Himmel endlich wieder auf, und der Sommer war zurück. Seit Tagen deckte ich den Tisch für das Mittagessen zum ersten Mal wieder draußen auf der Terrasse.

Ich hatte Chili con Carne für uns gekocht, das ich auf knusprigen Tortilla-Chips mit Käse überbacken hatte. Dazu gab es Avocadocreme und einen großen gemischten Salat.

Philip war wie in den letzten Tagen auch heute den Vormittag über beschäftigt gewesen. Als er zum Essen kam, strahlte er über das ganze Gesicht.

»Ich hab's geschafft. Meine Melodie wird weltweit im neuen Werbeauftritt zu hören sein. Und es gibt bereits eine neue Anfrage für ein weiteres ziemlich cooles Projekt.«

»Herzlichen Glückwunsch!«, riefen Betty und ich gleichzeitig.

»Ich bin ganz schön stolz auf dich, mein Junge«, fügte Betty noch hinzu.

»Danke, Mutter. Aber ich muss gestehen, dass ich wieder viel mehr Ideen habe, seitdem ich hier in Passau bin. In Berlin saß ich seit Wochen dran und bekam es einfach nicht hin.«

»Hier gibt es eben eine gute Energie!«, erklärte seine Mutter.

Philip warf einen kurzen Blick zu mir.

»Das glaub ich auch.«

Endlich passte das Wetter, und er hatte am Nachmittag auch wieder Zeit für unsere nächste Schwimmstunde.

Betty machte in ihrem Zimmer ein Nickerchen.

Diesmal stellte ich mich nicht mehr so schlimm an wie beim ersten Mal, als ich ins Wasser ging. Trotzdem war es mir immer noch nicht ganz geheuer, und ich hielt mich an der Schwimmnudel fest, während Philip mich durchs Wasser zog und ich die Beinbewegungen übte.

»So, pass auf, Tilda. Jetzt machst du die Schwimmbewegungen mit den Armen, die du draußen geübt hast. Ich ziehe die Schwimmnudel weg und schiebe meine Hand unter deinen Bauch und halte dich fest.«

Theoretisch hörte sich das einfach an. Doch als er mich berührte, zuckte ich zusammen und tauchte dabei kurz mit dem Gesicht ins Wasser. Prustend schnappte ich nach Luft und paddelte wieder wild herum.

»Alles gut, ich habe dich ja schon, Tilda!«, redete er beruhigend auf mich ein.

Doch ich hatte Angst, noch mal unterzugehen, und schlang die Arme fest um seinen Hals.

»Bitte lass mich nicht los, Philip!«, keuchte ich.

»Natürlich nicht. Sag mal, du bist ja total kitzelig, Tilda!«

»Ich fürchte, ja!«, gab ich zu.

»Am besten besorge ich zusätzlich zur Schwimmnudel noch ein Schwimmbrett.«

»Und wenn ich das nie lerne? Vielleicht bin ich schon zu alt«, murmelte ich etwas frustriert.

»Ach was. Man ist nie zu alt, um schwimmen zu lernen … das kriegen wir schon hin. Im Übrigen ist das heute erst dein zweiter Versuch. Dafür läuft es doch schon ganz gut.«

Er schob mir eine nasse Strähne aus der Stirn. Und plötzlich wurde mir bewusst, wie nah wir uns waren. Unsere Lippen waren nur wenige Zentimeter voneinander entfernt. Mein Herz schlug gegen meine Brust, und ich wollte ihn einfach nur küssen.

Philip schien einen ähnlichen Gedanken zu haben, und keine Sekunde später berührten sich unsere Lippen. Ich hielt mich weiterhin an ihm fest, während unser Kuss immer leidenschaftlicher wurde. Durch die Schwerelosigkeit im Wasser fühlte es sich fast an, als würde ich schweben. Noch nie zuvor hatte ich so etwas erlebt. Eine Ewigkeit schien vergangen zu sein, als wir uns voneinander lösten. Ich atmete schwer, sah ihn an, voller Begierde, die sich auch in seinem Blick spiegelte. Er legte seine Hände auf meinen Po und zog mich ganz nah an sich. Dabei konnte ich spüren, wie erregt er war.

»Der Kuss war wirklich absolut spektakulär, Tilda«, murmelte er heiser an meinem Ohr, und ich bekam eine Gänsehaut. »Ich würde jetzt so gern mit dir nach oben ins Zimmer gehen.«

»Und ich würde so gern mitgehen«, flüsterte ich.

»Aber es gib ein Aber. Ich weiß, dass wir beide uns nicht richtig fallen lassen könnten, weil wir jede Minute damit rechnen würden, dass meine Mutter sich meldet.«

Genau das war auch meine Befürchtung.

»Vielleicht ist hier wirklich nicht der richtige Ort dafür«, sagte ich leise. Tatsächlich bremste das Wissen, dass Betty im Haus war, mich aus, einen Schritt weiterzugehen, auch wenn ich es mir inzwischen immer mehr wünschte.

»Ich möchte, dass wir bei unserem ersten Mal ganz ungestört sind und uns nichts ablenken kann. Damit ich mich ganz und gar nur auf dich und auf uns konzentrieren kann, Tilda.«

Bei dem Gedanken daran vibrierte mein ganzer Körper vor Vorfreude. Ich konnte nur nicken.

»Nächsten Montag kommen meine Schwester und Richi zurück. Was hältst du von einem Date gleich an diesem Abend?«

»Ein Date? Du meinst so ein richtiges Date?«, fragte ich ein wenig nervös.

Er lachte leise

»Ja. Nur wir beide.«

»Aber ich habe keine eigene Wohnung, und deine befindet sich in Berlin«, gab ich zu bedenken.

»Wir nehmen uns einfach ein Hotelzimmer ... Was meinst du, Tilda? Haben wir in sechs Tagen ein Date?«, fragte er und sah mich hoffnungsvoll an.

»Ja. Wir haben ein Date!«

Die nächsten beiden Tage schwebte ich auf Wolke sieben. Und auch wenn unser Date erst am Montag sein würde, so nutzten wir jede gute Gelegenheit, die sich bot, um uns zumindest zu küssen.

»Denkst du, dass deine Mutter was mitbekommt?«, fragte ich am Donnerstagnachmittag, als wir wieder im Schwimmteich waren. Bisher hatte ich immer noch keine nennenswerten Fortschritte gemacht, doch mit dem Schwimmbrett ging es tatsächlich leichter. Und außerdem hielt ich mich gern an Philip fest.

»Falls sie was mitbekommt, lässt sie es sich zumindest nicht anmerken«, sagte er.

»Irgendwie ist sie in den letzten Tagen so viel ruhiger geworden. Findest du nicht?«

»Das ist mir auch schon aufgefallen. Aber ich glaube, sie ist inzwischen auch schon ziemlich genervt von den ganzen Einschränkungen. Das wäre ich an ihrer Stelle auch.«

»Sie muss unbedingt mal wieder raus. Morgen fahre ich mit ihr in die Stadt. Und sie möchte noch in den Baumarkt, um ein Schuhregal für den Flur in ihrer Wohnung zu kaufen.«

»Da komme ich mit«, sagte Philip.

»Hast du überhaupt mitbekommen, dass sie es heute früh zum ersten Mal geschafft hat, alleine vom Bett aus in den Rollstuhl zu kommen?«

»Nein. Das hat sie gar nicht gesagt!«

»Sie hat sich so gefreut, dass sie wieder ein klein wenig mehr Eigenständigkeit hat. Und es wird wirklich von Tag zu Tag besser.«

»Sehr gut. Wie lange müssen die Gipsverbände denn noch dranbleiben?«

»Deine Schwester hat gesagt, dass sie nächste Woche abgemacht werden sollen. Das waren dann etwa fünf Wochen seit dem Unfall. Am Anfang muss sie noch etwa zwei Wochen vorsichtig sein und darf Arm und Bein nicht richtig belasten.«

»Aber dann hat sie es geschafft.«

»Ja. Dann hat sie es geschafft.«

Als wir, in die Handtücher gewickelt, zurückkamen auf die Terrasse, staunten wir nicht schlecht, Betty im Rollstuhl am Tisch vorzufinden.

»Mama! Du hast es allein rausgeschafft!«, rief Philip erfreut.

»Ich war sogar schon allein auf dem Klo!«, meinte sie stolz und grinste wie ein Honigkuchenpferd.

»Betty, ich finde es toll, dass du das jetzt schon ohne Hilfe schaffst. Aber es wäre vielleicht vernünftig, wenn anfangs doch noch jemand in der Nähe ist.«

»Aber warum denn? Es funktioniert doch! Endlich habe ich das Gefühl, wieder ein klein wenig Herrin meiner Lage zu sein! Ihr könnt euch vermutlich gar nicht vorstellen, wie schön es ist, endlich wieder allein aufs Klo zu gehen, ohne jemanden bitten zu müssen!«, meinte sie trocken.

»Doch. Das verstehe ich echt sehr gut, Mutter!«, sagte Philip.

Ich freute mich auch für sie. Trotzdem machte ich mir Sorgen. Sicherlich würde sie jetzt auch nachts allein versuchen, ins Bad zu fahren. Doch sollte sie noch etwas schlaftrunken sein oder ihr womöglich wieder schwindelig werden wie letztes Mal bei den Übungen mit Udo, dann war nicht auszuschließen, dass sie stürzte.

»Trotzdem wäre mir wohler, wenn du mich zumindest in der Nacht noch rufst, Betty«, bat ich eindringlich.

Sie zuckte nur mit den Schultern, und ich ahnte, dass sie einen Teufel tun würde.

»Kann jemand von euch beiden vielleicht mal einen Blick auf meinen Laptop werfen?«, wechselte sie das Thema. »Das Ding schaltet sich immer wieder einfach so aus. Ein paar Tage geht es wieder, dann spinnt der Rechner mittendrin. Gestern sogar bei einem Videocall mit Eva. Dabei ist es am Laptop immer viel schöner als am Handy.«

»Das mache ich morgen, Mutter. Heute Abend treffe ich mich mit ein paar alten Kumpels auf ein Bier.«

Das hatte er mir gar nicht erzählt. Aber er musste sich schließlich auch nicht bei mir abmelden, wenn er etwas mit Freunden unternehmen wollte.

»Ich habe ja Zeit und kann mir deinen Laptop anschauen!«

»Danke, Tilda.«

»Und morgen Vormittag fahren wir zu dritt in die Stadt und in den Baumarkt«, versprach Philip.

Betty sah sich im Wohnzimmer einen Spielfilm an. Ich saß mit ihrem Laptop auf der Terrasse. Es war, wie ich mir schon gedacht hatte. Die Programme waren nicht mehr auf dem neuesten Stand. Betty hatte schon ewig keine Updates mehr gemacht. Ich brachte das wieder in Ordnung.

»Betty?«, rief ich ins Wohnzimmer.

»Ja?«

»Soll ich auch die ganzen Spammails löschen? Du hast nämlich nicht mehr viel Speicherplatz.«

»Das wäre nett, wenn du das machen würdest«, rief sie zurück.

Als ich den E-Mail-Eingang aufrufen wollte, sah ich, dass bei den Entwürfen im Postausgang eine Mail lag. Ich klickte den Ordner an. Empfänger war eine alte AOL-Adresse mit der seltsamen Bezeichnung aaquarius_1002. Vermutlich ein Versehen von Betty. Zur Sicherheit öffnete ich die Mail, bevor ich sie löschte, und war ziemlich überrascht, als ich sah, dass es der Entwurf einer Mail an Alexander war. Erschrocken wollte ich die Mail sofort wieder schließen, schließlich ging es mich ganz und gar nichts an, was sie ihm geschrieben hatte. Doch genau in diesem Moment hüpfte Jojo mal wieder auf meine Schulter, und anstatt die E-Mail zu schließen, rutschte der Mauszeiger auf den kleinen Pfeil zum Versenden.

»O nein, nein, nein!«, murmelte ich erschrocken.

Das wollte ich nicht!

Jojo schien zu spüren, dass ich im Moment überhaupt keinen Nerv für ihn hatte. Er sprang gleich wieder von mir herunter und verschwand im Garten.

Inzwischen zitterte ich heftig. Wie hatte das nur passieren können? Was sollte ich denn jetzt machen? Plötzlich fiel mir ein, dass man das Versenden von Nachrichten für kurze Zeit wieder rückgängig machen konnte. Bisher hatte ich das noch nie gemacht. Wo stand das nur? Wo musste ich hindrücken? Endlich entdeckte ich eine Zeile in blauer Schrift mit dem Hinweis: Senden widerrufen.

Gott sei Dank!

Doch noch bevor ich draufklicken konnte, verschwand die Schrift, und die Mail war beim Empfänger angekommen.

Verdammt!

Mir wurde es ganz heiß. Das hätte einfach nicht passieren dürfen. Plötzlich kam mir jedoch ein Gedanke. War diese Nachricht an Alexander vielleicht nur versehentlich nicht verschickt worden, weil sich Bettys Rechner plötzlich mal wieder ausgeschaltet hatte? Das war immerhin im Bereich des Möglichen. Es war sogar eine ziemlich gute Erklärung dafür, dass die Nachricht noch im Postausgang gewesen war! Vielleicht hatte Betty ja gar nicht bemerkt, dass die Mail nicht verschickt worden war, und ging davon aus, dass Alexander die Nachricht längst bekommen hatte. Und wenn es tatsächlich so gewesen war – was ich inständig hoffte –, musste ich ihr ja gar nicht sagen, dass ich die Mail unbeabsichtigt verschickt hatte. Sonst würde sie womöglich denken, dass ich den Inhalt gelesen hatte. Was ich nie gemacht hätte! Schließlich gab es auch bei Mails ein Postgeheimnis. Ich würde am besten einfach so tun, als ob ich die Mail im Postausgang gar nicht bemerkt hatte.

Nun musste ich wieder an dieses Foto denken, das ich im Fotoalbum gesehen hatte. Und wie glücklich Betty und Alexander darauf ausgesehen hatten. Hatte sie nach der Begegnung mit ihm auf dem Friedhof und durch unser kürzliches Gespräch mit von Crémant gelockerten

Zungen ihren Mut zusammengenommen, um endlich wieder Kontakt mit ihm aufzunehmen? Vermutlich war es so gewesen. Vielleicht wäre sie mir dann ja dankbar, dass ich die Mail verschickt hatte, falls sie wirklich im Ausgang hängen geblieben war. Ich versuchte, es mir schönzureden. Trotzdem fühlte ich mich überhaupt nicht wohl.

Inzwischen hatte ich auch keinen Nerv mehr, die Spam- und Werbemails zu löschen. Aber ich hatte Betty deswegen ja extra gefragt. Also wollte ich zumindest einen Teil ausmisten, damit es nicht auffiel und um mein schlechtes Gewissen zu beruhigen.

Nach einer halben Stunde klappte ich den Laptop zu und ging ins Wohnzimmer. Es war schon halb elf, und Betty gähnte müde.

»Der Rechner müsste jetzt wieder problemlos laufen«, sagte ich.

»O danke. Das ist echt lieb von dir. Ich kann zwar die einfachen Sachen damit machen, aber sobald es nur ein klein wenig kompliziert wird, kenne ich mich da leider gar nicht mehr aus.«

»Wichtig wäre es, dass du immer wieder mal Updates machst. Das ist gar nicht so schwierig.«

»Vielleicht kannst du mir das ja noch zeigen, solange du noch hier bist?«

»Gern. Soll ich dich ins Bett bringen?«

»Ich könnte es auch allein schaffen«, sagte sie mit einem Lächeln, das jedoch sehr müde wirkte.

»Das könntest du. Aber wozu wäre ich dann überhaupt noch gut?«

»Okay, wenn es dir so wichtig ist, dann kannst du mir ja helfen.«

Als ich später im Bett lag, konnte ich lange Zeit nicht einschlafen. Ausgerechnet in dieser Nacht war Jojo bislang noch nicht zu mir gekommen. Obwohl eigentlich er dafür verantwortlich war, dass ich die E-Mail unbeabsichtigt abgeschickt hatte, hätte ich sein beruhigendes Schnurren neben mir gerade dringend brauchen können. Noch immer beschäftigte mich diese E-Mail. Ich kam mir vor, als hätte ich etwas Schlimmes angestellt. Dabei wusste ich ja noch nicht einmal, was in dieser Nachricht an Alexander überhaupt stand. Doch jetzt musste ich einfach nur die Ruhe bewahren und abwarten. Vielleicht erfüllte sich ja meine Hoffnung, und Betty dachte ohnehin, dass sie die Mail schon weggeschickt hatte. Dann wäre alles gut.

Es war schon fast ein Uhr früh, als ich Schritte im Flur hörte, und gleich darauf ging eine Tür. Philip war von seinem Abend mit den Freunden nach Hause gekommen.

Am liebsten wäre ich zu ihm gegangen, um ihm von meinem Dilemma zu erzählen. Aber ich wollte ihm das nicht aufhalten. Schließlich stünde er dann mit diesem Wissen in einer Zwickmühle, ob er es seiner Mutter sagen sollte oder nicht. Das wollte ich lieber nicht riskieren. Ich drehte mich auf die andere Seite und schloss die Augen. Doch das Gedankenkarussell drehte sich immer weiter.

Kapitel 22

Fiasko im Baumarkt

Der nächste Morgen vertrieb mit dem Sonnenaufgang meine Sorgen. Zumindest zum Teil. Ich konnte leider nicht rückgängig machen, was unbeabsichtigt passiert war. Und sollte es deswegen irgendwelche Probleme geben, würde ich eben dazu stehen. Und außerdem bestand immerhin die Chance, dass die Nachricht sowieso an ihren Empfänger hätte gehen sollen, und damit wäre dann alles gut, und ich hätte mich völlig umsonst verrückt gemacht.

Der gemeinsame Ausflug mit Betty und Philip in die Stadt lenkte mich ebenfalls ab. Da die Temperaturen im Laufe des Tages wieder bis auf knapp dreißig Grad ansteigen sollten, brachen wir kurz vor neun Uhr in Philips Wagen auf. Wir spazierten vom Parkplatz an der Donaulände in Richtung Altstadt. Immer wieder musste ich schmunzeln, wenn sich Leute nach Betty mit ihren blauen Haaren umdrehten, als wäre sie ein Kuriosum. Eine Frau in den Vierzigern schüttelte sogar den Kopf und sagte zu ihrem Begleiter: »Unmöglich in dem Alter!«

Als Betty das hörte, rief sie den beiden hinterher.

»Ein wenig mehr Farbe würde Ihnen auch nicht schaden mit Ihrem Schwarz-Weiß-Denken!«

Philip und ich grinsten uns an.

Durch die kleinen Gassen gingen wir weiter über den Domplatz in die Fußgängerzone. Als wir an der Eisdiele vorbeikamen, bei der Philip und ich uns angeblich kennengelernt hatten, wie wir es Andreas und seiner Mutter bei unserer kleinen Schwindelei hatten verkaufen wollen, sagte Philip: »Ich muss unbedingt dieses Eis probieren. Deine Lieblingssorte, Tilda. Was war das noch mal?«

»Crema Veneziana.«

»Stimmt. Ich bin schon sehr gespannt.«

»Und ich hätte gern einen Cappuccino!«, sagte Betty.

Wir schnappten uns einen eben frei gewordenen Tisch und gaben die Bestellung auf.

Für ein Eis war es mir heute noch etwas zu früh, deswegen entschied ich mich für einen Latte Macchiato.

»Das fühlt sich wie ein toller Urlaubstag mit euch an!«, schwärmte Betty, als sie an ihrem Cappuccino nippte.

Ich nickte zustimmend.

»Und nachdem mein Aufenthalt im Haus bald dem Ende zugeht, ist es auch ein schöner Abschluss.«

Betty sah mich an.

»Ich hätte nicht gedacht, dass ich das mal sagen würde – wir hatten anfangs ja wirklich unsere Probleme –, aber inzwischen bin ich froh, dass du dich auf den Deal mit meiner Tochter und Richard eingelassen und mich betreut hast, Tilda.«

Ich freute mich sehr, dass sie das sagte.

»Danke, Betty! Ich bin auch froh. Wir haben uns wirklich zusammengerauft.«

Sie nickte. »Die Stelle in der Praxis hast du dir redlich verdient.«

»Hey! Und was ist mit mir?«, rief Philip dazwischen. »Ich habe ja wohl auch meinen Teil dazu beigetragen, dass es läuft.«

Betty lächelte.

»Das hast du, mein Sohn. Auch dir vielen Dank! Wir sind eben ein cooles Team.«

Er nickte.

»Und? Wie schmeckt dir das Eis?«, fragte ich Philip.

»Die Sorte ist wirklich ziemlich gut, Tilda. Aber Schokolade mag ich doch noch ein klein wenig lieber.«

Philip hatte schon seit heute früh ein auffallendes Grinsen im Gesicht. Doch als ich ihn nach dem Frühstück zwischen mehreren Küssen in der Abstellkammer gefragt hatte, warum er so vergnügt war, hatte er nur die Schultern gezuckt und »Ach, nichts!« gesagt.

Vielleicht war er ja deswegen so gut gelaunt, weil unser Date immer näher rückte. Er hatte inzwischen sogar im historischen Hotel *Wilder Mann*, in der Altstadt, nah am Ufer der Donau, ein Zimmer reserviert. Nur noch drei Tage, dann würde es nicht mehr nur bei unseren heimlichen Küssen bleiben. Ein Gedanke, der auch mir ein Lächeln auf die Lippen zauberte und mir immer wieder kleine wohlige Schauer der Vorfreude bescherte.

»Was haltet ihr davon, wenn wir uns heute Abend was vom Griechen liefern lassen?«, schlug Philip vor. »Ich würde euch einladen und dann gerne etwas mit dir besprechen, Mutter.«

»Was denn?«, fragte Betty und wirkte fast ein wenig alarmiert.

»Das erfährst du erst heute Abend.«

»Du weißt genau, dass ich nicht gern auf die Folter gespannt werde.«

»Tja. Das musst du jetzt aber aushalten.«

Ich war mindestens genauso neugierig wie seine Mutter. Seiner Miene nach musste es jedenfalls eine gute Nachricht sein.

Wir spazierten zurück zum Parkplatz und fuhren dann in Philips Wagen zum Baumarkt.

Betty hatte bereits den Bausatz für ein passendes kleines Schuhregal ausgesucht, den ich in den Einkaufswagen packte. Später würden wir das Regal gleich noch für sie aufbauen und es schon mal in ihre Wohnung bringen.

Ich sah mich um. »Wohin ist denn Philip noch verschwunden?«, fragte ich, als Betty und ich in der ewig langen Schlange an der Kasse anstanden.

»Der kommt gleich. Er besorgt nur noch schnell etwas für mich«, antwortete sie mit einem verschmitzten Lächeln. »Besser gesagt, es ist für dich, Tilda. Ein kleines Geschenk.«

»Ein Geschenk? Aber Betty, das ist doch nicht nötig!« sagte ich. Aber insgeheim freute ich mich und war schon gespannt, was es sein würde.

Plötzlich meldete Bettys Handy eine Nachricht. Sie

holte ihr Smartphone mit der gesunden Hand aus der Tasche, die auf ihrem Schoß lag.

»Eine Nachricht von Eva! Sie hat ein paar Fotos geschickt von einem Ausflug nach Philadelphia.«

Wie immer, wenn es um ihre Enkeltochter ging, begann sie zu strahlen.

»Ich freue mich, dass das Mädchen so viel erlebt. Daran kann sie sich ihr Leben lang erinnern.«

In diesem Moment entdeckte ich Philip, der auf uns zukam. Ich sah ihn erschrocken an. Er trug einen riesigen Strauß – Sonnenblumen.

Sonnenblumen????

Schon allein bei diesem Anblick begann meine Nase zu kitzeln.

»Du wolltest, dass Philip für mich Sonnenblumen als Geschenk holt?!«, fragte ich fassungslos. Wollte sie mich noch einmal damit quälen? Oder was war das für eine besonders makabre Art von Freundlichkeit?

»Du weißt doch ganz genau, dass ich total allergisch bin?«, rief ich so laut, dass ein paar Leute um uns herum mir erstaunte Blicke zuwarfen.

Doch Betty reagierte gar nicht auf das, was ich sagte. Sie starrte auf ihr Handy.

»Wie kann das sein?«, murmelte sie so leise, dass ich sie gerade noch hören konnte.

Inzwischen kam Philip auf uns zu, und ich trat reflexartig einen Schritt zurück.

»Bleib mir bloß vom Leib!«

»Tilda! Die sind doch nicht echt! Was denkst du denn?«, rief er und schüttelte lachend den Kopf.

Nicht echt? Aber natürlich! Jetzt erkannte ich es auch. Es waren künstliche Sonnenblumen. Mir fiel ein Stein vom Herzen, und gleichzeitig tat mir mein kleiner Ausbruch von soeben leid. Fast schämte ich mich für meinen vorschnellen Verdacht. Aber wenn es um Sonnenblumen ging, verstand ich keinen Spaß.

»Entschuldige, Betty. Ich wusste ja nicht ...«, suchte ich nach Worten »... ich bin nur echt erschrocken, du weißt ja, was die mit mir anstellen.«

Doch Betty reagierte immer noch nicht. Langsam machte ich mir Sorgen. Was hatte sie denn? War sie sauer auf mich, weil ich sie so barsch angefahren hatte?

»Mutter. Passen die Blumen nicht?«, fragte Philip unsicher.

Endlich hob sie den Kopf und sah zwischen mir und Philip hin und her.

»Alexander hat mir geschrieben«, sagte sie leise und wirkte fassungslos.

»Echt? Das ist ja toll!« Philip freute sich ganz offensichtlich über diese Nachricht.

Aber mir rutschte in diesem Moment das Herz in die Hose, und mir schwante Übles. Das war es also!

»Toll? Er hat auf meine Mail geantwortet, die ich ihm aber gar nicht geschickt habe!«, sagte Betty, seltsam abgehackt.

»Wie, das verstehe ich nicht? Ist das nur eine Fake-Mail?«, meinte Philip verwirrt.

Betty sah mich an, und an meinem betroffenen Gesichtsausdruck erkannte sie sofort, wer für den Versand der Mail an Alexander verantwortlich gewesen sein musste. Anstatt etwas zu mir zu sagen, rief sie plötzlich laut:

»Achtung! Zur Seite!«

Sie fuhr mit dem Rollstuhl los und kurvte knapp an mir vorbei. Die anderen Leute in der Schlange wichen ihr aus und sahen der Frau im Rollstuhl, deren blaues Haar im Fahrtwind wehte, irritiert hinterher. Fast hätte ich gelacht, wenn mir nicht so elend zumute gewesen wäre.

Mist!

»Was hat sie denn?«, rief Philip. »Mutter! Warte! Wo willst du denn hin?«

Doch Betty sauste nun an der Kasse vorbei auf den Ausgang zu. Ich ließ den Einkaufswagen einfach stehen und folgte ihr, wobei ich wie beim Slalom den Leuten auswich, die mich kopfschüttelnd ansahen.

»Hey! Was soll denn das?«, rief die Verkäuferin mir hinterher und dann: »Halt, Sie müssen die Sonnenblumen erst bezahlen!« Was offenbar an Philip gerichtet war.

Betty fuhr die lang gezogene Rampe zum Parkplatz in einem Affentempo hinunter. Doch sie schlug nicht den Weg zu Philips Wagen ein, sondern steuerte direkt auf die Ausfahrt zur Hauptstraße zu.

»Betty! Bleib stehen!«, rief ich ihr aufgeregt hinterher. Und zuckte zusammen, als ein SUV rückwärts aus einer Parklücke stieß und sie nur um Haaresbreite daran vorbeikam, ohne dass er sie über den Haufen fuhr. Für einen Moment fühlte es sich so an, als wäre vor Schreck sämtliches Blut aus mir gewichen, und in meinen Ohren rauschte es. Doch ich durfte nicht stehen bleiben. Ich musste Betty einholen, bevor noch etwas Schreckliches passierte.

Inzwischen war auch Philip aus dem Baumarkt gekommen – ohne die Sonnenblumen – und eilte uns rufend hinterher.

Kurz bevor es auf die vielbefahrene Hauptstraße ging, hatten wir sie endlich eingeholt. Ich sprang mit ausgestreckten Armen vor Betty und dachte schon, sie würde nicht bremsen und mein letztes Stündlein hätte geschlagen. Doch direkt vor mir hielt sie an, wohl auch weil Philip sie an den Griffen des Rollstuhles festhielt.

»Sag mal, Mutter, bist du jetzt völlig durchgedreht?«, fuhr er sie an. In seinem Gesicht konnte ich jedoch sehen, dass er weniger wütend war, sondern sich vielmehr große Sorgen um sie machte.

Sie sagte nichts, sah mich nur vorwurfsvoll an. Doch ich wollte ihr nicht auf diesem Parkplatz erklären, was gestern passiert war.

»Komm jetzt zum Wagen, wir fahren nach Hause«, sagte Philip bestimmt.

»Ihr könnt allein fahren. Ich komme schon nach Hause, bin ja mobil in meinem Rollstuhl.« Ihre Stimme klang bitter.

»Das ist doch albern! Ich bitte dich, sei doch vernünftig, Betty«, bat ich eindringlich.

»Mutter, ich respektiere dich und will dich deine eigenen Entscheidungen treffen lassen. Und ich weiß nicht, was gerade vorgefallen ist. Aber nach dieser lebensgefährlichen Aktion bestehe ich darauf, dass du in mei-

nen Wagen steigst. Falls nicht, rufe ich einen Kranken-
wagen und halte dich so lange fest, bis sie kommen und
dich mitnehmen«, drohte er ihr. Und ich traute es ihm
in diesem Moment durchaus zu. »Also?«

Inzwischen war mir ganz schlecht geworden. Ich war
für das schreckliche Fiasko hier verantwortlich. Ich ganz
allein.

»Betty, es tut mir so leid«, sagte ich leise. »Es war ein
Versehen. Bitte glaube mir.«

»Ein Versehen? Was meinst du denn damit, Tilda?«,
fragte Philip, der aussah, als würde er im Moment die
Welt nicht mehr verstehen. »Kann mir jetzt bitte mal jemand erklären, was zum Teufel hier los ist?«

»Bitte lass uns nach Hause fahren und dort darüber
reden«, bat ich eindringlich.

Und schließlich gab sie nach.

Kapitel 23

Klartext

Nachdem ich zu Hause erklärt hatte, wie das gestern mit der Mail passiert war, und dabei nichts beschönigt hatte, sah Philip Betty und mich kopfschüttelnd an.

»Deswegen dieses ganze Theater im Baumarkt?«, fragte er fassungslos.

»Tilda hätte diesen Mailentwurf an Alexander nie lesen dürfen!«, rief Betty aufgebracht, und ihre Stimme überschlug sich fast. »So etwas macht man doch nicht! Schließlich gibt es so was wie das Briefgeheimnis!«

»Ich schwöre bei allem, was mir wichtig ist, ich habe deine Mail nicht gelesen, Betty. Als ich die Anrede in der Mail sah, wollte ich sie sofort wieder schließen. Aber dann sprang Jojo mir auf die Schultern, ich bin erschrocken und mir ist die Maus weggerutscht. Deswegen habe ich aus Versehen auf Versenden geklickt und konnte es leider nicht mehr rückgängig machen«, erklärte ich nun schon zum zweiten Mal.

Betty schnaubte nur ungläubig. Auch diesmal nahm sie es mir offenbar nicht ab. Im Gegensatz zu Philip.

»Das hört sich alles so schräg an, dass man sich das gar nicht ausdenken könnte!«, sagte er. »Aber ich verstehe nicht, warum du es meiner Mutter nicht einfach gleich gesagt hast?«

Im Nachhinein fragte ich mich das auch. Trotzdem versuchte ich, es den beiden zu erklären.

»Ich dachte wirklich, es wäre möglich, dass Betty die E-Mail schon vorher hatte abschicken wollen, sie aber durch den Absturz des Computers nicht rausgegangen sei. In diesem Fall wollte ich nicht, dass Betty denken könnte, ich hätte die E-Mail gelesen. Was ich nicht getan habe!«, betonte ich erneut. »Deswegen habe ich nichts gesagt.«

»Okay. Das ist nachvollziehbar ... Und heute, als die Antwort von Alexander kam, da ist dir das erst aufgefallen, Mutter?«, versuchte Philip, alles zu sortieren, und ging dabei im Wohnzimmer auf und ab.

»Natürlich! Ich habe die E-Mail ja nicht abgeschickt und dachte, sie wäre noch als Entwurf gespeichert.«

»Es tut mir leid, wenn die Antwort von Alexander auf deine E-Mail so verletzend war«, murmelte ich.

Betty atmete einmal tief ein und aus.

»Das war sie nicht«, sagte sie dann nur.

Philip blieb stehen.

»Nicht? Was hat er denn dann geschrieben? So wie du dich aufführst, hat dich das ja ziemlich aufgeregt.« Er klang inzwischen durchaus leicht genervt.

»Erstens geht es dich gar nichts an, was er geschrieben hat, und zweitens hat es mich aufgeregt, dass Alexander überhaupt die Nachricht von mir bekommen hat. Denn das wollte ich nicht.«

Langsam verstand auch ich nicht mehr so wirklich,

was das bedeuten sollte und wo ihr Problem überhaupt genau lag.

»Mutter, jetzt ist das nun mal passiert. Tilda hat sich entschuldigt und versichert, dass es keine Absicht war. Ich glaube ihr das. Und du solltest das auch tun. Können wir die ganze Sache nicht einfach vergessen und alle wieder runterkommen?«

»Nein! Eben nicht. Alexander will in den nächsten Tagen mit mir zum Essen gehen, weil ich ihm das vorgeschlagen habe!«, rief sie, und es klang, als ob sie verkünden würde, dass in drei Stunden ein Komet in Passau einschlagen und ganz Bayern vernichten würde.

Philip schüttelte den Kopf und lachte dann. »Du ärgerst dich ernsthaft, weil Alexander mit dir ausgehen will und du ihm das zwar selbst vorgeschlagen hast, aber den Brief eigentlich noch nicht wegschicken wolltest? Aus was weiß ich für welchen Gründen? Ehrlich, Mutter, ich erkenne dich gar nicht mehr wieder. Langsam mache ich mir echt Sorgen um dich! Franzi hat wohl doch recht damit gehabt, dass du dich sehr verändert hast.«

»Wie bitte?«

Das schien sie erst so richtig auf die Palme zu bringen.

»Sag mal, wie redest du denn mit mir, Philip? Du denkst wohl, weil du jetzt mal ein paar Tage am Stück hier warst, weißt du, was los ist?«

Philip sah sie betroffen an.

»Mutter?«

»Bitte«, mischte ich mich ein. »Können wir uns nicht einfach wieder alle vertragen? Ich glaube, dass wir gerade komplett aneinander vorbeireden.«

»Das glaube ich nicht!«, fuhr Betty mich an. Dann wandte sie sich wieder an ihren Sohn. »Ich freue mich jedes Mal so sehr, wenn du mich besuchen kommst. Und jedes Mal haben wir eine tolle Zeit. Wir kochen zusammen, musizieren, machen Ausflüge. Und immer, wenn du dann fährst, versprichst du, wieder viel öfter zu kommen. Oder dass du mich für ein paar Tage nach Berlin einlädst. Wie oft hast du dieses Versprechen gehalten? Das muss ich dir nicht sagen, nicht wahr? Aber egal, ich verstehe ja, dass du in Berlin dein eigenes Leben hast. Und genau so will ich hier meines führen. Also sag mir nicht, worüber ich mich aufregen darf und worüber nicht! Du hast doch keinen blassen Schimmer, wie es mir geht!«

»Mutter, ich …«

Doch sie unterbrach ihn.

»Es hat mich einigen Mut gekostet, bis ich entschieden habe, wieder Kontakt zu Alexander aufzunehmen. Und ich habe seit Tagen immer wieder an dieser E-Mail gefeilt, weil es so wichtig ist, die richtigen Worte zu finden. Ich habe diese E-Mail nicht abgeschickt, weil sie noch nicht perfekt war und ich damit warten wollte, bis ich diese blöden Gipsverbände nicht mehr tragen muss. Wenn ich nach so vielen Jahren mit Alexander ausgehe, um verschiedene Dinge mit ihm zu klären, dann möchte ich das nicht in einem Rollstuhl tun. Sondern aufrecht. In einem schönen Kleid, hübsch zurechtgemacht. Und verdammt noch mal nicht mit blauen Haaren!« Sie warf einen verärgerten Blick zu mir. »Wobei die im Moment noch das geringste Problem sind!«

Ich schluckte.

»Das tut mir alles so schrecklich leid, Betty«, beteuerte ich erneut.

»Das hilft mir gerade auch nicht weiter. Jetzt hat er schon Termine für eine Verabredung in den nächsten Tagen vorgeschlagen. Er wartet darauf, dass ich ihm bald zurückschreibe. Nun bleibt mir nichts anderes übrig, als mich doch im Rollstuhl und mit Gips mit ihm zu treffen, was ich absolut nicht wollte, oder ihm zu antworten, dass ich es mir anders überlegt habe und er doch noch ein paar Wochen warten muss, bis wir uns sehen. Was auch nicht das ist, was ich wollte!«

In diesem Moment klingelte es an der Tür.

»Wer ist das denn jetzt?«, fragte Philip genervt.

»Das wird Udo sein!«, sagte Betty barsch und fuhr zur Tür. Dort blieb sie stehen und drehte sich noch mal zu uns beiden um. »Ihr könnt euch schon mal drauf einstellen, dass ich heute nach der Physio von hier verschwinde und wieder in meine Wohnung gehe! Ich treffe ab jetzt wieder meine eigenen Entscheidungen!« Damit fuhr sie hinaus in die Diele.

Für ein paar Sekunden schwiegen Philip und ich.

»Das ist ja ein ganz schöner Schlamassel, den ich da angerichtet habe, als ich die Mail verschickt habe«, sagte ich dann betroffen.

»Auch wenn sie vielleicht ein wenig überreagiert, aber ich kann schon verstehen, dass sie sauer ist deswegen«, meinte Philip.

»Wie das wohl bei deiner Schwester und deinem Schwager ankommen wird? Hoffentlich verliere ich deswegen jetzt nicht doch noch den versprochenen Job!«, murmelte ich. »Und das nur drei Tage vor Ablauf der drei Wochen.«

Das hatte ich mir selbst vermasselt.

»Ich habe mir die letzten Tage in diesem Haus auch ganz anders vorgestellt. Eigentlich hatte ich für Mutter eine Überraschung. Ich wollte ihr heute sagen, dass ich vorhabe, wieder nach Passau zu ziehen.«

»Wirklich? Oder ist das nur wieder so ein leeres Versprechen auf irgendwann?«, rutschte es mir heraus.

»Wie meinst du das denn?«, fragte er.

»Na ja. Deine Mutter hat doch vorhin selbst gesagt, dass du ihr immer wieder versprichst zu kommen und es dann nicht einhältst.«

Eigentlich hatte ich das nicht sagen wollen, aber die Worte sprudelten plötzlich ungefiltert aus mir heraus.

Er sah mich verdutzt an.

»Entschuldige, Tilda, aber ich hoffe, du fängst jetzt nicht damit an, mir wie meine Ex plötzlich vorschreiben zu wollen, was ich zu tun habe?« Sein Ton war unvermittelt etwas schärfer geworden.

»Vorschreiben will ich dir ganz sicher nichts. Ich frage mich nur, ob du dein Versprechen Betty gegenüber diesmal hältst oder ob du sie wieder enttäuschst«, fuhr ich ihn an.

»Und wie bitte soll ich jetzt beweisen, dass ich tatsächlich wieder nach Passau ziehen will, sobald ich hier eine Wohnung gefunden habe? Soll ich vielleicht einen Eid schwören?«

»Besuch für dich, Tilda!«, hörte ich Betty plötzlich sagen. Und wie eine Wiederholung von letzter Woche kam hinter ihr Andreas ins Wohnzimmer. Es fehlte nur seine Mutter, dafür stand Udo mit seinem Klapptisch in der Tür. Doch während das letzte Mal reine Harmonie herrschte, war nicht zu übersehen, dass hier stattdessen ordentlich dicke Luft war.

Andreas sah mich und Philip auch dementsprechend neugierig an.

»Und du willst nach Passau ziehen?«, fragte Betty ihren Sohn ungläubig, die den letzten Teil unserer Unterhaltung offensichtlich mitbekommen hatte.

Laut genug waren wir ja gewesen.

»Sie wohnen gar nicht hier?«, fragte Andreas, bevor Philip seiner Mutter antworten konnte. »Ich dachte, das Haus gehört Ihnen?«

Ich verdrehte die Augen.

Na toll! Auch das noch!

»Nein. Das Haus hier gehört meiner Schwester und ihrem Ehemann!«, erklärte Philip genervt.

»Das stimmt«, mischte Udo sich ein, der zwar nicht wissen konnte, worum es hier ging, aber dennoch irgendwie seinen Senf dazugeben wollte.

»Was willst du denn überhaupt schon wieder hier, Andreas?«, fragte ich und versuchte, nicht allzu unhöflich zu klingen.

Er reichte mir ein braunes Kuvert.

»Da sind noch ein paar Unterlagen der Bank, die du unterschreiben musst.«

»Okay. War's das?«

»Könntest du das vielleicht gleich machen?«, drängte er. »Das sollte bald erledigt werden.«

»Nein, das kann ich nicht! Ich will mir das erst in Ruhe anschauen!«

»Na gut. Wie du meinst«, sagte er, nicht sonderlich zufrieden.

Er schaute noch mal zwischen mir und Philip hin und her.

»Seid ihr zwei eigentlich ein Paar, oder war das auch gelogen?«, fragte er. Die Taktlosigkeit seiner Mutter hatte inzwischen voll auf ihn abgefärbt.

»Oh, die beiden sind ein Paar, das kann ich Ihnen versichern!«, beteuerte Betty zu meiner Überraschung sehr energisch. »Sie denken zwar, dass ich es nicht mitbekomme, aber sie knutschen ständig überall herum – und dann die Blicke, die sie wechseln.«

Ich sah sie verdattert an und spürte, wie ich knallrot wurde. Auch Philip schien für einen Moment sprachlos.

Udo hingegen grinste.

»Das ist mir auch schon aufgefallen«, leistete er auch hier seinen Beitrag.

Andreas' Miene verriet, dass ihm das alles irgendwie nicht so gefiel.

»Sonst noch was?«, fragte ich ungeduldig.

»Nein, das war's dann auch schon«, antwortete er. »Und bitte schick mir die Sachen bald zu, Tilda.«

»Ich kann sie dir auch zur Villa bringen«, bot ich an, wohl wissend, wie bedacht er darauf war, dass ich und seine schwangere Frau Kaiser nicht aufeinandertrafen.

»Das musst du nicht!«, sagte er schnell, genauso wie ich es vermutet hatte. »Schick sie einfach ins Büro.«

In diesem Moment klingelte mein Handy.

Was war denn heute nur los?

»Ja, hallo?«, meldete ich mich.

»Hier ist Tim Schwarz. Ich habe inzwischen mit meinem Vater gesprochen. Wenn Sie die Wohnung im Kainzenweg haben wollen, dann können Sie ab 1. August einziehen, Frau Buschmann. Sie müssten nur nächste Woche mal vorbeikommen, um den Mietvertrag zu unterschreiben.«

»Wirklich?«, fragte ich und stand kurz vor einem hysterischen Lachanfall. Meinen Job hatte ich womöglich verloren, dafür aber eine Zusage für eine Wohnung bekommen. Na prima! Und ausgerechnet in dem Haus, in dem Betty wohnte, die gerade so sauer auf mich war, dass sie mich nicht mehr sehen wollte. Na, es lief doch perfekt in meinem Leben!

»Wirklich«, kam es freundlich vom Vermieter zurück. »Ich bin leider schon etwas in Eile. Ich schicke Ihnen einfach ein paar Terminvorschläge per Mail. Passt das?«

»Natürlich.«

»Schön. Wiederhören, Frau Buschmann!«

Ich legte auf, und nun konnte ich mich tatsächlich nicht mehr bremsen und begann, wild zu lachen.

Während Betty etwas verspätet ihre Physio und Massage bekam, saß ich draußen auf der Terrasse. Jojo war zu mir gekommen und legte sich auf den Liegestuhl direkt neben mir.

Sanft kraulte ich ihn am Kopf, und er schnurrte genießerisch.

»Auch wenn du kleiner Schlawiner Schuld daran hast, dass diese unsägliche Mail an Alexander rausgegangen ist, werde ich dich und deinen Bruder sehr vermissen.«

Vielleicht sollte ich mir ja auch eine Katze zulegen. Oder gleich zwei. Falls das in der neuen Wohnung überhaupt erlaubt wäre. Wobei ich nicht davon ausging, dass ich nach dem, was heute alles passiert war, tatsächlich dort einziehen würde. Aber die endgültige Entscheidung wollte ich erst nach dem Wochenende treffen. Jetzt hatte ich einfach noch keinen freien Kopf für solche Überlegungen.

Philip kam mit zwei Bechern Kaffee in der Hand auf die Terrasse.

»Für dich!«, sagte er und reichte mir eine Tasse.

»Danke.«

Er setzte sich neben mich.

»Es tut mir leid, wegen vorhin!«, sagte er zerknirscht. »Ich hätte dich nicht so anfahren dürfen. Aber weißt du, die Worte meiner Mutter haben mich doch ziemlich getroffen. Weil sie leider stimmen. Und als du dann noch in dieselbe Kerbe schlugst …«

»Mir tut es auch leid, Philip. Ich habe wirklich überhaupt kein Recht, dich für etwas zu kritisieren oder mich in eure Familienangelegenheiten einzumischen.«

Er griff nach meiner Hand und spielte mit meinen Fingern.

»Ist es dir wirklich ernst damit, wieder nach Passau zu kommen?«, wollte ich nun doch wissen.

»Ja. Ich habe schon länger darüber nachgedacht. Berlin ist zwar eine coole Stadt, und ich mag die bunte Lebendigkeit, aber mir hat dort schon eine ganze Weile was gefehlt. Und ich habe jetzt wieder gemerkt, wie gut es mir hier in Passau gefällt. Meinen Job kann ich auch hier machen. Gestern habe ich mich mit Freunden getroffen, mit denen ich in meiner Teenagerzeit mal in einer Band gespielt habe. Die hätten alle Bock darauf, ab und zu gemeinsam Musik zu machen. Das würde mir echt auch Spaß machen. Einer von ihnen kann mir günstige Räume für ein Tonstudio vermieten.«

»Das hört sich echt gut an.«

»Und wenn ich wieder hier bin, kann ich auch viel öfter Zeit mit Mutter verbringen.«

»Falls sie dann überhaupt noch Zeit übrig hat«, meinte ich.

»Wie meinst du das?«

»Wer weiß, wie das ausgeht, wenn sie sich wieder mit Alexander trifft.«

Er grinste schief.

»Ich hoffe, gut.«

»Das hoffe ich auch. Schlimm genug, dass durch mich so ein Chaos entstanden ist.«

»Nun ja, aber weißt du was? Klar, Mutter hat sich das anders vorgestellt, aber ein Weltuntergang ist das jetzt sicher auch nicht mit dieser Mail. Alexander hat sie doch schon auf dem Friedhof gesehen und weiß, dass sie zurzeit im Rollstuhl sitzt und blaue Haare hat. Wenn er dennoch mit ihr ausgehen möchte, ist das ein gutes Zeichen. Und letztlich kommt es nur darauf an.«

»Das stimmt.«

Ich nippte an meinem Kaffee.

»Und wenn ich wieder nach Passau ziehe, dann könnten wir uns ja vielleicht auch öfter sehen«, wagte er sich vorsichtig vor.

Ich warf ihm einen Blick zu und lächelte.

»Könnten wir.«

»Wie geht das jetzt mit uns beiden überhaupt weiter?«, fragte er ein wenig unsicher. »Bleibt es denn bei unserem Date am Montag?«

Ich zuckte mit den Schultern.

»Ehrlich gesagt weiß ich nicht, wie mir am Montag zumute ist. Betty will zurück in ihre Wohnung. Und ich kann sie auch verstehen. Wenn die Nachbarin ihr hilft, dann kriegt sie das dort schon irgendwie hin. Sie kommt ja jetzt schon alleine aus ihrem Rollstuhl raus und wieder rein. Aber damit habe ich meinen Auftrag nicht so erfüllt, wie es abgemacht war. Und es kann durchaus sein, dass ich den Job deswegen nun doch nicht bekomme.«

»Ach, komm, Tilda. Das wäre völlig albern. Und du kümmerst dich ja auch noch bis zu ihrer Rückkehr um die Katzen! Wegen der drei Tage? So pingelig ist weder meine Schwester noch mein Schwager. Außerdem brauchen sie eine Mitarbeiterin in der Praxis. Ich an deiner Stelle würde das mal echt gelassen nehmen.«

Seine Worte erleichterten mich.

»Und sehen wir es mal so …« Er beugte sich näher zu mir und flüsterte: »Wir hätten das restliche Wochenende hier im Haus ganz für uns allein.«

Nachdem Udo gegangen war, fuhr Betty zu uns auf die Terrasse.

»Ich wollte euch nur noch mal sagen, dass meine Entscheidung steht. Ich gehe zurück. Noch heute.«

»Wir haben es verstanden, Mutter«, sagte Philip. »Und das ist okay, wenn du das unbedingt möchtest.«

Betty wirkte etwas überrascht. Offenbar hatte sie damit gerechnet, dass wir es ihr doch noch mal ausreden wollten, und sich auf eine längere Diskussion eingestellt.

»Ja. Das möchte ich.«

»Wenn du willst, helfe ich dir beim Packen, Betty!«, bot ich an.

»Danke.«

»Darf ich dir nur einen Vorschlag machen?«, wagte ich mich vor.

»Was denn?«

»Ich könnte die nächsten Tage morgens bei dir vorbeikommen, dir die Spritze geben und dir beim Waschen und Anziehen helfen.«

Philip, der hinter ihr stand, nickte mir dankbar zu. So ganz wohl war ihm offenbar doch nicht bei dem Gedanken, dass sie wieder in ihrer Wohnung wäre und nur auf die Hilfe ihrer Nachbarin zählen konnte.

Betty schwieg.

»Ich kann dich echt verstehen, dass du nach Hause möchtest«, sagte ich. »Aber ich bin dafür engagiert worden, dich zu betreuen. Wenn ich Franziska und deinem Schwiegersohn sagen könnte, dass ich zumindest einmal am Tag bei dir war und nach dir gesehen habe, oder auch öfter, falls du mich aus irgendeinem Grund häufiger brauchen solltest, dann würde ich mich echt besser fühlen. Könntest du dich auf diesen Kompromiss einlassen?«

Sie sagte immer noch nichts.

»Jetzt komm schon, Mutter! Das ist doch auch zu deinem Vorteil«, meinte Philip. »Und natürlich komme auch ich jederzeit, solange ich hier bin. Du musst dich einfach nur melden.«

»Na gut«, stimmte sie zu. »Dann machen wir das eben so. Ich will ja schließlich auch nicht, dass Tilda die Stelle meinetwegen nicht bekommt.«

»Danke, Betty«, sagte ich mit einem Lächeln.

Doch ich hätte schwören können, dass sie selbst auch ein wenig erleichtert klang.

Knapp zwei Stunden später parkte Philip gegenüber dem Wohnhaus in der ruhigen kleinen Straße.

»So, jetzt bist du dann gleich daheim!«, sagte er. »Bist du dir ganz sicher, dass du das wirklich möchtest, Mutter?«

»Ja. Bin ich«, beteuerte Betty.

»Na gut.«

Obwohl ich ihre Entscheidung akzeptierte, hatte ich plötzlich ein total ungutes Gefühl. Am liebsten hätte ich sie wieder mit zurück in die Villa genommen.

Dennoch holte ich den Rollstuhl aus dem Kofferraum und klappte ihn auseinander. Philip half ihr aus dem Wagen und in den Rollstuhl.

»Danke!«, sagte sie und lächelte zufrieden.

»Huhu, Betty!«, rief Astrid ihr von der Haustür aus zu. Sie hatte schon auf die Rückkehr ihrer Nachbarin gewartet.

»Hallo, Astrid!« Betty winkte mit ihrem gesunden Arm zurück.

Während wir noch ihr Gepäck aus dem Auto holten, fuhr sie schon los.

»Warte doch, Betty!«, rief ich hinterher, als ich gleichzeitig einen Mann rufen hörte: »Hey, weg da, alte Oma!«

Dann krachte es auch schon. Betty lag auf der Straße im umgestürzten Rollstuhl. Und neben ihr ein junger Mann mit einem E-Roller, der sie gerammt hatte.

Kapitel 24

Sorge um Betty

Philip und ich saßen im Wartebereich der Notaufnahme. Betty und der Fahrer des E-Rollers wurden gerade versorgt. Doch schon als die Rettungssanitäter den jungen Mann in den Wagen verfrachtet hatten, war klar, dass er nicht sonderlich schwer verletzt, dafür aber erheblich alkoholisiert war.

Er hatte Glück im Unglück gehabt. Während Betty immer noch behandelt wurde, konnte er nach einer kurzen Befragung von zwei Polizisten nur mit einem Pflaster auf der rechten Wange nach Hause gehen. Allerdings würde das Ganze noch ein gewaltiges Nachspiel für ihn haben.

Auch wir hatten unsere Aussage schon gemacht. Betty hatte in ihrem Rollstuhl sitzend den lautlosen E-Roller nicht hören und auch nicht sehen können, als sie hinter dem Wagen auf die Straße fuhr, weil er auf der falschen Seite dahergekommen war.

»Wir hätten besser auf sie aufpassen müssen«, sagte ich mit schlechtem Gewissen. »Das hätte nicht passieren dürfen.«

»Hätte es nicht. Aber mit so was kann man doch nicht rechnen«, meinte Philip.

Plötzlich hörte ich ein Summen. Es kam aus Bettys Tasche, die neben meinem Stuhl stand. Ich griff hinein und holte ihr Handy heraus, das auf Vibrationsalarm gestellt war.

»Vielleicht ist das Astrid, die wissen möchte, ob es schon was Neues gibt. Gehst du da ran?«, fragte ich und reichte ihm das Handy.

»Okay ... Hier Philip Flieger«, meldete er sich. »Ach, Alexander?«

Ich horchte auf.

»Nein, Mutter kann im Moment nicht ans Telefon. Sie hatte leider vorhin einen Unfall ... Ja, sie ist im Klinikum ... Nein, wir wissen bis jetzt noch nichts ... Klar. Ich melde mich wieder und halte dich auf dem Laufenden ... Ja, danke. Das hoffe ich auch. Mach's gut, Alexander.«

Philip legte auf und sah mich an.

»Hoffentlich habe ich jetzt nicht auch noch was falsch gemacht in Bezug auf Mutter und Alexander, weil ich ihm ohne ihr Wissen von dem Unfall erzählt habe«, sagte er unsicher.

»Nein. Das hast du sicher nicht. Er wollte sich ja bald mit ihr treffen und denkt, dass sie das auch will ... Und sie wollte es ja auch, wenn auch nicht so bald.«

Er lächelte schwach.

»Ganz schön verwirrend alles irgendwie.«

Ich nickte und lächelte ebenfalls.

»Verwirrend, wie Gefühle und Beziehungen eben oft so sind.«

»Leider ... Aber Hauptsache, Mutter ist nichts Schlimmes passiert, und es geht ihr bald wieder gut.«

»Das wird es. Ganz bestimmt«, sagte ich, ohne zu wissen, woher ich diese Zuversicht nahm.

Die Tür zu einem Behandlungsraum öffnete sich, und eine Ärztin kam heraus.

»Sind Sie die Angehörigen von Frau Bettina Flieger?«, fragte sie.

Wir standen beide auf.

»Ich bin ihr Sohn Philip.«

»Und ich Tilda Buschmann, die Krankenpflegerin, die sie vorübergehend versorgt.«

»Wie geht es meiner Mutter?«

»Sie hat eine Gehirnerschütterung, und ihr Nasenbein ist gebrochen. Aber die Fraktur war nur ganz leicht verschoben, das konnten wir rasch beheben. Sie trägt jetzt eine Nasenschiene. In zwei Wochen etwa dürfte das wieder so weit gut sein.«

»Sonst fehlt ihr nichts?«, fragte Philip.

»Leider doch. Beim Sturz wollte sie sich wohl instinktiv mit dem linken Arm abstützen. Dabei ist ihr schon vorhandener Bruch noch mal in Mitleidenschaft gezogen worden.«

»Ach je!«, rief ich. »Das darf doch nicht wahr sein!«

Betty tat mir so leid.

»Beim ersten Bruch hat man sich ja für eine konservative Behandlung mit Ruhigstellung durch den Gipsverband entschieden. Was auch sinnvoll war. Aber jetzt ist es angeraten, den Bruch mit Platten zu fixieren. Anschließend reicht auch eine Schiene.«

»Sie muss dann keinen Gips mehr tragen?«, fragte Philip nach.

»Nein.«

»Und was ist mit ihrem gebrochenen Bein?«, wollte ich wissen.

»Da fehlt glücklicherweise nichts.«

Mir fiel ein Stein vom Herzen.

»Normalerweise könnte sie nach der Operation bald wieder nach Hause. Ich möchte Ihre Mutter aber gern zur Sicherheit ein paar Tage hierbehalten, um auszuschließen, dass sie vom Sturz nicht doch eine Gehirnblutung hat, die wir jetzt noch nicht feststellen konnten.«

Philip nickte.

»Natürlich. Können wir zu ihr?«

»Sie hat der Operation schon zugestimmt und wird bereits vorbereitet. Aber Sie können gern gleich morgen früh kommen, um sie zu besuchen.«

»Ist es okay, wenn wir später anrufen, damit wir erfahren, wie die Operation gelaufen ist?«, fragte Philip.

»Wissen Sie was? Ich melde mich bei Ihnen, wenn der Eingriff vorbei ist.«

»Vielen Dank!«

Als wir gegen neun Uhr abends zurück im Haus waren, mussten wir uns erst von dem Schock erholen. Trotzdem waren wir froh, dass die Sache einigermaßen glimpflich ausgegangen war. Jetzt musste nur die Operation gut verlaufen.

»Ich bin am Verhungern!«, sagte Philip und ging in die Küche. Ich folgte ihm.

Wir waren den ganzen Tag noch nicht dazugekommen, etwas zu essen. Und obwohl ich durch die Aufregung überhaupt keinen Appetit hatte, knurrte mein Magen schon gewaltig. Doch zuerst musste ich die Katzen füttern, die uns beide maunzend in die Küche gefolgt waren.

»Zum Kochen habe ich jetzt keine Lust mehr. Ich mache uns ein paar Brote, ist das okay für dich?«, fragte Philip.

»Das reicht völlig, danke.«

Zehn Minuten später setzten wir uns an den Tisch und wollten gerade essen. Da klingelte mein Handy.

»Deine Schwester!«, rief ich erschrocken. »Wir müssen es ihr sagen!«

»Müssen wir nicht, Tilda. Sie sind kurz vor dem langen Rückflug und würden sich bestimmt die ganze Zeit nur Sorgen machen!«, sagte er. »Wenn sie da sind, erfahren sie es noch früh genug. Und bis dahin geht es Mutter vermutlich auch schon besser.«

»Aber ich kann sie doch nicht anlügen, Philip.«

»Dann mach ich das eben.«

Er griff nach meinem Handy.

»Hallo, Franziska«, meldete er sich gespielt fröhlich über Lautsprecher. »Na, wie geht's euch so kurz vor dem Urlaubsende?«

»Wie es uns geht?«, fragte sie scharf. »Die Frage ist ja wohl eher, wie es euch geht?«

In mir schrillten alle Alarmglocken.

Sie weiß Bescheid!

»Vorhin hat uns eine Kollegin von Richard aus der Klinik angerufen und uns gesagt, dass man Mutter nach einem Unfall eingeliefert und sie gleich operiert hat! Was um Himmels willen ist da passiert? Ich dachte, du und Tilda passt auf sie auf! Kannst du mir verdammt noch mal erklären, wie es dazu kommen konnte?«

»Das können wir besprechen, wenn ihr wieder zurück seid!«, sagte er so ruhig wie möglich.

»Darauf kannst du Gift nehmen! Da gibt es noch ein gewaltiges Hühnchen zu rupfen. Mit euch beiden!«, fuhr sie ihn bedeutungsschwanger an und legte auf, ohne sich noch mal zu verabschieden.

Ich seufzte. Meine Stelle in der Praxis hatte ich in diesem Moment endgültig abgeschrieben.

Philip legte einen Arm um mich und zog mich an sich.

»Was für ein bescheuerter Tag«, murmelte er.

»Und wie! Dabei hatte er bei unserem Ausflug in die Stadt so gut angefangen.«

Er nickte.

»Dann schreibe ich wohl besser gleich noch eine Mail an die Klinik in Vilshofen und frage, ob die Stelle noch frei ist.«

»So wie sich meine Schwester angehört hat, wird das vermutlich das Beste sein.« Auch er ging offenbar nicht mehr davon aus, dass der Deal mit seiner Schwester und Richard unter diesen Umständen noch galt.

»Und ich rufe gleich noch Astrid und dann Alexander an und informiere die beiden über den Stand der Dinge. Aber vorher muss ich trotzdem unbedingt was essen, sonst kipp ich wirklich um.«

»Ich auch«, sagte ich und griff nach einem Käsebrot.

Kurz nach Mitternacht kam der Anruf, dass der Eingriff gut verlaufen sei und es Betty den Umständen entsprechend gut gehe. Morgen früh könnten wir sie auf jeden Fall besuchen.

Später lagen wir nebeneinander im Bett in meinem Zimmer. Von Romantik oder gar Leidenschaft war jedoch keine Spur. Wir waren einfach nur erschöpft und froh, uns gegenseitig zu halten und nicht allein zu sein. So ganz allein waren wir allerdings nicht, denn Jojo lag mit uns im Bett.

Doch einschlafen konnten wir beide lange nicht.

»Willst du was Lustiges wissen?«, fragte ich im Dunkeln.

»Was denn?«

»Ich habe die Zusage für eine Wohnung.«

»Wirklich? Wo denn?«

»Das wirst du jetzt vermutlich nicht glauben.«

»Jetzt sag schon.«

»Ernsthaft?«, rief er ungläubig, nachdem ich es ihm erzählt hatte. Dann lachte er laut los.

Kapitel 25

Spam

Gleich am nächsten Morgen fuhren Philip und ich mit einem bunten Strauß Rosen ins Krankenhaus. Ich hatte außerdem frische Kleidung für Betty eingepackt und ihr das Handy und den Laptop mitgebracht.

Sie war in einem Zimmer für zwei Patientinnen untergebracht, doch im Moment war das andere Bett nicht belegt. Als ich Philips Mutter in ihrem Bett am Fenster liegen sah, erschrak ich. Nicht nur ihre Nase war gebrochen und geschient, sie hatte auch noch ein riesiges blaurot schillerndes Veilchen um das linke Auge.

Betty hatte meinen Blick wohl bemerkt. Und noch vor einer Begrüßung deutete sie darauf und sagte trocken: »Das passt farblich gut zu meiner Frisur, findest du nicht?«

Und in diesem Moment wusste ich, dass sie mir nicht mehr böse war. Plötzlich löste sich die ganze Anspannung in mir, und ich begann zu heulen.

»Tilda!« Philip sah mich erschrocken an, während er die Blumen rasch in eine Vase stopfte.

»Schon gut«, winkte Betty mit ihrem gesunden Arm ab und klopfte auf den Platz neben sich am Bett.

Eigentlich war ich gekommen, um Betty aufzumuntern. Doch nun war sie es, die mich plötzlich tröstete.

Philip hatte sie hinausgeschickt, um ihr in der Cafeteria etwas zu trinken und die Tageszeitung zu holen. Und wir konnten allein sein.

»Es tut mir alles so leid, Betty!«, beteuerte ich. Doch sie begann zu schimpfen.

»Ist doch schon gut jetzt, Tilda. Kein Mensch kann was dafür, dass dieser betrunkene Kerl in mich reingefahren ist.«

»Trotzdem, ich darf gar nicht daran denken, wie dieser Unfall gestern hätte ausgehen können. Es wäre schrecklich für mich gewesen, wenn dir was Schlimmeres passiert wäre.«

Anfangs war Betty eine ziemliche Kratzbürste gewesen, aber sie war mir inzwischen echt ans Herz gewachsen.

»Mir ist aber nichts Schlimmes passiert. Ich habe wohl einen ziemlich guten Schutzengel, was meine Unfälle betrifft«, meinte sie verschmitzt.

»Den hast du wirklich, Betty. Aber ich hoffe, er hat jetzt mal ganz lange Zeit Pause mit dir.«

»Ja. Das sei dem Schutzengel gegönnt. Und außerdem habe ich jetzt keinen Gips mehr, sondern eine praktische Schiene. Sehr viel länger als vor dem letzten Unfall wird es wohl auch nicht dauern, bis ich wieder ganz die Alte bin.«

Ich war froh, dass sie das alles so pragmatisch aufnahm.

Plötzlich griff sie nach meiner Hand und drückte sie.

»Es tut mir leid, dass ich es dir so schwergemacht habe. Danke, dass du trotzdem gekommen bist, Tilda«, sagte sie leise.

»So schnell wirst du mich nicht los, keine Sorge!«, drohte ich im Scherz.

»Das will ich aber hoffen. Und ich denke, Philip hofft das auch ...«

Sie lächelte. »Auch wenn ich mich in solche Dinge nicht einmischen möchte, aber ich finde, ihr beide würdet gut zusammenpassen.«

In diesem Moment öffnete sich die Tür, und Philip kam herein.

»Danke ...«, flüsterte ich, und sie zwinkerte mir zu.

An diesem Abend hatte sich Philip mit seinem Freund verabredet, um die Details wegen der Vermietung der Räume für das Studio zu besprechen. Ich nutzte die Gelegenheit, um mich in einer kleinen Bar in der Altstadt endlich mal wieder mit Anette zu treffen.

»Ich habe das Gefühl, dich schon Monate nicht mehr gesehen zu haben«, rief sie und umarmte mich zur Begrüßung.

»So geht es mir auch.«

»Wahnsinn. Was bei dir alles los ist!«, meinte sie, nachdem ich sie auf den aktuellen Stand gebracht hatte.

»Und wie läuft es bei dir und dem Mechaniker?«, wollte ich wissen.

Sie zuckte nur mit den Schultern.

»Der Kinofilm war weitaus spannender als er.«
»Wie blöd.«

»Ach was. Irgendwann kommt schon noch der Richtige für mich ... sag mal, was machst du denn jetzt mit der Wohnung? Unterschreibst du den Mietvertrag?«

»Ehrlich gesagt, ich weiß es immer noch nicht. Die Wohnung selbst wäre perfekt, aber Philip ist Bettys Sohn und ...« Ich sprach nicht weiter.

»Dann wäre dir das wohl zu viel Familie in einem Haus, wenn die potenzielle künftige Schwiegermutter auch noch da wohnt, oder?«, folgerte Anette mit einem Grinsen.

Ich zuckte mit den Schultern.

»So weit will ich jetzt eigentlich noch gar nicht denken, weil wir ja wirklich noch ganz am Anfang stehen. Keine Ahnung, wie sich das noch entwickelt. Philip und ich müssen uns jetzt erst mal jenseits der Betreuung und Sorge um Betty richtig kennenlernen. Aber ja ... das wäre vielleicht doch ein wenig zu viel des Guten, falls es tatsächlich was mit uns wird. Ich möchte noch bis Montag darüber nachdenken, aber spätestens dann muss ich dem Vermieter endgültig Bescheid geben, damit er ansonsten jemand anderem die Wohnung zusagen kann.«

»Verstehe. Du kannst jedenfalls noch weiter bei mir auf dem Sofa schlafen, bis du was gefunden hast, das besser passt«, bot sie mir an.

»Du bist wirklich super, Anette!«

»Bin ich. Und eigennützig. Mir fehlen deine Kochkünste. Ich träume nachts schon von deinem Geschnetzelten mit Kartoffelbrei und Buttererbsen.«

Ich lachte.

»Das kriegst du auf jeden Fall. Egal, in welcher Küche ich das kochen werde. Aber es ist gut zu wissen, dass ich nichts übereilen muss.«

Beim Frühstück hatte Philip mir mehr von seinen Plänen erzählt. Die nächsten beiden Monate würde er noch in Berlin bleiben, weil er im Studio Aufnahmen mit einer Band vereinbart hatte. Währenddessen wollte er sich hier in Passau nach einer passenden Wohnung umsehen. Und um einen Mieter für seine Wohnung in Kreuzberg musste er sich auch noch kümmern.

»Blöd ist halt nur, dass wir beide jetzt nach Wohnungen suchen. Und wenn es dann doch mit uns klappen sollte, was ich ehrlich gesagt hoffe, und wir irgendwann zusammenziehen möchten, dann steht für einen von uns oder für beide schon wieder ein Umzug an«, sagte ich. »Außerdem muss ich mich wieder neu auf Jobsuche machen, das will ich bei einer Wohnungssuche auch berücksichtigen. Schließlich muss das für mich auch alles passen. Eigentlich stehe ich jetzt genau wieder an dem Punkt, an dem ich nach der Trennung von Andreas stand.«

Doch Anette schüttelte den Kopf.

»O nein! Ganz bestimmt nicht. Vermutlich merkst du es selbst gar nicht, aber du hast dich verändert, Tilda. Deine Ausstrahlung ist ganz anders, viel selbstbewusster. Du sprichst endlich auch aus, was du möchtest oder nicht möchtest. Die Tilda, die immer versucht hat, es allen recht zu machen, vor allem deinem Exmann und diesem Drachen von Schwiegermutter, und die ihre eigenen Bedürfnisse dabei untergeordnet hat, die ist zum

Glück verschwunden. Du hast für dich jetzt noch Wichtiges zu regeln und machst es dir dabei nicht einfach. Und einiges kann vielleicht auch ein wenig unbequem sein, aber du wirst sehen, wie gut sich das anfühlt, wenn du am Ende deine eigenen Entscheidungen getroffen hast.«

Ich musste schlucken.

»Ach, Anette. Danke«, sagte ich und umarmte sie ganz spontan.

In diesem Moment meldete mein Handy eine neue E-Mail. Ich war ein wenig überrascht, als ich den Absender sah: Joachim Kerzler von der Personalabteilung der Klinik in Vilshofen. Der kannte wohl auch keinen Feierabend. Leider teilte er mir mit, dass die Stelle inzwischen schon besetzt sei, und wünschte mir alles Gute.

Ich seufzte. Es war irgendwie wie verhext. Doch plötzlich fiel mir wieder ein, dass ich Paula den Tipp gegeben hatte, sich dort zu bewerben. Bestimmt hatte sie die Stelle bekommen, was mich sehr für sie freuen würde.

Ich schrieb ihr gleich eine Nachricht.

Kann es sein, dass du die Stelle in Vilshofen bekommen hast? Darf ich gratulieren?

Schon kurz darauf kam die Antwort.

Leider nein. Auf meine Bewerbung hin kam keine Rückmeldung, obwohl ich die E-Mail gleich nach deiner Info an ihn abgeschickt habe.

Mist! Vermutlich war auch sie in Herrn Kerzlers Spamordner gelandet. Ich schüttelte den Kopf und grinste dann.

Es war schon etwas schräg, dass so etwas eigentlich Banales wie ein eigenwilliger, vielleicht sogar etwas überempfindlicher Filter im Spamordner über das berufliche Schicksal eines Menschen entscheiden konnte. Und ich durfte gar nicht daran denken, was zukünftig eine vermutlich irgendwann nicht mehr kontrollierbare künstliche Intelligenz alles anstellen konnte.

Kapitel 26

Alexander

Als ich Betty am Sonntagnachmittag im Krankenhaus besuchen wollte, sah ich im Flur auf ihrer Station Alexander, der mit einem Blumenstrauß in der Hand am Fenster stand und hinausschaute.

»Alexander?«, sprach ich ihn an.

Er drehte sich zu mir und musste wohl einen Moment überlegen, bis er mich schließlich wiedererkannte.

»Sie sind Tilda, oder?«

»Genau. Waren Sie schon bei Betty?«, fragte ich, obwohl der Strauß in seiner Hand eher auf das Gegenteil hindeutete.

»Nein. Sie ist gerade bei irgendwelchen Untersuchungen, hat die Schwester gesagt. Kann wohl noch ein wenig dauern.«

»Sollen wir vielleicht in der Zwischenzeit in die Cafeteria gehen und etwas trinken?«

»Sehr gern. Aber nur, wenn ich Sie einladen darf.«

Zehn Minuten später saßen wir an einem kleinen Tisch am Fenster und unterhielten uns bei einer Tasse Kaffee.

»Ich bin so froh, dass Betty nichts Schlimmes passiert ist«, sagte er.

»Ja. Sie hatte wirklich großes Glück. Zweimal hintereinander.«

Ich erzählte ihm von ihrem Treppensturz wenige Wochen zuvor. Er runzelte die Stirn.

»Eigentlich kenne ich sie als sehr vorsichtigen Menschen, und wenn sie früher so etwas machte, dann musste unbedingt jemand die Leiter halten.«

»Dafür hatte sie wohl gerade niemanden parat«, sagte ich.

Ich hatte keine Ahnung, wie viel er über Betty wusste und was sie ihm bereits über sich in der Mail geschrieben hatte.

»Sind Sie eigentlich auch aus Passau?«, fragte ich neugierig.

»Nicht ganz. Ich wohne in Ortenburg«, antwortete er.

Das war etwa zwanzig Kilometer von hier entfernt.

»Eigentlich wollte ich Betty morgen Abend schön zum Essen ausführen. Ich fürchte, das müssen wir noch mal eine ganze Weile verschieben. Aber ich bin froh, dass sie sich nach der kurzen Begegnung auf dem Friedhof überhaupt wieder bei mir gemeldet hat – und das nach fast zwanzig Jahren. Da kommt es auf ein paar Wochen mehr oder weniger auch nicht an.«

Er stand plötzlich auf.

»Entschuldigung, ich hole mir noch ein Wasser zum Kaffee. Möchten Sie auch eines?«

»Gern.«

Während er die Getränke holte, hatte sich ein Ehe-

paar an den Nebentisch gesetzt. Die beiden wirkten ab-
gekämpft und frustriert.

»Ich hätte nicht gedacht, dass wir Vater schon heute
Nachmittag wieder mit nach Hause nehmen dürfen«,
sagte die Frau. »Ich dachte, sie behalten ihn mindestens
ein paar Tage oder wenigstens eine Nacht hier. Dann hätten wir daheim auch mal wieder durchatmen können.«

Ich wurde ganz ungewollt Zeuge dieser Unterhaltung
und bekam mit, dass zwar täglich ein Pflegedienst ins
Haus kam, die Hauptlast aber an der Tochter hängen
blieb, die etwa in den Fünfzigern war.

»Es wäre einfach nur schön, wenn wir abends mal
wieder gemeinsam ausgehen könnten oder ein paar Tage
zum Wandern in die Berge«, meinte der Mann seufzend.
Aber offenbar hatten sie niemanden, der in dieser Zeit
einsprang und auf den Vater aufpasste.

Inzwischen war Alexander wieder zurückgekommen.

»Ich bin ehrlich gesagt fast ein wenig nervös, Betty
gleich zu sehen«, sagte er, als er sich wieder hinsetzte.

»Das wird sie bestimmt auch sein, wenn Sie das Zimmer betreten.«

Doch er lächelte nicht.

»Damals habe ich einen großen Fehler gemacht. Und
dieser Fehler hat mich die große Liebe meines Lebens
gekostet«, sagte er bedrückt.

Angesichts meiner eigenen Geschichte ging mir natürlich als Erstes durch den Kopf, dass er sie mit einer
anderen betrogen hatte. Doch irgendwie traute ich das
diesem Mann nicht zu.

»Darf ich fragen, was passiert ist?«

Er nickte.

»Betty und ich haben uns vor dreiundzwanzig Jahren bei einem dreitägigen Chortreffen im Bayerischen Wald kennengelernt. Sie war die mit Abstand attraktivste Frau, und vor allem steckte sie voller Lebensfreude und Energie. Ich glaube, ich habe mich schon am ersten Tag in sie verliebt. Ich bewunderte sie auch dafür, was sie als alleinerziehende Mutter bewerkstelligte, ohne den Humor zu verlieren. Ab diesem Wochenende trafen wir uns so oft wie möglich und merkten, dass wir ganz auf einer Wellenlänge lagen. Wir stellten überrascht fest, dass wir beide davon geträumt hatten, ein Tagescafé zu führen, in dem ab und zu abends an den Wochenenden kulturelle Veranstaltungen stattfinden sollten. Lesungen, Vernissagen, Auftritte wenig bekannter Künstler. Franziska war damals schon mit Richard zusammen, und die beiden studierten in Regensburg. Philip war auch schon ein Teenager, und es war der richtige Zeitpunkt, das Projekt in Angriff zu nehmen. Wir hatten sogar schon die passenden Räume für ein Café in der Altstadt gefunden. Darüber gab es eine Wohnung, die ein halbes Jahr später frei werden sollte und in die wir mit Philip ziehen wollten. Noch hatten wir es niemandem erzählt. Es sollte eine Überraschung werden.«

Er machte kurz eine Pause und trank einen Schluck Wasser.

»Doch zwei Tage bevor wir den Pachtvertrag unterschreiben wollten, kam sie zu mir und sagte, dass sie nicht in das Café einsteigen könne. Ich verstand ehrlich gesagt die Welt nicht mehr. Das war doch ihr – unser – großer Traum gewesen. Bis sie schließlich mit der Sprache herausrückte. Franziska war bei ihr gewesen und hatte ihr gesagt, dass sie schwanger sei und nicht wisse, wie sie alles schaffen solle. Das schwierige Studium, die praktische Arbeit im Krankenhaus, die vielen Schicht- und Wochenenddienste. Sie bat ihre Mutter um Hilfe. Und Betty konnte natürlich nicht Nein sagen. Sie wollte, dass Franziska sich ihren Traumberuf als Ärztin erfüllte, und versprach, das Baby zu nehmen, sooft es notwendig sei. Und da ging es nicht nur darum, ab und zu mal am Samstagabend aufzupassen. Sie würde das Kind mehrere Tage in der Woche nehmen müssen. Auch während der Nacht- und Wochenendschichten der Eltern. Natürlich war das nicht mit unserem Plan vereinbar, uns mit einem Café selbstständig zu machen.«

»Was für eine schwierige Situation«, sagte ich.

Er nickte.

»Wie man sich vorstellen kann, gab es deswegen heftige Diskussionen. Ich versuchte, ihr klarzumachen, dass auch sie ein Recht darauf hatte, sich selbst zu verwirklichen und ihren Traum zu leben. Doch sie wollte ihre Tochter nicht im Stich lassen. Und dann habe ich den größten Fehler überhaupt gemacht. Ich habe ihr ein Ultimatum gestellt. Entweder das Baby ihrer Tochter und ihre Familie oder ich und das Café.«

Ich sah, wie schwer es ihm fiel, mir das zu erzählen, und ich wusste auch gar nicht, was ich darauf antworten sollte.

»Sie war die perfekte Frau für mich. Und ich hätte sie nicht mehr lieben können. Und doch habe ich es so vermasselt.«

»Es war aber sicher auch nicht leicht, eine gute Lösung zu finden«, meinte ich verständnisvoll.

»O doch. Es wäre sehr leicht gewesen. Ich hätte einfach kein Ultimatum stellen dürfen. Ich hätte erst einmal das Café alleine machen können. Oder den Plan verschieben. Wir hätten uns auch ganz was anderes überlegen können. Aber ich hätte sie als Partnerin nicht gehen lassen dürfen. Seither hat mich nie wieder eine Frau ernsthaft interessiert.«

Ich dachte wieder an das Foto der beiden und wie glücklich sie darauf ausgesehen hatten. Es war wirklich schade, dass sie sich getrennt hatten.

»Als ich sie dann bei Gisas Beerdigung auf dem Friedhof gesehen habe, da waren plötzlich alle diese Gefühle und Erinnerungen wieder da. Und dann noch diese verrückten blauen Haare …« Er lächelte. »Doch ich wusste nicht, ob mir das Recht zustand, sie um ein Treffen zu bitten. Deswegen war ich überglücklich, als ich ihre Nachricht bekam.«

Er strich sich durch sein noch dichtes Haar.

»Sie hat mir geschrieben, dass sie damals zwar immer die Entscheidung getroffen hätte, ihre Tochter mit dem Baby zu unterstützen. Aber dass sie es bereute, nicht versucht zu haben, mir das mit dem Ultimatum auszureden und gemeinsam eine Lösung zu finden und zumindest ein Paar zu bleiben. Dabei dachte ich immer, sie wäre mir so böse gewesen, dass sie nie wieder etwas mit mir zu tun haben wollte. Über all das wollen wir reden, wenn wir es endlich mal schaffen, miteinander auszugehen.«

Ich schüttelte den Kopf.

»Ehrlich gesagt finde ich das keine gute Idee.«

Er sah mich irritiert hat.

»Wie bitte?«

»Warum wollen Sie damit denn warten? Betty liegt da oben in einem Zimmer, und Sie haben ohne Ende Zeit, miteinander zu reden. Dazu müssen Sie doch nicht extra in ein Restaurant gehen. Kaufen Sie eine Packung Kekse und nehmen Sie die mit nach oben. Das reicht doch völlig.«

Plötzlich lächelte er und stand auf.

»Sie haben recht, Tilda. Ich werde nicht mehr länger warten.«

So schnell hatte ich das jetzt nicht gleich gedacht, aber gut. Ich nahm den letzten Schluck Kaffee und begleitete ihn nach oben.

Betty war inzwischen wieder zurück auf ihrem Zimmer. Als sie Alexander sah, der mit dem Blumenstrauß auf sie zutrat, begannen ihre Augen zu strahlen. Sie hatte mich noch nicht einmal wahrgenommen. Es schien ihr inzwischen auch egal zu sein, dass sie im Nachthemd mit verstrubbelten blauen Haaren, einer Nasenschiene und einem Veilchen, das inzwischen schon leicht bläulich schimmerte, im Bett lag.

Und genau so sollte die Liebe sein, dachte ich. Blind für solche Äußerlichkeiten, die letztlich überhaupt keine Rolle spielten.

»Grüß dich, Betty«, sagte er und trat neben sie ans Bett. Und für mich war es Zeit zu verschwinden.

Kapitel 27

Die Standpauke

Es war unser letzter gemeinsamer Abend im Haus von Philips Schwester, und wir waren noch mal im Schwimmteich. Doch noch war ich nicht so weit, meine Angst ganz loszulassen. Was auch gar nicht weiter schlimm war, denn ich wusste, dass es nur noch eine Frage der Zeit sein würde, bis ich allein schwimmen konnte. Für manche Dinge brauchte man eben Geduld.

Wir kochten unser letztes Abendessen in diesem Haus. Es gab Hähnchenkeulen, von denen Jojo und Lucky auch etwas abbekamen, mit gebackenen Ofenkartoffeln und Salat. Dazu gab es einen leckeren Bordeaux, den Philip aus dem Weinregal geholt hatte.

Beim Essen auf der Terrasse erzählte ich Philip die Geschichte von Betty und Alexander.

»Schade, dass wir damals nichts von ihren Plänen wussten. Vielleicht wäre es uns als Familie gelungen, das auf eine andere Weise hinzukriegen«, sagte er.

»Aber vielleicht war damals auch nicht der richtige Zeitpunkt dafür«, überlegte ich. »Wer weiß das schon. Jetzt haben die beiden noch mal eine neue Chance bekommen. Und ich hoffe sehr, dass sie sie nutzen.«

»Das wünsche ich mir auch sehr für meine Mutter.«

»Betty und Alexander kriegen das schon hin! Ich glaube, die haben nie aufgehört, sich zu lieben.«

»Denkst du wirklich, dass eine Liebe so lange halten kann?«, fragte er neugierig. »Auch wenn man sich die ganzen Jahre nicht sieht?«

Ich nickte. »Ja, das denke ich schon. Auch wenn das vielleicht nicht allzu oft passiert. Auf jeden Fall wünsche ich es den beiden.«

»Und ich bin schon sehr neugierig.«

»Worauf?«, fragte ich.

»Darauf, wie es bei uns beiden weitergeht.«

»Das bin ich auch, Philip.«

Er beugte sich zu mir, und wir küssten uns. Doch mehr passierte auch an diesem Abend nicht.

Nach dem Frühstück räumten wir noch alles auf und packten unsere Sachen zusammen. Franziska und Richard würden um 9.30 Uhr in München landen und etwa gegen Mittag in Passau sein. Wir wollten uns bei Betty im Krankenhaus treffen. Ehrlich gesagt hatte ich schon einen ziemlichen Bammel vor der Begegnung. Auch wenn mir ohnehin klar war, dass sie viel zu sauer auf mich waren, als dass ich den Job noch bekommen würde. Damit hatte ich mich schon abgefunden.

Es fiel mir ganz schön schwer, mich von Jojo und Lucky zu verabschieden. Und natürlich bekamen sie noch eine extragroße Portion ihrer Lieblingsleckerlies.

»Macht es gut, ihr beiden!«, murmelte ich. Am liebsten hätte ich sie eingepackt und mitgenommen.

Als wir in Bettys Zimmer kamen, telefonierte sie gerade mit Alexander.

»Alex, ich rufe dich später wieder an, Tilda und mein Sohn kommen gerade … Ja, richte ich aus. Bis dann.«

Sie legte auf.

»Schönen Gruß von Alexander«, sagte sie und strahlte wie ein verliebter Teenager.

»Danke, Mutter. Ihr scheint euch ja wieder gut zu verstehen.«

»So könnte man es sagen«, meinte sie mit einem Lächeln. Dann sah sie mich an. »Tilda, auch wenn es ein Versehen war, bin ich so froh, dass er die E-Mail schon bekommen hat. Wer weiß, ob ich mich am Ende überhaupt getraut hätte, sie abzuschicken. Und dann hätten wir keine Gelegenheit mehr gehabt, um …«

In diesem Moment klopfte es an der Tür, und gleich darauf rauschten Franziska und Richard herein.

Mein Herz klopfte plötzlich schneller. Philip und ich konnten uns auf etwas gefasst machen. Aber das würde ich auch noch hinter mich bringen.

»Mutter!«, rief Franziska mit erschrockenem Blick. »Wie siehst du denn aus? Du hast ja blaue Haare!«

Auch Richard schüttelte fassungslos den Kopf.

Wir hatten uns inzwischen so daran gewöhnt, dass Bettys Frisur für uns schon ganz normal geworden war. Aber natürlich musste es für die beiden doch ziemlich überraschend sein, sie mit dieser Haarfarbe zu sehen.

»Inzwischen sind sie leider schon eher Türkis«, kam es von Betty. »Das Blau bleicht doch etwas schneller aus als gedacht.«

Fast hätte ich laut losgelacht, doch Franziska und Richard fanden es weniger witzig.

»Aber schön, dass ihr da seid!«, fügte Betty freundlich hinzu. »Ich hoffe, ihr hattet einen guten Flug.«

»Den hatten wir eher nicht, Schwiegermama«, sagte Richard. »Wir haben uns ziemlich Sorgen um dich gemacht. Und wenn ich dich so anschaue, dann ja wohl völlig zu Recht.«

Ohne Begrüßung drehte Franziska sich zu mir und Philip um.

»Wieso habt ihr nicht besser aufgepasst? Und warum hat Mutter blaue Haare? War das etwa deine Idee, Philip? Dir würde ich so einen Unfug jedenfalls zutrauen!«

»Hallo erst einmal, Schwesterchen. Zunächst: dass Mutter diesen Unfall hatte, ist schlimm, und es tut uns schrecklich leid, aber dafür kann keiner von uns etwas. Da musst du dich bei dem betrunkenen Rollerfahrer bedanken. Und das mit den Haaren war nicht meine Idee.«

»Das war ich!«, gab ich zu.

»Tilda?«, rief Franziska.

»Weil ich das so wollte!«, kam Betty mir plötzlich völlig unerwartet zu Hilfe.

»Das macht die Sache ja noch schlimmer«, schimpfte Richard. Er sah zu seinem Schwager. »Dass du das einfach so zulässt, würde mich nicht wundern. Schließlich kümmerst du dich sowieso so gut wie gar nicht um deine Mutter.«

Philip öffnete schon den Mund, um zu protestieren, doch da wandte Richard sich schon an mich.

»Ich dachte, Sie könnten meiner Schwiegermutter wenigstens den Schneid abkaufen, Tilda. Genau deswegen haben wir Sie für diese Aufgabe engagiert. Aber dann unterstützen Sie Betty bei so einem Unfug?«

»Richi, jetzt komm echt mal wieder runter und mach kein solches Theater deswegen«, sagte Philip etwas schärfer. »Das wächst doch sowieso bald wieder raus.«

»Darum geht es doch gar nicht!«, rief Franziska. »Ich habe das Gefühl, dass Mutter sich immer auffälliger verhält. Wie man sieht, schafft es noch nicht einmal eine ausgebildete Krankenpflegerin, mit ihr fertigzuwerden. Ehrlich gesagt denke ich, dass es am besten ist, wenn sie in ein Seniorenheim geht!«

»Was?«, riefen Betty, Philip und ich gleichzeitig.

»Nur über meine Leiche!«, drohte Betty.

»Wenn du so weitermachst mit deinen Aktionen, dann weiß nur Gott, was dir noch passiert, und dann kann das schneller der Fall sein, als du denkst«, warf Richard ein.

Ich war zwar davon ausgegangen, dass es Ärger geben würde, aber mit so einer heftigen Reaktion der beiden hätte ich im Leben nicht gerechnet. Am liebsten wäre ich auf und davon gelaufen. Doch ich hatte das Gefühl, Betty und Philip jetzt nicht alleinlassen zu dürfen. Schließlich war ich für einen Teil des Schlamassels verantwortlich.

»Ich lasse es auf keinen Fall zu, dass ihr Mutter ins Seniorenheim steckt. Sie ist doch noch nicht einmal siebzig!«, machte Philip klar.

»Du bist ja nie hier und kümmerst dich um nichts«, fuhr Franziska ihn an. »Wir sind es, Richard und ich, die ständig für Mutter da sein müssen. Fast hätten wir deswegen unsere Reise zum Hochzeitstag abblasen müssen.«

»Ruhe! Alle zusammen«, rief Betty plötzlich und setzte sich im Bett auf. Trotz ihrer Schienen, des Veilchens und der blauen Haare strahlte sie eine Autorität aus, wie ich sie bei ihr noch nie gesehen hatte.

»Mutter, ich ...«, begann Franziska noch mal, doch Betty ließ sie nicht zu Wort kommen.

»Du und Richard müsst ständig für mich da sein? Echt jetzt?« Sie lachte kurz auf. »Keiner von euch hat sich bisher um mich kümmern müssen! Im Gegenteil. Ich habe dich immer unterstützt, Franziska. Als du schwanger wurdest, habe ich mich sofort bereit erklärt, das Kind zu nehmen, damit ihr beide euer Studium und die Facharztausbildung machen konntet. Dabei hatte ich zu dieser Zeit eigentlich ganz andere Pläne.«

»Welche Pläne denn?«, unterbrach Richard sie.

»Ich wollte immer schon mit Gisa nach Norwegen reisen. Das haben wir leider nie geschafft. Was allerdings verschiedene Gründe hatte. Vor allem aber wollte ich mit Alexander ein Café eröffnen.«

»Mit Alexander? Ein Café? Das ist mir ja völlig neu!«, meinte Franziska verdutzt.

»Wirfst du uns jetzt vor, dass du wegen uns deine Pläne umwerfen musstest?«, fragte Richard.

»Ich werfe euch gar nichts vor! Das habe ich alles freiwillig gemacht. Ich war gern für Eva da, wann immer ihr mich gebraucht habt. Ich habe für sie gekocht, mit ihr Hausaufgaben gemacht und gespielt und auf euer Haus aufgepasst, wenn ihr unterwegs wart. Und das habe ich gern getan. Eva ist mein Sonnenschein, und ich würde alles für sie tun. Genau wie für dich, deinen Mann und Philip!« Sie sah zwischen den dreien hin und her.

Für ein paar Sekunden herrschte Stille, dann sprach sie weiter. »Keiner von euch hat je sein Leben einschränken müssen. Ihr seid auf Reisen gegangen, wann immer euch danach war. Das sei euch ja auch alles gegönnt. Als Eva dann das Abitur machte und vorhatte, für ein Jahr nach Amerika zu gehen, da war es plötzlich …«, sie stockte kurz. »Ich fiel ganz unerwartet in ein Loch, weil sie mir so fehlte, und das fühlte sich schrecklich an. Zudem wurde mir mein Alter bewusst, und ich fragte mich, was denn jetzt überhaupt noch für mich kommen sollte. War das wirklich schon alles? Irgendwie kannte ich mich plötzlich selbst nicht mehr, und ich wusste nicht, wohin mit diesem Gefühlschaos. Doch das ist euch natürlich gar nicht aufgefallen. Als dann dieser Unfall passierte, dachte ich, mein letztes Stündchen hat geschlagen. Während ich zuerst von der Leiter und dann die Treppe hinunterstürzte, schloss ich mit meinem Leben ab. Und ja, da wart ihr plötzlich mal für mich da, weil ich ein medizinischer Notfall war. Aber letztlich habt ihr auch nur alles delegiert und mit Geld geregelt, damit ihr nur ja eure Reise machen konntet. Dabei hätte ich euch wirklich so gebraucht in dieser Zeit. Nicht nur wegen der körperlichen Verletzungen. Mir ging es auch ansonsten überhaupt nicht gut. Diese Todesangst verfolgt mich bis in meine Träume – auch jetzt noch.«

Sie hielt kurz inne, und ich musste schlucken. Sicher war es ihr nicht leichtgefallen, das auszusprechen.

»Und da wurde mir klar, auf wie viel ich für euch all die Jahre verzichtet habe. Und ihr konntet das nicht ein einziges Mal für mich tun?« Plötzlich brach ihre Stimme für einen Moment, doch sie räusperte sich und fuhr fort. »Ja, ich war deswegen ziemlich enttäuscht und wütend und ehrlich gesagt, ich wollte, dass ihr die Reise nach Australien nicht machen könnt. Deswegen habe ich alles getan, um aus der Reha zu fliegen. Ich wollte, dass ihr einmal, nur ein einziges Mal, persönlich für mich da seid. Aber ihr habt nur wieder mal alles mit Geld passend machen wollen. Und dann habt ihr Tilda organisiert, unter der Bedingung, dass sie die Stelle bei euch bekommt, wenn sie sich um mich kümmert. Und ich hab meine Hilflosigkeit und Wut auf euch – und auch auf mich – an ihr und allen anderen ausgelassen.«

Sie drehte sich zu mir um.

»Das tut mir wirklich leid, Tilda!«

Meine Kehle war eng geworden. So etwas Ähnliches hatte ich inzwischen schon geahnt.

»Schon gut, Betty«, sagte ich leise.

»Tilda hat es großartig gemacht und meine schrecklichen Launen ausgehalten. Da akzeptiere ich es nicht, dass ihr sie so ungerechtfertigt kritisiert. Und es ist schon gar nicht in Ordnung, ihr den versprochenen Job nicht zu geben! Das werdet ihr gefälligst tun, sonst rede ich nie wieder ein Wort mit euch.«

Nun wurde mir das doch alles zu viel. Ich eilte aus dem Zimmer und ging den Flur entlang zu einem Fenster.

Gleich darauf folgte mir Philip.

»Alles gut bei dir?«, fragte er besorgt.

Ich nickte.

»Wow, das war mal eine Standpauke!«, sagte er.

»Ich glaube, das war schon lange überfällig.«

»Die beiden haben ganz schön bedröppelt aus der Wäsche geguckt.«

Bei dieser etwas altmodischen Formulierung musste ich grinsen.

»Ich hoffe, sie nehmen sich das ein wenig zu Herzen«, sagte Philip. »Ich tue das jedenfalls. Trotzdem glaube ich, dass es da noch einigen Gesprächsbedarf bei uns allen gibt.«

»Das denke ich auch. Aber es war echt wichtig, dass Betty endlich damit rausgerückt ist, wie sie sich gefühlt hat.«

Die Tür zu Bettys Zimmer öffnete sich, und Richard kam auf uns zu.

»Tilda. Ich möchte mich entschuldigen. Das war nicht angebracht, auch wenn ich als kleine Rechtfertigung vorbringen muss, dass wir ziemlich übermüdet von der Reise sind und sehr besorgt um Betty waren. Franziska kommt auch noch zu Ihnen, aber sie hat noch einiges mit ihrer Mutter zu bereden. Jedenfalls gilt unsere Verabredung noch. Sie können die Stelle in der Praxis natürlich haben.«

»Gute Entscheidung, Schwager!«, meinte Philip und klopfte ihm versöhnlich auf die Schultern.

»Danke«, sagte ich. »Aber ich nehme diese Stelle nicht an.«

»Was?« Beide Männer sahen mich überrascht an.

»Ich … ich habe inzwischen etwas anderes«, erklärte ich kurz.

»Schade!«, sagte Richard. »Ich fürchte, das ist alles ziemlich verkehrt gelaufen. Trotzdem alles Gute, Tilda.«

»Danke.«

Er ging wieder zurück zu Betty und seiner Frau.

»Du hast einen anderen Job?«, fragte Philip erstaunt. »Das hast du mir gar nicht gesagt. Wo denn?«

»Ehrlich gesagt, ich habe noch keinen. Aber mir ist was Wichtiges klargeworden. Meinen letzten Job habe ich verloren, weil mein Mann sich wegen einer anderen von mir getrennt hat. Die Stelle in der Praxis hätte ich nur unter diesen besonderen Umständen bekommen, die sehr von emotionalen Befindlichkeiten anderer abhängig waren. Ich möchte das nicht mehr. In den letzten Tagen ist mir eine Idee durch den Kopf gegangen, die immer konkretere Formen annimmt.«

»Wirklich? Was willst du denn machen?«, fragte er interessiert.

»Ich möchte Menschen jenseits von Pflegediensten die Möglichkeit bieten, auf ihre schon alten oder kranken Angehörigen aufzupassen, damit sie einfach mal wieder gemeinsam ausgehen oder sogar in den Urlaub fahren können. Oder unbeschwert auf eine Hochzeit von Freunden gehen können.«

»Das hört sich echt gut an.«

»Und wenn es sich nicht gerade um Krokodile oder Giftschlangen oder um einen Stall voller Kühe handelt, dann kann ich nebenbei auch die Haustiere mitversorgen. So wie ich es bei Jojo und Lucky gemacht habe. Denn auch das ist bei vielen ein Hindernis, sich mal eine kurze Auszeit zu gönnen.«

»Du willst also eine Senioren-Sitting-Agentur mit Kleintierbetreuungsservice aufmachen?«, fragte Philip amüsiert.

»Ja! Das trifft es so ziemlich genau!«, rief ich und lachte. »Heute früh habe ich kurz mit Paula telefoniert. Sie ist auch immer noch auf der Suche nach einem passenden Job. Ich habe ihr von der Sache erzählt. Sie will sich unbedingt gleich morgen mit mir treffen, um darüber zu reden, ob und wie man das realistisch umsetzen könnte.«

»Tilda, das ist eine super Idee! Ich kann mir vorstellen, dass es viele Leute gibt, die froh wären, einfach mal ab und zu jemanden mit medizinischen Kenntnissen zu engagieren, der auf einen Angehörigen aufpasst und auf den sie sich verlassen können.«

»Du denkst, dass das klappen könnte?«, fragte ich und merkte, wie ich selbst immer aufgeregter wurde. Bisher war es nur so eine Idee gewesen, aber je mehr ich darüber redete, desto mehr Lust hatte ich, die Sache so schnell wie möglich in Angriff zu nehmen.

»Klar! Einen Versuch ist es wert!«, sagte Philip.

Ich schlang die Arme um seinen Hals und küsste ihn ausgiebig.

»Philip?«, flüsterte ich dann nah an seinem Ohr.

»Ja, Tilda?«

»Ab wann können wir denn in das Hotelzimmer?«

»Ich glaube, ab 15 Uhr. Aber ich kann ja mal anrufen und fragen, ob wir es schon früher bekommen können!«, schlug er vor. »Soll ich?«

»O ja, bitte!«

Epilog

Ein neuer Auftrag

8 Monate später

»Tilda? Hast du deine Badeklamotten eingepackt?«, rief Philip aus der Küche.

Ups!

»Danke, dass du mich daran erinnert hast!« Ich zog die Schublade der Kommode auf, um meinen neuen Bikini herauszuholen. Tatsächlich hätte ich ihn fast vergessen. Kein Wunder bei den unzähligen Dingen, die mir vor meiner Abreise noch durch den Kopf schwirrten. Dabei war ich so stolz darauf, dass ich meine Angst endgültig überwunden hatte und nun regelmäßig zum Schwimmen ging. Ob der Bikini auf meiner Reise tatsächlich zum Einsatz kam, wusste ich nicht. Aber zur Sicherheit wollte ich ihn dabeihaben. Ich legte ihn auf einen Stapel T-Shirts im vollgepackten Koffer, der auf dem Bett lag. Zweifelnd sah ich ihn an. Ob ich ihn jemals zubringen würde?

Plötzlich hörte ich hinter mir Schritte, und gleich darauf legten sich zwei Arme um mich, und ich spürte einen Kuss in meinem Nacken, der mir eine wohlige Gänsehaut bescherte. Glücklich schloss ich die Augen.

»Hm … Du duftest lecker!«, murmelte ich.

»Das Curry ist gleich fertig!«, flüsterte er mir ins Ohr.

»Und wenn ich gar nicht das Curry meine?«, fragte ich und drehte mich zu ihm um.

Philip lachte leise, dann warf er rasch einen Blick auf die Uhr an seinem Handgelenk.

»In zweieinhalb Stunden geht der Zug zum Flughafen. Und vorher musst du noch ins Büro und …«

»Wie gut, dass das Büro sowieso auf der Strecke liegt«, unterbrach ich ihn. Außerdem lag es nur einen Katzensprung entfernt von der hübschen Doppelhaushälfte, in die Philip und ich vor drei Monaten gezogen waren. Bis dahin hatte ich die Zeit bei Anette überbrückt, während Philip noch teilweise in Berlin gewesen war und ansonsten im Gästezimmer seiner Mutter übernachtet hatte. Doch da Alexander inzwischen bei Betty wohnte, hatten wir es kaum mehr erwarten können, endlich in unsere eigenen vier Wände zu ziehen.

Ich schlang die Arme um seinen Hals und küsste ihn. So viel Zeit musste sein, schließlich würden wir uns eine Weile nicht sehen können.

Zwanzig Minuten später sprang ich unter die Dusche, und Philip deckte den Tisch.

»Tut mir leid, dass ich dich nicht zum Bahnhof begleiten kann!«, sagte er bedauernd, während wir das würzige Curry genossen. Er hatte gleich einen Videocall mit einer Werbeagentur für einen neuen Auftrag.

»Das macht doch nichts. Außerdem mag ich Abschiede am Bahnhof sowieso nicht.«

»Ich auch nicht. Versprich mir nur, dass du gut auf dich aufpasst!«

»Aber klar. Das schaffe ich schon!«

»Da bist du ja endlich, Tilda!«, rief Betty mir zu, als ich eine halbe Stunde später mit dem schweren Koffer und einer Umhängetasche das Büro betrat. Sie saß hinter dem Computer am Schreibtisch, ein Headset am Kopf. Ihre Haare waren inzwischen wieder blond gefärbt. Allerdings fiel ihr eine kecke lavendelfarbene Strähne in die Stirn, die sie sich regelmäßig von Eva nachfärben ließ.

»Tut mir leid, ich habe es nicht eher geschafft … Gibt es noch viel zu klären vor meiner Abreise?«

»Eigentlich nicht. Ich brauch nur noch ein paar Unterschriften von dir.«

»Die kannst du haben«, sagte ich vergnügt.

»Heute kamen drei neue Anfragen, aber darum hat Paula sich schon gekümmert. Zeitlich wird alles sehr eng, aber sie kriegt es hin, während du nicht da bist. Trotzdem, wenn es so weitergeht, dann brauchen wir bald eine zusätzliche Pflegekraft.«

Ich lächelte. Das waren wirklich gute Nachrichten. Und ich konnte es fast noch immer nicht glauben, wie sehr mein Leben sich innerhalb eines Jahres verändert hatte. Nicht nur privat, sondern auch beruflich. Obwohl es einige bürokratische Hürden zu überwinden gegeben hatte und Paula und ich auch finanziell ein Risiko eingegangen waren, war es uns tatsächlich gelungen, unser eigenes kleines Unternehmen zu gründen. Wir waren darauf spezialisiert – jenseits von Pflegediensten –, die häusliche Betreuung von Seniorinnen und Senioren oder generell beeinträchtigten Personen zu übernehmen, damit die Angehörigen sich ab und zu für einige Stunden oder Tage eine Auszeit gönnen und dabei sicher sein konnten, dass ihre Lieben in fachlich versierten Händen waren. Betty nannte es flapsig *Senioren-Sitting*. Besonders gut wurde dabei der zusätzliche Service für die Versorgung der Haustiere angenommen. Wir waren selbst überrascht, wie groß der Bedarf bei den Leuten dafür war.

Und es gab auch immer wieder einige sehr ungewöhnliche Anfragen. So führte mich mein derzeitiger Auftrag auf eine vierzehntägige Kreuzfahrt durchs Mittelmeer, bei der ich einer älteren Dame im Rollstuhl zur Seite stehen sollte. Die Reise war ein großzügiges Geburtstagsgeschenk ihrer Kinder, die sie selbst jedoch nicht begleiten konnten. Oder vielleicht auch nicht wollten, wie ich in diesem Fall eher vermutete. Doch ich würde einen Teufel tun und darüber urteilen. Zudem brachte der Job ein nettes Honorar für uns ein. Mit an Bord würde auch der geliebte kleine Pudel sein, den die Seniorin auf keinen Fall bei der Familie zurücklassen wollte.

Wenige Tage nach meiner Rückkehr war der Termin für die Scheidung angesetzt. Gestern hatten Andreas und ich uns deswegen kurz getroffen und uns abgesprochen. Wir waren inzwischen im Reinen miteinander. Er schien mit seiner Frau Kaiser, die bald zu Frau Buschmann werden würde, sehr glücklich zu sein. Auch wenn er Augenringe wie ein Pandabär hatte, weil die Zwillinge sie keine Nacht mehr schlafen ließen.

Betty reichte mir eine Mappe mit mehreren Formularen, die ich unterschrieb.

»Ich möchte bei euch im Büro mitarbeiten!«, hatte sie vor ein paar Wochen gesagt, als wir immer mehr Aufträge reinbekommen hatten. »Zumindest ein paar Stunden in der Woche, bis ihr euch eine feste Angestellte leisten könnt.«

Franziska und Richard waren zunächst nicht so begeistert gewesen – schließlich war Betty schon im Rentenalter – und wollten es ihr ausreden. Aber Betty hatte sich durchgesetzt. »Wer könnte den Leuten euren Service besser empfehlen als ich? Schließlich habe ich es am eigenen Leib erlebt«, hatte sie zu Paula und mir gesagt. Und es war ihr anzusehen, wie viel Spaß es ihr machte, den Telefondienst zu übernehmen. Alexander freute sich, dass Betty noch so voller Energie war und etwas zu erzählen hatte, wenn sie vom Büro nach Hause kam.

Als ich Betty die Mappe zurückgab, entdeckte ich auf ihrem Bildschirm die Seite eines Online-Reisebüros.

»Du willst verreisen?«, fragte ich neugierig.

Sie nickte.

»Nachdem Gisa und ich es leider nicht geschafft haben, will Alexander mich zu den Lofoten begleiten. Ich möchte genau an dem Tag verreisen, an dem er und ich uns im letzten Jahr auf Gisas Beerdigung wieder begegnet sind.«

»Das halte ich für eine sehr schöne Idee«, sagte ich und musste an diesen besonders verrückten Tag damals denken.

»Natürlich nur, falls du und Paula mir den Urlaub genehmigt«, fügte sie hinzu und zog gespielt besorgt die Augenbrauen hoch.

»Das muss ich mir noch gut überlegen«, scherzte ich.

»Wenn nicht, muss ich eben blaumachen!«, meinte sie mit einem Zwinkern, und nach einem kurzen Moment, in dem wir uns ansahen, begannen wir zu lachen. Diese spezielle Farbe hatte eben eine besondere Bedeutung in unserer Beziehung.

Das Telefon klingelte. Betty räusperte sich und nahm dann den Anruf entgegen.

Ich sah sie an und lächelte. Auch wenn ich es mir bei unserer ersten Begegnung nie hätte vorstellen können, so hatte ich Philips Mutter inzwischen so richtig ins Herz geschlossen. Eine bessere Fast-Schwiegermutter hätte ich mir nicht wünschen können.

Danksagung

Nachdem ich den Roman beendet hatte und mich daran machte, die Danksagung zu schreiben, ging mir durch den Kopf, dass es eigentlich fast immer dieselben Menschen sind, die ich an dieser Stelle erwähne. Und ich finde, genau das ist ein wichtiger Grund, ganz besonders dankbar zu sein! So einen zuverlässigen Rückhalt zu haben, ist keine Selbstverständlichkeit. Vor allem natürlich von meiner allerbesten Familie, die mir während der Arbeit an diesem Roman wieder besonders zur Seite stand: Meine wunderbare Mama Elfriede und meine tollen Söhne Felix – mit seiner Frau Carolin und meinem Enkel Leon – und Elias – mit seiner Freundin Enrica.

Dann gibt es noch meine beiden Agentinnen Christina und Franka zu erwähnen und meinen Drehbuchkollegen Christian, der immer ein offenes Ohr für mich hat.

Meiner Lektorin Lisa danke ich stellvertretend für alle Mitarbeiter im Verlag, der auch diesen Roman mit dem coolen Cover von Max und Johannes möglich gemacht hat. Unterstützt wurde ich bei der Bearbeitung des Textes wieder von meiner Außenredakteurin Alexandra – schon längst sind wir ein supereingespieltes Team.

Und was wäre eine Autorin ohne ihre treuen Leserinnen und Leser?

Euch allen von Herzen vielen lieben Dank!

Und jetzt muss ich noch zwei ganz besondere Schätze erwähnen: Meine Kater Lucky und Jojo, die inzwischen seit fast drei Jahren zu unserer Familie gehören. Die Brüder dienten – nicht nur optisch – als Vorlage für die gleichnamigen Katzen in der Geschichte.

Der Roman spielt in meiner niederbayerischen Heimat. In der wunderschönen Dreiflüssestadt Passau habe ich einige Jahre gelebt und viele reale Orte und Plätze in die Geschichte eingebaut. Alle Figuren im Roman – bis auf Jojo und Lucky – und alle Geschehnisse drumherum sind jedoch frei erfunden und Ähnlichkeiten nur rein zufällig.

Rezepte

Wespennester

Mehlspeise

(für etwa 4 Personen)

Zutaten
Teig:
  500 g Kartoffeln
  180 g Mehl + Mehl zum Bestäuben der Arbeitsfläche
  Etwas Salz (auch für das Kochwasser)
  1 Ei

Füllung:
  3 Äpfel
  3 EL Zucker
  1 TL Zitronensaft
  Zimt nach Geschmack, falls gewünscht
  ½ Becher Sauerrahm
  ½ Becher Sahne
  (Wer Rosinen mag, kann gerne welche hinzufügen)

50–60 g Butter für die Bratraine

Für den Guss:
  1 Becher Milch (200 ml)
  ½ Becher Sahne
  ½ Becher Sauerrahm
  1 verquirltes Ei
  3 Esslöffel Zucker
  1 Päckchen Vanillezucker
  Etwas Puderzucker zum Bestäuben

Zubereitung:
Die Kartoffeln mit der Schale in leicht gesalzenem Wasser kochen. Etwas abkühlen lassen, schälen und durch ein Sieb pressen. Die gepressten Kartoffeln mit dem Mehl, einer Prise Salz und einem Ei zu einem geschmeidigen Teig kneten. Falls mehr Mehl benötigt wird, noch etwas hinzugeben. Teig ca. ½ Stunde im Kühlschrank ruhen lassen.

Die Äpfel schälen und in feine Scheiben schneiden. Dann Zucker, Zimt und Zitronensaft darübergeben. Den Sauerrahm mit der Sahne und dem restlichen Zucker verrühren.

Die Butter in der Bratraine schmelzen. Nicht zu heiß werden lassen.

Den Teig in drei gleich große Stücke teilen, zu ovalen Fladen ziehen und ausrollen. Sauerrahmmischung darauf verstreichen und dann auf jedem Fladen ein Drittel der Äpfel verteilen. Wer möchte, gibt jeweils noch eine kleine Handvoll Rosinen dazu. Von der Längsseite her vorsichtig aufrollen und die Rolle dann in 5 etwa gleich große, dicke Scheiben schneiden. Die insgesamt

15 Scheiben in Dreierreihen in die Bratraine setzen und dann bei ca. 180 g im Ofen backen.

Währenddessen aus Milch, Sahne, Sauerrahm, verquirltem Ei, Zucker und Vanillezucker einen Guss herstellen. Vorsichtig erhitzen, nicht zum Kochen bringen! Nach einer halben Stunde Backzeit den Guss vorsichtig über die heißen Wespennester gießen und diese noch mal für ca. 30 Minuten in den Ofen schieben.

Vor dem Servieren Puderzucker darüberstreuen. Am besten lauwarm genießen. Dazu passt auch Vanilleeis sehr gut.

Anettes Gorgonzolanudeln

(für 4 Personen)

Zutaten:
  500 g Rigatoni
  30 g Butter
  200 ml Sahne
  150–180 g Gorgonzola
  Etwas heißes Nudelwasser
  100 ml Weißwein
  1 TL Zitronensaft
  Salz, Pfeffer
  Frisch gehackte Petersilie
  Parmesan gerieben, nach Geschmack

Zubereitung:
Die Nudeln in kochendes Salzwasser geben. Kochzeit wie auf der Packung angegeben. Wer mag, kann natürlich auch selbst gemachte Pasta verwenden.

Butter in tiefer Pfanne erhitzen und die fein gehackte Knoblauchzehe ganz leicht darin andünsten. Mit Wein aufgießen, süße Sahne dazugeben und einmal kurz aufkochen lassen, dann die Temperatur nach unten drehen. Gorgonzola zerteilen, hinzufügen und in der Sahne schmelzen. Nicht mehr kochen lassen. Eventuell noch ein paar Esslöffel Nudelwasser dazugeben. Mit Salz, Pfeffer und Zitronensaft abschmecken. Die Nudeln nach Ende der Kochzeit abgießen und sofort in die Soße geben. Umrühren und mit Petersilie betreuen. Mit geriebenem Parmesan servieren, dann kann sich jeder selbst bedienen.

Dazu passt besonders gut Tomatensalat mit Balsamico-Essig oder gemischter Salat (Kopfsalat, Gurke, Paprika) mit weißem Balsamicoessig und frischen Birnenstücken und Walnüssen.

Die Gorgonzolanudeln sind ein schnelles Gericht und bei uns sehr beliebt. Mein Sohn Elias macht seine Variante mit angebratenen Zwiebelwürfeln, was auch sehr lecker schmeckt.

Minestrone-Rezept
à la Tilda

(für ca. 4 Personen)

Zutaten:
- 2 Zwiebeln
- 2 Karotten
- 2 Paprikaschoten (rot und gelb)
- 1 kleine Zucchini
- 2–3 Stangen Staudensellerie
- 1 kleine Stange Lauch
- 1 Knoblauchzehe
- 3 Tomaten
- 3 EL Olivenöl
- 3 EL Tomatenmark
- 1 Dose gekochte weiße Bohnen, ca. 150 g
- Ca. 1 ½ Liter Gemüsebrühe
- Etwas frisches Basilikum
- 70 g Nudeln (z. B. Mini-Farfalle)
- Salz, Pfeffer, evtl. etwas Zucker
- 2 EL weißer Balsamicoessig
- Ca. 1 EL geriebener oder gehobelter Parmesan pro Portion

Zubereitung:
Zwiebeln, Lauch, Staudensellerie, Paprikaschoten, Karotten und Zucchini in kleine Würfel schneiden. Olivenöl in einem großen Topf erhitzen und das Gemüse kurz darin anbraten. Gehackten Knoblauch und frisches Basilikum dazugeben. Mit der Gemüsebrühe aufgießen und ca. 20 Minuten bei geschlossenem Deckel köcheln lassen. Währenddessen Tomaten kurz in kochendem Wasser brühen und schälen. Dann würfeln und zusammen mit den Nudeln in die Suppe geben. Kurz vor Ende der Kochzeit der Nudeln noch das Tomatenmark und die weißen Bohnen dazugeben. Am Ende mit Salz, Pfeffer, etwas Zucker und Essig abschmecken. Die Minestrone in eine Suppenschale geben, geriebenen Parmesan darüberstreuen und servieren.

Dazu passt frisches Weißbrot.

Hinweis: Man kann natürlich nach Lust und Laune – und nach Saison – mit dem Gemüse variieren. Wer möchte, kann mit getrockneten italienischen Kräutern würzen oder durch Chili noch ein wenig Schärfe reinbringen.

Philips Spaghetti
mit Avocado-Creme

(für 2 Personen)

Zutaten für die Creme:
    1 Avocado
    70 g Cashewkerne
    50 g Parmesan
    1 Knoblauchzehe
    4 EL Olivenöl
    Glatte Petersilie – mehrere Stängel
    Basilikumblätter – eine Handvoll
    Salz und Pfeffer
    Saft ½ Zitrone oder Limette
    Etwas heißes Nudelwasser

Spaghetti ca. 250–300 g trocken

Zubereitung:
Die Spaghetti in kochendes Salzwasser geben. Kochzeit nach Anleitung auf der Packung. Man kann natürlich auch selbst gemachte Pasta verwenden.

Dann Fruchtfleisch der Avocado, Cashewkerne, Parmesan, geschälte Knoblauchzehe, Petersilie, Basilikum,

Olivenöl, Salz (sparsam) und Pfeffer, Saft der Zitrone oder Limette in den Mixer geben und kurz durchmixen.

Je nach Konsistenz noch etwas heißes Nudelwasser dazugeben, bis eine schöne, nicht zu weiche Creme entsteht.

Die Nudeln abgießen und sofort mit der Creme vermischen. Eventuell noch nachwürzen und mit etwas Parmesan bestreut servieren.

Dazu passt sehr gut Tomatensalat mit Balsamicodressing und frischem Basilikum.

Reisfleisch mit Schmand

(für 4 Personen)

Zutaten:
   500 g gemischtes Hackfleisch
   4 EL Öl zum Anbraten
   1 große Karotte
   2 rote Zwiebeln
   3 Paprikaschoten (rot, grün, gelb)
   1 Knoblauchzehe
   150 g Basmatireis trocken
   2 EL Tomatenmark
   4–5 TL Paprikapulver edelsüß
   1–2 TL Chilipulver (je nach Geschmack)
   Salz, Pfeffer
   Etwas frische Petersilie
   1 Becher Schmand
   Ca. 1 Liter heiße Gemüsebrühe

Das Gemüse in kleine Würfel schneiden und in einer großen tiefen Pfanne in heißem Öl kurz anbraten, dann das Hackfleisch dazugeben und die Gewürze darüberstreuen. Einige Minuten unter Rühren anbraten. Das Tomatenmark unterrühren, den Reis darübergeben und mit der heißen Brühe aufgießen. Bei niedriger Flamme köcheln lassen, bis der Reis weich ist. Öfter umrühren, damit nichts anbrennt. Falls nötig, noch mehr Flüssigkeit nachgießen. Wer mag, kann einen Teil der Brühe mit etwas Rotwein ersetzen.

Am Ende bei Bedarf noch mit Salz und Pfeffer abschmecken, frisch gehackte Petersilie darüberstreuen und auf jede Portion einen großen Klecks Schmand geben.

Dazu passen sehr gut grüner Salat und frisches Weißbrot oder auch Bratkartoffeln.

Wenn dir alles zu bunt wird – deine Freundinnen sind immer für dich da!

352 Seiten. ISBN 978-3-7341-1210-2

Der junge Spitzenkoch Ben arbeitet in einem Delikatessen-laden am Chiemsee. Als Seelentröster für das Freundinnen-Trio Anna, Ilona und Zoe ist er unersetzlich. Nach einer gescheiterten Beziehung hat er die Nase von der Liebe gestrichen voll. Doch bei einem Auftrag für eine schwie-rige Kundin steht plötzlich der Astrophysiker Florian vor ihm – und nun liegt es an den drei Freundinnen, ihrem Ben auf die Sprünge zu helfen, damit er sein Glück findet …